红楼梦

——情爱表象背后的人文意蕴

孙卫卫 著

国际文化出版公司
·北京·

图书在版编目（CIP）数据

红楼梦：情爱表象背后的人文意蕴 / 孙卫卫著. —北京：国际文化出版公司，2022.3
ISBN 978-7-5125-1396-9

I.①红… II.①孙… III.①《红楼梦》研究 IV.① I207.411

中国版本图书馆 CIP 数据核字（2022）第 010875 号

红楼梦：情爱表象背后的人文意蕴

作　　者	孙卫卫
责任编辑	侯娟雅
出版发行	国际文化出版公司
经　　销	全国新华书店
印　　刷	天津中印联印务有限公司
开　　本	710 毫米 ×1000 毫米　16 开 17 印张　　　　　　　200 千字
版　　次	2022 年 3 月第 1 版 2022 年 3 月第 1 次印刷
书　　号	ISBN 978-7-5125-1396-9
定　　价	59.00 元

国际文化出版公司
北京朝阳区东土城路乙 9 号　　　邮编：100013
总编室：（010）64271551　　　　传真：（010）64271578
销售热线：（010）64271187
传　真：（010）64271187-800
E-mail：icpc@95777.sina.net

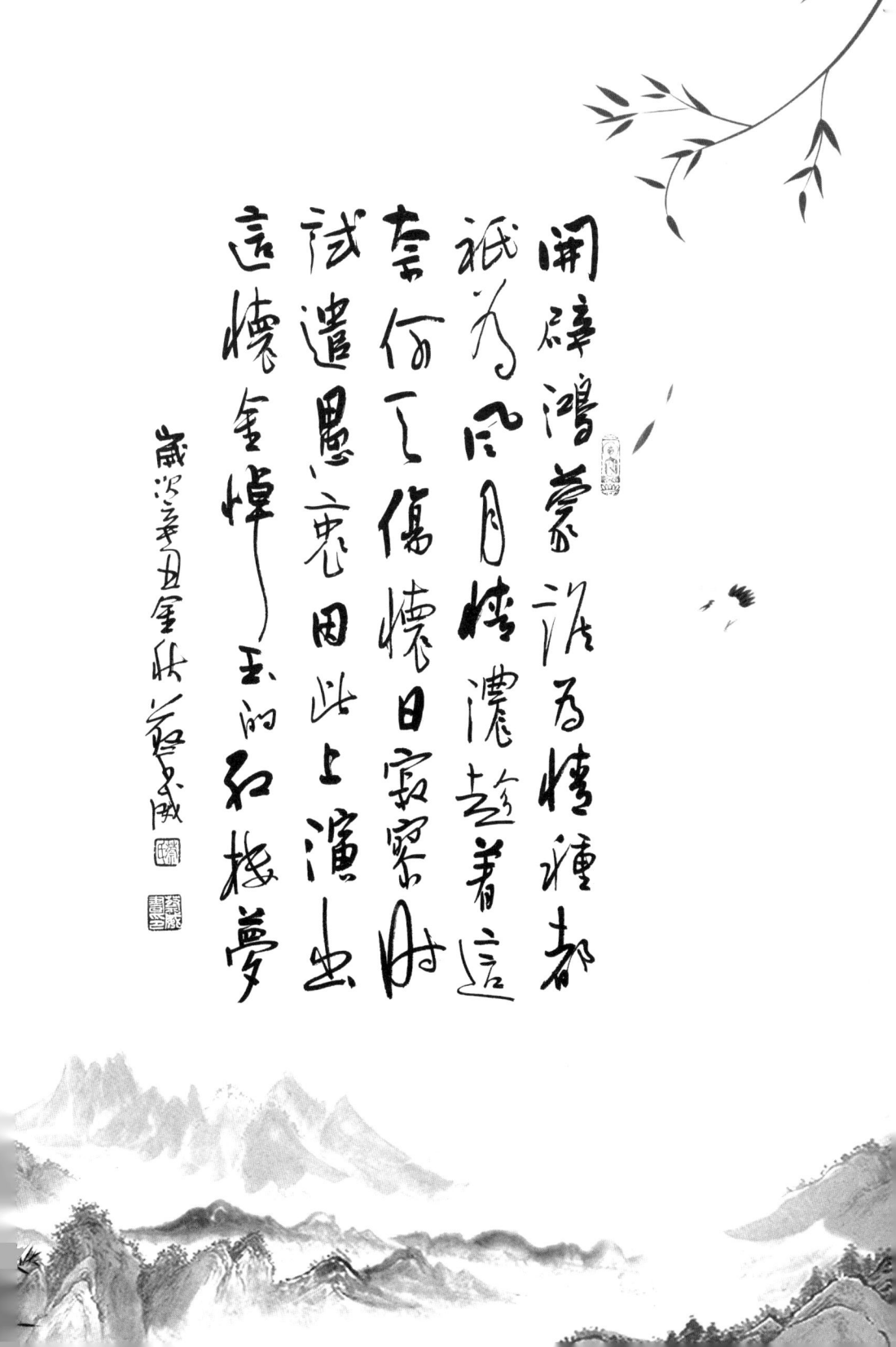

前言

虽然没有经过严格的调查,但我相信,在中国古典四大名著中,最不为人所熟知的,应该是《红楼梦》。

其他几部——《西游记》《三国演义》《水浒传》的影响力不用多说,孙悟空三打白骨精、刘关张桃园三结义、林教头风雪山神庙……这些故事可以说是家喻户晓。普通老百姓即使没有读过原著,也都看过电视剧,或者听过评书,许多人对其中的精彩情节更是津津乐道。

而《红楼梦》,恰恰没有特别吸引人的故事情节。

对于绝大多数读者或观众来说,缺乏吸引人的故事情节,是很难坚持看下去的。

所以,即便是看了《红楼梦》原著,很多人也还是注重其中的"细节",或者那些表面的猎奇的东西,比如林黛玉到底得了什么病、贾宝玉最后娶了薛宝钗还是史湘云、王夫人抄检大观园是不是袭人告的密,甚至贾宝玉是不是同性恋、到底是谁在养小叔子,等等。

对于具体情节和细节的探讨是必要的,但不是最重要的。《红楼梦》之所以成为旷世名作,难道是因为这些曲折离奇的情节和细节吗?

当然不是。一部伟大的文学著作,其背后必然有着深厚的人文底蕴。

而读者,则需要感悟这种底蕴、挖掘这种底蕴,在时间的长河中与作者相遇,并产生深深的共鸣。

恰如王蒙先生所言:"《红楼梦》中的文化当不就是点点滴滴零零碎

碎的堆积……而应有其整体性。它应该是全书的思路、观念、感情、精神架构、价值选择、来龙去脉、符码体系的凝聚。"（王蒙,《〈红楼梦〉与小说文化》,《读书》2003年第12期）

那么,《红楼梦》的整体性到底是什么？它到底要告诉我们什么？它又如何以其独特的言说成为一座历史的丰碑？

这是本书希望探讨的问题。

当然,对《红楼梦》的解读非常多,见仁见智,比如有人认为它是对封建制度和封建伦理的控诉,有人认为它体现了作者追求个性解放和人权平等的思想,还有人认为它实际上是一部崇汉反满的著作……这些解读当然都有它的价值,但我们需要注意的是,不管从什么角度解读,都需要"言之有理"。而所谓言之有理,其中一个特别重要的方面,就是不能脱离作品的整体架构,仅凭作品中的个别情节和词句去"管窥蠡测"。换言之,对作品的解读,一定要注意整体与部分相结合,既要注重细节,更要有大格局、大视野,不能"只见树木,不见森林"。

需要说明两点：

第一,《红楼梦》"大旨谈情",本书亦从"情与爱"的角度切入,并以此为主线,带动其他人物和事件的展开。不过,本书中所说的情,不仅指狭义的男女之情,更是指广义的对生活的情、对人间的情、对世界的情。

第二,本书主要依据人民文学出版社2008年版《红楼梦》,考虑到后四十回续书争议较大,因此尤以前八十回为主。文中如果提到原著第××回,则以下引文不再另注出处,反之便在主要引文后注明出处。另外,书前题字为书法家蔡威书"红楼梦引子",书中的其他插图及配诗均来自清代改琦绘图的《红楼梦图咏》。

01 | 前言

001 | 读懂《红楼梦》,从理解香菱开始
014 | 贾宝玉为什么没有"大名"?
030 | 拒绝长大的宝玉
037 | 林黛玉的少女心
049 | 林黛玉为什么爱使小性子
060 | "非白即黑"的林黛玉
065 | "完人"薛宝钗
081 | 薛宝钗究竟是冷还是热?
092 | 薛宝钗到底想不想嫁给贾宝玉?
102 | 秦可卿的挣扎
111 | 钗黛合一难兼美
121 | 凤姐的幸福时光
134 | 贾琏的多情、温情与无情

146 | 可亲的平儿

157 | 探春理家与真假宝玉

172 | 嗔莺咤燕为哪般？

181 | 青春期遇到更年期

195 | 贾母的梦想与现实

203 | 宝黛的爱情悲剧

214 | 妙玉和刘姥姥

223 | 宝玉、黛玉、妙玉

232 | 绣春囊与迎春之死

239 | 王一贴的微笑

253 | 大观园，伊甸园，太虚幻境

读懂《红楼梦》，从理解香菱开始

都说《红楼梦》是一本大书，研究《红楼梦》的人多了去了，老中青都有，络绎不绝。

《红楼梦》我也看了几遍，心中有三个疑问。又看了几十部解读《红楼梦》的著作，对这三个疑问，既希望看到有人解读，又怕看到有人解读。

之所以希望看到有人解读，是想看看别人是怎么理解这个问题的；而之所以不希望看到有人解读，是怕被别人抢了先，自己的想法就没有新意了。

也可能是我孤陋寡闻吧，直到现在，几乎没有看到类似的解读。

都是哪三个疑问呢？

先说第一个。

金陵十二钗正册、副册、又副册，总共三十六个女子，林黛玉、薛宝钗当然是主角，其他如王熙凤、探春、李纨，乃至晴雯、袭人等，露脸的机会也很多。但是，在这三十六名女子当中，谁第一个出场？

居然是香菱！

整部书的第一回，"甄士隐梦幻识通灵　贾雨村风尘怀闺秀"，原本讲的是一段神话故事：青埂峰下的一块石头在那里自怨自艾，于是，一僧一道将它携入红尘，让它到那"昌明隆盛之邦，诗礼簪缨之族，花柳繁华地，温柔富贵乡"经历了一番。"后来，又不知过了几世几劫，因有个空空道人访道求仙，忽从这大荒山无稽崖青埂峰下经过，忽见一大块石上字迹分明，编述历历。"这石头上的字迹，记述的就是它这些年亲历的一些故事，即所谓的《石头记》，空空道人把它改为《情僧录》，孔梅溪称为《风月宝鉴》，曹雪芹则题曰《金陵十二钗》。

这些故事都讲述了什么呢？

且看石上是何故事。按那石上书云：

当日地陷东南，这东南一隅有处曰姑苏，有城曰阊门者，最是红尘中一二等富贵风流之地。这阊门外有个十里街，街内有个仁清巷，巷内有个古庙，因地方窄狭，人皆呼作葫芦庙。庙旁住着一家乡宦，姓甄，名费，字士隐。嫡妻封氏，情性贤淑，深明礼义。家中虽不甚富贵，然本地便也推他为望族了。因这甄士隐禀性恬淡，不以功名为念，每日只以观花修竹、酌酒吟诗为乐，倒是神仙一流人品。只是一件不足：如今年已半百，膝下无儿，只有一女，乳名唤作英莲，年方三岁。

我们当然知道，这里的英莲，就是以后的香菱。也就是说，《石头记》开篇就提到了香菱（英莲）！

接着，在第一回里，又讲到了英莲被拐的故事。

而作为绝对主角的林黛玉，却在第三回里才出现；薛宝钗则在第四回中才真正登场。

香菱的特殊地位可见一斑。

为什么是香菱？仅仅是无意、是巧合吗？

人人都说曹雪芹草蛇灰线、伏脉千里，书中无一处闲事、无一处闲笔，那他为什么要这样安排？香菱在《红楼梦》中究竟起着什么作用？

我们来看看香菱到底是个什么样的人，在她身上都发生了哪些特别的故事。

香菱的命运也比较坎坷。小时候，她叫作英莲，原本是父母的掌上明珠，却被人贩子偷去，养了七八年。养着她，是为了将来卖个更好的价钱，如同鸡鸭牛羊一般，按照贾雨村门子的说法，"他是被拐子打怕了的"。十二三岁的时候，英莲被人贩子卖给了冯渊。冯渊对英莲很满意，"必不以丫鬟相看"，还打算选个好日子，正正经经地来接英莲。但是，可恶的人贩子贪心不足，又把英莲卖给薛蟠。结果，薛蟠打死了冯渊，英莲变成香菱，成为薛蟠的小妾。

薛蟠何许人也？相信《红楼梦》的每一位读者都有印象，即所谓的"呆霸王"。他一方面是"呆"，不学无术，没什么本事，也没什么文化，"一应经济世事，全然不知"；另一方面是"霸"，强抢民女，欺负优伶，打死人不当回事。当然还有一点，就是"俗"，满口污言秽语，看到美女走不动路，美男也不放过，属于"皮肤滥淫"的典型。

可想而知，香菱跟了他以后，会是什么样的结果。香菱只是薛蟠的妾，根本没有什么地位，几天新鲜感过后，薛蟠便将香菱撂到一边，动辄打打骂骂。

然而，就是在这样的环境下，香菱做了一件"出格"的事。

我们不妨想一想，在《红楼梦》中，关于香菱的故事，你印象最深的是什么？

当然是"香菱学诗"。第四十八回，"滥情人情误思游艺　慕雅女雅集苦吟诗"对这一场景进行了浓墨重彩的刻画。

薛蟠因为调戏柳湘莲被打，羞于见人，也算是有点良心发现，便跟着张德辉出门做专卖，说是要出去一年半载的。这时，宝钗让香菱随自己到园子里去住。香菱非常高兴，宝钗道："我知道你心里羡慕这园子不是一日两日了，只是没个空儿。就每日来一趟，慌慌张张的，也没趣儿。所以趁着机会，越性住上一年，我也多个作伴的，你也遂了心。"可见，香菱心仪这个园子（大观园）很久了，早就想成为园中人了。

那么，香菱看中大观园什么？是因为大观园里舒服安逸吗？

不是。请看宝钗说要带香菱进园子后，香菱首先想到的是什么。

香菱笑道："好姑娘，你趁着这个工夫，教给我作诗罢。"

她心心念念的，居然是作诗！

在呆霸王身边，过着俗不可耐的生活，一旦得到自由，想到的却是作诗。

是的，她想做一个会写诗的人。也许，正因为现实生活的俗不可耐，她更加向往充满诗意的人生。

在她的心目中，大观园正是诗意的所在。大观园里的女孩们，都是会写诗的，而她，要进入大观园，就必须会写诗。诗，是大观园的通行证。

所以，为了拿到这张通行证，也为了在大观园中实现她诗意人生的理想，香菱开始如痴如狂地读诗、学诗、写诗。

她请宝钗教自己作诗，宝钗没答应，于是，她又径直来到潇湘馆，看到黛玉的第一句话就是："我这一进来了，也得了空儿，好歹教给我作诗，就是我的造化了。"跟黛玉请教了一番以后，香菱便主动要书看。黛玉给了她王维的诗集，结果，"香菱拿了诗，回至蘅芜苑中，诸事不顾，只向灯下一首一首的读起来。宝钗连催他数次睡觉，他也不睡"。很快，香菱看完了，又来找黛玉换杜甫的诗看，还主动要求"做作业"，让黛玉给她出个题目。于是，黛玉让她用十四寒的韵作一首咏月的诗。

"香菱听了，喜的拿回诗来，又苦思一回作两句诗，又舍不得杜诗，又读两首。如此茶饭无心，坐卧不定。"请注意，香菱拿到作业以后，是"喜"。她喜的是什么？当然是因为朝着她心中的理想又前进了一步，她也有望成为一个诗人了。初稿写好以后，黛玉说措辞不雅，于是，"香菱听了，默默的回来，越性连房也不入，只在池边树下，或坐在山石上出神，或蹲在地下抠土，来往的人都诧异。李纨、宝钗、探春、宝玉等听得此信，都远远的站在山坡上瞧着他。只见他皱一回眉，又自己含笑一回"。宝钗说她简直要疯魔了。第二稿黛玉还不满意，香菱只得再次苦思冥想，她茶饭不思，甚至睡觉的时候也在作诗。

各自散后，香菱满心中还是想诗。至晚间对灯出了一回神，至三更以后上床卧下，两眼鳏鳏，直到五更方才朦胧睡去了。一时天亮，宝钗醒了，听了一听，他安稳睡了，心下想："他翻腾了一夜，不知可作成了？这会子乏了，且别叫他。"正想着，只听香菱从梦中笑道："可是有了，难道这一首还不好？"

结果,梦中得了八句,云:

精华欲掩料应难,影自娟娟魄自寒。
一片砧敲千里白,半轮鸡唱五更残。
绿蓑江上秋闻笛,红袖楼头夜倚栏。
博得嫦娥应借问,缘何不使永团圆!

(第四十九回)

大家都说这首不错,新巧有意趣,这下一定请香菱入诗社了。"香菱听了心下不信,料着是他们瞒哄自己的话,还只管问黛玉宝钗等",就像小孩子得到了父母的赞扬,始而不信,继则狂喜。可想而知,香菱此时该是多么开心啊。

至芦雪广联句时,香菱便开始了她在诗社的第一次"集体活动"。

"香菱学诗"之雅、"香菱学诗"之美,完全可以和"黛玉葬花""宝钗扑蝶""湘云醉卧""晴雯补裘"等相提并论。

而"香菱学诗"之意味深长,则又超过以上任何一个场景。

因为香菱自成为大观园的一员、成为诗社的一员,她至少在这一短暂时期,脱离了原本苦难的、世俗的生活,进入了快乐的、诗意的生活。

是的,大观园的世界是诗意的世界,大观园里的人生是诗意的人生。而大观园外,则是世俗的世界、世俗的人生,园外的人们,不是庸庸碌碌,就是蝇营狗苟,甚至于整日斗鸡走狗、宿柳眠花,贾赦、贾珍、贾琏、贾瑞、贾蓉、贾芹、薛蟠、邢德全,等等,莫不如是。

我们不妨借尤氏的眼睛,来看一看这些人都在干什么。

薛蟠兴头了,便搂着一个娈童吃酒,又命将酒去敬邢傻舅。傻舅输家,没心绪,吃了两碗,便有些醉意,嗔着两个娈童只赶着赢家不理输家了,因骂道:"你们这起兔子,就是这样专洑上水。天天在一处,谁的恩你们不沾,只不过我这一会子输了几两银子,你们就三六九等了。难道从此以后再没有求着我们的事了!"众人见他带酒,忙说:"很是,很是。果然他们风俗不好。"因喝命:"快敬酒赔罪。"两个娈童都是演就的局套,忙都跪下奉酒,说:"我们这行人,师父教的不论远近厚薄,只看一时有钱势就亲敬;便是活佛神仙,一时没了钱势了,也不许去理他。况且我们又年轻,又居这个行次,求舅太爷体恕些我们就过去了。"说着,便举着酒俯膝跪下。(第七十五回)

这完完全全是一个世俗的世界,在这个世俗的世界里,香菱感到自己的人生被禁锢、被束缚、被轻视,迷茫困顿、灰暗无光。而大观园,则是另一个世界,这个世界可以为她的人生提供另一种展现的可能。

所以,她念兹在兹,一定要进入大观园,体验那充满诗意的生活。

而作为大观园中心人物的贾宝玉,也是这么定义大观园的。元春让宝玉和众姐妹一起到园中居住,宝玉"喜得无可无不可"。宝玉为什么这么欢喜?因为大观园就是他心中的乐园,是一个最为理想的去处,是永远的"天仙宝境"。

那么,园中的生活到底是什么样的呢?我们不妨从书中摘出两段,和园外做一个对比。

且说宝玉自进花园以来，心满意足，再无别项可生贪求之心。每日只和姊妹丫头们一处，或读书，或写字，或弹琴下棋，作画吟诗，以至描鸾刺凤，斗草簪花，低吟悄唱，拆字猜枚，无所不至，倒也十分快乐。他曾有几首即事诗，虽不算好，却倒是真情真景，略记几首云：

春夜即事

霞绡云幄任铺陈，隔巷蟆更听未真。

枕上轻寒窗外雨，眼前春色梦中人。

盈盈烛泪因谁泣，点点花愁为我嗔。

自是小鬟娇懒惯，拥衾不耐笑言频。

（第二十三回）

林黛玉因不大吃酒，又不吃螃蟹，自令人掇了一个绣墩倚栏杆坐着，拿着钓竿钓鱼。宝钗手里拿着一枝桂花玩了一回，俯在窗槛上掐了桂蕊掷向水面，引的游鱼浮上来唼喋。湘云出一回神，又让一回袭人等，又招呼山坡下的众人只管放量吃。探春和李纨惜春立在垂柳阴中看鸥鹭。迎春又独在花阴下拿着花针穿茉莉花。宝玉又看了一回黛玉钓鱼，一回又俯在宝钗旁边说笑两句，一回又看袭人等吃螃蟹，自己也陪他饮两口酒。袭人又剥一壳肉给他吃。（第三十八回）

前一段中宝玉写的诗，除了"春夜即事"外，还有"夏夜即事""秋夜即事""冬夜即事"。是的，无论春夏秋冬，宝玉和一帮女孩子们，完全没有俗事的烦扰，每天只是弹琴下棋、拆字猜枚、描鸾刺凤、斗草簪花。当然，这其中，吟诗、写诗、赏诗、评诗，仍是所有生活的核心。

海棠诗、菊花诗、红梅诗、桃花诗、怀古诗、柳絮词……一个接一个"诗词大会",一篇又一篇动人的诗作,连猜谜喝酒都是诗,吃个螃蟹都要吟诗。可以说,诗就是她们的游戏,诗就是她们的快乐,诗就是她们的人生,大观园就是一个诗的世界。在大观园里,宝玉和这些水做的女儿们一起,实现了"诗意的栖居"。

诗意,为大观园罩上了一层最美的面纱。

诗意人生和世俗人生,构成了矛盾的两极:诗意人生重情,世俗人生重欲;诗意人生重精神,世俗人生重物质;诗意人生重浪漫,世俗人生重实用;诗意人生重自我,世俗人生重社会。

当然,在宝玉看来:诗意人生为真,世俗人生为假;诗意人生为善,世俗人生为恶;诗意人生为美,世俗人生为丑;诗意人生为实,世俗人生为虚。

大观园是宝玉的梦,也是曹公的梦。大观园不在了,梦也就破灭了。所以,当大观园被抄检之时,《红楼梦》的悲剧便正式开演。

曾经,很多人都以为这个梦永远不会破灭。

得知薛蟠要娶夏金桂时,香菱不仅没有感到威胁,反而很期待,因为又可以"添一个作诗的人了",因此"比薛蟠还急十倍"。夏金桂过门后,问香菱的名字是谁起的,这"菱"字有什么好,香菱的回答是:"不独菱花,就连荷叶莲蓬,都是有一股清香的。但他那原不是花香可比,若静日静夜或清早半夜细领略了去,那一股清香比是花儿都好闻呢。就连菱角、鸡头、苇叶、芦根得了风露,那一股清香,就令人心神爽快的。"(第八十回)尽管香菱此时已经搬出了大观园,可她心里所想的,仍然全是诗；在她的眼里，这个世界上所有的人都那么善良，一切都充满了浪漫与诗意！

然而，现实远不如香菱想的那么美好。夏金桂这个薛家的大少奶奶不仅不会作诗，还是一个妒妇、泼妇、刁妇，从语言到行事都俗不可耐。她想尽方法折磨香菱，还把香菱的名字也改了，称为秋菱。她喜欢斗纸牌、掷骰子，喜欢以油炸焦骨头下酒，动不动就对香菱破口大骂，何尝有一丝一毫的诗情诗意？而薛蟠，这个本就俗中之俗的人，在夏金桂的挟制下，对香菱同样没有好脸色。在香菱无意中撞破了他和宝蟾的"好事"后，薛蟠的态度是：

薛蟠好容易圈哄的要上手，却被香菱打散，不免一腔兴头变作了一腔恶怒，都在香菱身上，不容分说，赶出来啐了两口，骂道："死娼妇，你这会子作什么来撞尸游魂！"香菱料事不好，三步两步早已跑了。

薛蟠再来找宝蟾，已无踪迹了，于是恨的只骂香菱。至晚饭后，已吃得醺醺然，洗澡时不防水略热了些，烫了脚，便说香菱有意害他，赤条精光赶着香菱踢打了两下。香菱虽未受过这气苦，既到此时，也说不得了，只好自悲自怨，各自走开。（第八十回）

我们可以想象，面对薛蟠那身毫无灵性的烂肉，美丽的香菱是什么感觉？而现在，这堆烂肉还要光着身子来打他。此时的香菱，该是多么怀念大观园里诗意的生活，该是多么向往那桃红柳绿、月明风清的岁月啊。

但是，大观园已经慢慢远去。

对于宝玉来说同样如此。宝玉以为自己可以永远住在大观园里，那些水做的女儿们可以永远陪着自己。但他慢慢发现，大观园正逐渐变得陌生，女孩们走的走、嫁的嫁、死的死，那个诗意的世界，最终不复存在。

宝玉不相信眼前发生的事实，可现实却一次又一次地教训着他。

他迷茫、他困惑，他不知何去何从。终于，他变得疯疯癫癫，他选择了出家。

所以，正如余英时先生所言："曹雪芹在《红楼梦》里创造了两个鲜明而对比的世界，这两个世界，我想分别叫他们作'乌托邦的世界'和'现实的世界'。两个世界，落实到《红楼梦》这部书，便是大观园的世界和大观园以外的世界。作者曾用各种不同的象征，告诉我们这两个世界的分别所在。譬如说，'清'与'浊'，'情'与'淫'，'假'与'真'，以及风月宝鉴的正面和反面，我们可以说，这两个世界是贯穿全书的一条最主要的线索。把握到这条线索，我们就等于抓住了作者在创作企图方面的中心意义。"（余英时，《〈红楼梦〉的两个世界》，上海社会科学院出版社，2002年版）

乌托邦世界和现实世界、诗意人生和世俗人生，既相互矛盾，又相互统一。这种关系来自人生的体悟，同时也充满了哲学的况味。认识这种关系、思考这种关系，同时又纠结于这种关系，是《红楼梦》的巨大魅力所在，同时也是其悲剧力量的源泉。

香菱诗意人生的梦想终于破灭了。

如上所述，这发生在第八十回。

请注意，如果以曹雪芹八十回本《红楼梦》计算，八十回即是最后一回。

也就是说，八十回本《红楼梦》，始于香菱，而又终于香菱！

香菱，以其世俗、苦难的人生开始，中途经历短暂的诗意，最后又归于世俗和苦难。

　　所以，香菱虽然不是《红楼梦》的主角，但却是解开红楼之谜的一把钥匙。读懂了香菱，也就读懂了《红楼梦》。

香菱

剪红刻翠费寻思
风动琅玕听讲时
郎主新丰斗鸡去
空房月冷独吟诗

读懂《红楼梦》,从理解香菱开始

贾宝玉为什么没有"大名"？

如题。这就是我的第二个疑问。

好像极少有人会问这样的问题。看《红楼梦》，大家总是"宝玉""宝玉"地说着，却没想过他究竟叫什么名字。

他就是叫"贾宝玉"吗？当然不是。林黛玉刚进贾府，在回王夫人话的时候曾经这样说过："舅母说的，可是衔玉所生的这位哥哥？在家时亦曾听见母亲常说，这位哥哥比我大一岁，小名就唤宝玉，虽极憨顽，说在姊妹情中极好的。"（第三回）可见，宝玉只是小名。

那是不是说贾宝玉压根就只有小名没有大名？当然不可能，贾府中不要说男人，就是女人也都有大名，怎么可能偏偏他没有？

第三十一回，史湘云来到贾府，问宝哥哥在不在。这时，"宝钗笑道：'他再不想着别人，只想宝兄弟，两个人好憨的。这可见还没改了淘气。'贾母道：'如今你们大了，别提小名儿了。'"

贾母叫她们别再提小名。可是，《红楼梦》从头到尾，我们都没有看到有人叫贾宝玉的大名。当然，他自己也从来没说。

是不是很奇怪？

哪怕是各种各样的正式场合，贾宝玉也都没有大名。

第十三回，宁国府为秦可卿举办祭礼。为了提高祭礼的规格，贾珍还特意花了一千二百两银子为贾蓉捐了个"防护内廷御前侍卫龙禁尉"，可谓既正式又隆重。我们且看葬礼上的一个场面：

一直到了宁国府前，只见府门洞开，两边灯笼照如白昼，乱烘烘人来人往，里面哭声摇山振岳。宝玉下了车，忙忙奔至停灵之室，痛哭一番。然后见过尤氏。谁知尤氏正犯了胃疼旧疾，睡在床上。然后又出来见贾珍。彼时贾代儒、代修、贾敕、贾效、贾敦、贾赦、贾政、贾琮、贾瑞、贾珩、贾珖、贾琛、贾琼、贾璘、贾蔷、贾菖、贾菱、贾芸、贾芹、贾蓁、贾萍、贾藻、贾蘅、贾芬、贾芳、贾兰、贾菌、贾芝等都来了。

从"代"字辈开始，"文"字辈、"玉"字辈、"草"字辈，人人都是大名，且"文"字辈、"玉"字辈、"草"字辈都是单名，却唯独贾宝玉没有大名。

第五十三回，贾府合族在宁国府祭宗祠，又是一个特别正式的场合。请看：

五间正殿前悬一闹龙填青匾，写道是："慎终追远"。旁边一副对联，写道是：

已后儿孙承福德，至今黎庶念荣宁。

俱是御笔。里边香烛辉煌，锦幛绣幕，虽列着神主，却看不真切。只见贾府人分昭穆排班立定：贾敬主祭，贾赦陪祭，贾珍献爵，贾琏贾琮献帛，宝玉捧香，贾菖贾菱展拜毯，守焚池。青衣乐奏，三献爵，拜兴毕，焚帛奠酒，礼毕，乐止，退出。

面对皇帝的御笔，自然人人恭敬肃穆。连贾琮、贾菖、贾菱这样极少出现的人物，都以大名示人，且贾菖、贾菱还是晚辈。却唯有宝玉夹在其中，显得不伦不类。

有人可能会说，这是因为宝玉年龄还比较小吧，所以总是叫小名。

真是这样吗？

我们看第七十五回，贾母带着一帮儿孙到凸碧山庄赏月。

于厅前平台上列下桌椅，又用一架大围屏隔作两间。凡桌椅形式皆是圆的，特取团圆之意。上面居中贾母坐下，左垂首贾赦、贾珍、贾琏、贾蓉，右垂首贾政、宝玉、贾环、贾兰，团团围坐。

贾环、贾兰总比宝玉小吧？可他们俩赫然也是大名。

前面提到的宁国府祭礼，贾兰同样在列。

贾宝玉始终没有大名。这到底是为什么？

只有一种解释：别人叫惯了他的小名，宝玉本人也不愿意说自己的大名。

他是一个孩子。别人把他当作孩子，他自己也把自己当作孩子。

生理上，宝玉或许已经是一个大人、一个男人，但在心理上，他仍然是一个小男孩。

我们再来看第五十三回。祭过宗祠以后，荣国府元宵开夜宴，依然热闹非凡。

榻下并不摆席面，只有一张高几，却设着璎珞花瓶香炉等物。外另设一精致小高桌，设着酒杯匙箸，将自己这一席设于榻旁，命宝琴、湘云、黛玉、宝玉四人坐着。每一馔一果来，先捧与贾母看了，喜则留在小桌上尝一尝，仍撤了放在他四人席上，只算他四人是跟着贾母坐。故下面方是邢夫人王夫人之位，再下便是尤氏、李纨、凤姐、贾蓉之妻。西边一路便是宝钗、李纹、李绮、岫烟、迎春姊妹等。……

廊上几席，便是贾珍、贾琏、贾环、贾琮、贾蓉、贾芹、贾芸、贾菱、贾菖等。

宝玉被安排与宝琴、湘云、黛玉一起，紧挨着贾母，"享受"的是贾母贴身女孩的"待遇"。而那些比他小的或晚一辈的贾环、贾芸、贾菖等人，则都是跟男人、跟爷们儿在一起。

宝玉没有被当作男人，没有被当作爷们儿。在潜意识里，他也不认为自己是男人、是爷们儿。

宝玉不像男人，这点人所共知。黛玉第一次见到宝玉的时候，宝玉的装扮是这样的：

头上戴着束发嵌宝紫金冠，齐眉勒着二龙抢珠金抹额；穿一件二色金百蝶穿花大红箭袖，束着五彩丝攒花结长穗宫绦，外罩石青起花八团倭缎排穗褂；登着青缎粉底小朝靴。面若中秋之月，色如春晓之花，鬓若刀裁，眉如墨画，面如桃瓣，目若秋波。虽怒时而若笑，即瞋视而有情。项上金螭璎珞，又有一根五色丝绦，系着一块美玉。（第三回）

"面若中秋之月,色如春晓之花,鬓若刀裁,眉如墨画,面如桃瓣,目若秋波。"这些分明都是形容女孩的词汇。

见了黛玉以后,宝玉又见过了王夫人,随即换了一身打扮:

头上周围一转的短发,都结成小辫,红丝结束,共攒至顶中胎发,总编一根大辫,黑亮如漆,从顶至梢,一串四颗大珠,用金八宝坠角;身上穿着银红撒花半旧大袄,仍旧带着项圈、宝玉、寄名锁、护身符等物;下面半露松花撒花绫裤腿,锦边弹墨袜,厚底大红鞋。越显得面如敷粉,唇若施脂;转盼多情,语言常笑。天然一段风骚,全在眉梢;平生万种情思,悉堆眼角。(第三回)

头上各种小辫子,身上各种装饰品,"面如敷粉,唇若施脂",还是一副女儿态。

宝玉也经常被误认为是女孩。刘姥姥在大观园里喝醉了,一头撞进宝玉的房间,醒来以后还以为是哪位小姐的闺房,结果袭人告诉她是宝二爷的;龄官画蔷,宝玉躲在一旁偷看,突然下起雨来,宝玉提醒龄官赶紧回去,龄官没有看清,以为是个女孩,笑着说道:"多谢姐姐提醒了我。难道姐姐在外头有什么遮雨的?"(第三十回)甚至在大观园冬天赏雪时,贾母都没认出薛宝琴身旁的宝玉,却说"那又是那个女孩儿?"

当然,宝玉自己也非常亲近女孩,讨厌男人。他的名言是:

女儿是水作的骨肉,男人是泥作的骨肉。我见了女儿,我便清爽;见了男子,便觉浊臭逼人。(第二回)

但是这里请注意,宝玉喜欢的是"女孩",不是"女人"。对于上了年纪的老婆子甚至媳妇们,他是没什么好感的,甚至对身边女孩的婚姻,他都本能地抵触。

关于这一点,相信大家不会有异议,后面我们还会详细讨论。这里我们只需要确定的是:宝玉喜欢的是美丽的少女,而他自己,则是一个小男孩。

是的,宝玉是个"男孩",而不是"男人"。

有人可能反驳,宝玉怎么不是男人?他不是已经和袭人有过性关系了吗?他的生理已经成熟了。

生理是成熟了,但不代表心理成熟。宝玉的心理,从来都是一个被当作宝宝的男孩。

第八回,"宝玉来至梨香院中,先入薛姨妈室中来,正见薛姨妈打点针黹与丫鬟们呢。宝玉忙请了安,薛姨妈忙一把拉了他,抱入怀内"。

第十九回,宝玉到袭人家看望袭人。袭人的哥哥花自芳"唬的惊疑不止,连忙抱下宝玉来",然后又雇了一顶小轿送宝玉回去,到了宁府街,花自芳又"将宝玉抱出轿来,送上马去"。

第二十回,贾环、贾兰来给邢夫人请安,结果"贾环见宝玉同邢夫人坐在一个坐褥上,邢夫人又百般摩挲抚弄他,早已心中不自在了,坐不多时,便和贾兰使眼色儿要走"。

第二十五回,宝玉"进门见了王夫人,不过规规矩矩说了几句,便命人除去抹额,脱了袍服,拉了靴子,便一头滚在王夫人怀里。王夫人便用手满身满脸去摩挲抚弄他。宝玉也搬着王夫人的脖子,说长说短的"。

试问,有哪个男人、哪个爷们动不动就在妈妈或姨妈或婶娘怀中摩挲抚弄的？又有哪个男人、哪个爷们动不动就被人抱来抱去的？

只有小孩才可能这样。

有人可能会说，小男孩就小男孩吧，这能说明什么呢？

不，这里面的文章可大了去了。

相对于"大人"来说，"小孩"意味着什么？

至少意味着两点。第一，小孩是"无性"的。男女虽然在生理上不同，但是小男孩、小女孩的性别意识非常淡薄。所以，小男孩、小女孩可以在一起进行各种游戏，可以搂搂抱抱，可以过家家。也可以说，他们作为"男人""女人"的肉体还没有成熟，没有男人女人那种对于异性肉体的欲望，他们还是"非肉体化"的存在。第二，小孩衣来伸手、饭来张口，他们天真快乐、无忧无虑，不用为生计而奔波，不用承担家庭的责任，更不用承担社会的责任，不用考虑家国天下这样宏大的问题。换言之，他们是"非社会化"的存在。

"非肉体化"和"非社会化"正是贾宝玉的本质写照，也是贾宝玉所主导的大观园的特殊意蕴。如果说"非物质化"和"非功利化"构成了大观园"诗意人生"的主旋律，那么"非肉体化"和"非社会化"则将这一旋律进一步高扬。

明确宝玉"小男孩"的身份，把他当作"非肉体化""非社会化"的存在，可以帮助我们解释、厘清许多问题。

比如，有很多人感到困惑，贾宝玉为什么在和袭人"初试云雨情"之后，再没有发生类似的事情？其实很简单，上面已经说过，此时的宝玉虽然具有了男人的基本功能，但生理并未完全成熟，心理就更是还处于小男孩时代，他并没有那么强烈的肉体欲望，他对于大观园中女儿的痴情，更类似于小男孩小女孩之间那种天真无邪的情感。

对这种小儿女之间天真无邪情感的描绘，《红楼梦》中比比皆是。

第十九回，宝玉来看黛玉：

宝玉笑道："凡我说一句，你就拉上这么些。不给你个利害，也不知道。从今儿可不饶你了。"说着翻身起来，将两只手呵了两口，便伸向黛玉膈肢窝内两胁下乱挠。黛玉素性触痒不禁，宝玉两手伸来乱挠，便笑的喘不过气来。

这是不是更像兄妹俩打闹？

第三十一回，晴雯说要洗澡去：

宝玉笑道："我才又吃了好些酒，还得洗一洗。你既没有洗，拿了水来咱们两个洗。"

如果是个"大男人"，宝玉如何说得出这种话？晴雯又何以承受？

第五十一回，正值寒冬，晴雯穿着单衣，跑出屋门去吓唬麝月，结果冻了个侵肌透骨。

宝玉笑道："倒不为唬坏了他，头一则你冻着也不好；二则他不防，不免一喊，倘或唬醒了别人，不说咱们是玩意，倒反说袭人才去了一夜，你们就见神见鬼的。你来把我的这边被掖一掖。"晴雯听说，便上来掖了掖，伸手进去渥一渥时，宝玉笑道："好冷手！我说看冻着。"一面又见晴雯两腮如胭脂一般，用手摸了一摸，也觉冰冷。宝玉道："快进被来渥渥罢。"

宝玉让晴雯到自己被窝里渥渥。而等到麝月回来的时候，发现晴雯不见了，宝玉笑道："这不是他，在这里渥呢！我若不叫的快，可是倒唬一跳。"晴雯笑道："也不用我唬去，这小蹄子已经自怪自惊的了。"一面说，一面仍回自己被中去了。——可见，晴雯的确是钻到宝玉被窝里去了。

第七十回，怡红院"男女混战"：

那晴雯只穿着葱绿院绸小袄，红小衣红睡鞋，披着头发，骑在雄奴身上。麝月是红绫抹胸，披着一身旧衣，在那里抓雄奴的肋肢。雄奴却仰在炕上，穿着撒花紧身儿，红裤绿袜，两脚乱蹬，笑的喘不过气来。宝玉忙上前笑说："两个大的欺负一个小的，等我助力。"说着，也上床来胳肢晴雯。晴雯触痒，笑的忙丢下雄奴，和宝玉对抓。

此情此景之下，宝玉不是小孩是什么呢？只有小男孩小女孩之间才有这样的快乐，也才有这样玩闹的权利。

当然还不止于此。宝玉和女孩子之间其他的"亲密接触"，诸如牵手、梳头、吃嘴上的胭脂、在身上摸一摸等，就多了去了。

对于这一点，贾母也曾经纳闷：

我深知宝玉将来也是个不听妻妾劝的。我也解不过来，也从未见过这样的孩子。别的淘气都是应该的，只他这种和丫头们好却是难懂。我为此也耽心,每每的冷眼查看他。只和丫头们闹,必是人大心大,知道男女的事了,所以爱亲近他们。既细细查试,究竟不是为此。岂不奇怪。(第七十八回)

贾母虽然不理解宝玉的情感,但她"冷眼查看",终于发现宝玉喜欢亲近女孩并不是因为"男女的事",并不是因为"人大心大"。

相反,宝玉还"小"着呢。

也有人处心积虑地猜测宝玉到底是不是同性恋,不然为什么会喜欢秦钟、蒋玉菡呢?其实这种猜测毫无意义,也完全偏离了《红楼梦》的主题。正如我们前面提到的,宝玉作为一个小男孩,他是"无性"的,他对女孩也好、男孩也好,都是出于一种天真纯洁的情感,这种情感和肉体无关、和性别无关。所以,无论女孩男孩,只要具有"水性"的特质,只要显得清新灵动,他都会产生亲近之心。

很多人或许不理解这种情感,也不理解宝玉在大观园中的作为:怎么可能有如此"纯洁"的人?怎么可能面对众多如花似玉的美女而不产生肉体的欲望?其实,我们只要想一想初中男女生之间的感情就会明白。大观园时期的宝玉,年龄也就在十三岁左右(第二十五回,宝玉被马道婆施魔法几乎死去,癞头和尚和跛足道人来救他,和尚曾说"青埂峰一别,展眼已过十三载矣"),大约也就相当于现在初一、初二的学生。这时候的男孩女孩,虽然有了朦胧的性意识,但异性之间的情感并不直接指向性的冲动。实际上,只要稍微留意就会发现,少男少女都不喜欢"肉感"的异性——女生不喜欢"肌肉男",男生也不喜欢"丰满女",相反却都喜欢瘦瘦的。因为对少男少女来说,他们的身体尚在发育,他们自己还没有清晰的性别意识，还没有完全意识到自己的肉体化存在，所以，他们对异性的朦胧的"情"，主要还是精神性的，他们也不习惯异性的过于肉体化的呈现。因此，我们看到，初中男女生之间经常打打闹闹，有时也会显得很亲密，但和成人世界里的肉体欲望却截然不同。

"非肉体化"为大观园原本的诗意人生更增添了一层纯情的色彩。几十个人在一起，不分男女，完全没有肉欲，完全脱离了"低级趣味"。人，似乎完全成为精神的存在、灵性的存在，似乎可以摆脱肉体、脱离尘世，飞向遥远的天国。

事实上，这种"非肉体化"的理想古已有之。中国古代的飞天女神从来没有丰满的身体，她们飘飘欲仙，身体苗条得近乎不存在，或者只是一些裙裾加线条，自然也不可能呈现出什么肉体的欲望。即便是一些仕女画，所谓的美女们也都是"平面"的，她们既没有腿，也没有胸，甚至脸蛋也谈不上漂亮，根本不可能给观众带来任何感官的享受和刺激。

与此相反，西方文化中的女性形象总体上呈现出鲜明的"肉体化"。《断臂维纳斯》《美惠三美神》《酒神祭》《春》《泉》这些经典的绘画与雕塑名作都是对女性身体的展现和歌颂。当然，男性同样也是肉体化的，我们非常熟悉的米开朗琪罗的《大卫》、罗丹的《思想者》等就堪称典型。

常有人拿贾宝玉、林黛玉和罗密欧、朱丽叶相比较。的确，他们的爱情故事具有许多相似之处，而且，几个人的年龄也都差不多，都是少男少女。但很多人不知道的是，罗密欧与朱丽叶在舞会上认识，当时就接吻，第二天就去神父那里登记结婚，晚上便发生了关系。与他们动人的爱情相伴随的，始终是青春而蓬勃的肉体。

曹雪芹无疑是典型的中国人，而且把中国文人对于爱情的浪漫想象发展到了极致。贾宝玉不仅是"非肉体化"的，而且他喜欢的林黛玉也是病恹恹的，根本不可能产生肉体的激情。宝玉和黛玉之间虽说是"情人"，但实际上没有一次男人女人之间的亲密，哪怕是恋人之间的拥抱，也从未发生过。他们只是好哥哥好妹妹，他们只是小男孩和小女孩。

从这个意义上说，宝黛之间的感情，都未必称得上是爱情，更像是还处于爱情边缘的朦胧的情愫。或者说，他们只是关系亲密的兄妹而已。

理解了这一点，对于宝玉为什么总是用情不专，我们也就不会觉得惊讶和困惑了。

宝玉是喜欢黛玉不假，但这种喜欢并不是"情人"式的喜欢。宝玉对黛玉没有肉体的欲望（当然他对别的女孩也没有），他之所以看重黛玉，更主要是因为他们相互理解、心灵相通。黛玉从来不劝宝玉投身"仕途经济"，从来不说宝玉不爱听的"混帐话"，他们之间与其说是"情人"，还不如说是"知己"。也就是说，宝玉和黛玉，是亲情加友情，却还不能算是真正的爱情。

所以，他们之间总是闹别扭，宝玉所想与黛玉所求经常发生矛盾。黛玉虽然也是"非肉体化"的，但她希望至少在精神上能够独占宝玉。而宝玉却只是把黛玉当作他众多玩伴中的一员，尽管黛玉比其他人的位置都重要，但宝玉无论如何也不愿为她一人而放弃群钗。

第十九回，"情切切良宵花解语　意绵绵静日玉生香"，写得非常美，宝玉和黛玉歪在一张床上，头靠头说悄悄话。这个场景感动了许多人，也被认为是宝黛甜蜜爱情的象征。可是紧接着第二十回，宝玉就又亲亲密密地给麝月梳起了头。接着，史湘云来了，宝玉因为正在宝钗屋里玩，便和宝钗一起到贾母处看望湘云，此时，"正值林黛玉在旁，因问宝玉：'在那里的？'宝玉便说：'在宝姐姐家的。'黛玉冷笑道：'我说呢，亏在那里绊住，不然早就飞了来了。'宝玉笑道：'只许同你顽，替你解闷儿。不过偶然去他那里一趟，就说这话。'"可见，在宝玉的心里，并不是只想、只能跟黛玉玩，黛玉根本就不是那个唯一的"情人"，宝玉跟所有的女孩都亲密。二十一回就更有意思了，因为湘云和黛玉住在一起，宝玉一大早就去看望她们。结果，宝玉不仅用湘云洗过的残水洗脸，而且在洗漱完毕后，还求着湘云替他梳头——"千妹妹万妹妹的央告。湘云只得扶过他的头来，一一梳篦。"要知道，这可是当着黛玉的面。结果不仅黛玉在一旁冷笑，连一向"至贤至善"的袭人都大吃其醋，对宝玉不理不睬。而宝玉呢，根本没有感觉，根本不知道她们为什么生气，以至于只能看《南华经》解闷。试想一下，如果宝玉真的把黛玉当作"情人"，会发生以上的事情吗？

于是，他们一次又一次地吵闹，直弄得合府不宁，天翻地覆。

有人说，那是宝黛恋爱前期的情况，后来宝玉表明心迹，黛玉也就不再吵了。青年男女谈恋爱不就是这样吗？不都有个磨合的过程吗？

是的，后来黛玉的确不像以前那么又闹又吵了。但是宝玉对黛玉的态度变了吗？他真的像对待情人一样对待黛玉、一心一意地看着黛玉、守着黛玉吗？

完全不是。宝玉依然故我。

所谓的"宝玉表白"发生在第三十二回，宝玉以三个字"你放心"开头，说了短短的几句话，引得黛玉如轰雷掣电，彼此的心意似已全然明白。紧接着，宝玉挨打，黛玉旧帕题诗，两人的感情日趋稳定。至第五十七回"紫鹃试情"，宝黛之间仿佛更是山盟海誓的情人了。但是到了第六十二回，芳官依然可以在宝玉的床上睡觉；第六十四回，宝玉依然可以"一手拉了晴雯，一手携了芳官"；而上面提到的怡红院"男女混战"，则更是发生在第七十回。试问,此种状态下的宝玉,真的是把黛玉当作独一无二的"情人"吗?

有过爱情经验的人都应该知道,当你真正爱上一个人的时候,你的眼里便全是她,而其他的异性,仿佛不再存在。

宝玉显然不是这样的人、不在这样的状态。

宝玉虽然更喜欢黛玉,但他的"情"是广泛的,他同样喜欢湘云、晴雯、芳官、金钏,甚至宝钗、袭人、麝月、香菱、平儿……如果说《红楼梦》"大旨谈情",那么这种"情"并不是一般意义上的"男女私情"。宝玉对身边的女孩,没有身体的欲求,只有精神的体贴,这种感情,超越肉体、超越性别、天真烂漫、纯洁无邪。

这就是所谓的"意淫"。

或许,年少的时候,曹雪芹拥有过这样的感情,一群美丽可爱的女孩围绕着自己,没有烦恼,无关欲望,只是单纯的喜欢,她们不是情人,却是永远的好姐姐、好妹妹。

所以,他一直向往这种感情、留恋这种感情,他想把这样的感情永远凝固在笔端。

他希望能够永远活在这样的感情里。

不过,现实却是残酷的。女孩总要长大,"非肉体化"也不可持续。而外面的世界,往往欲望满地、肉体横陈。

上面提到,八十回本《红楼梦》,最后一回讲的是香菱的故事。其实,这一回还重点讲到了另外一个人,那就是迎春。

我们都知道,迎春死于孙绍祖之手,死因则是性虐待(后文会有详细讨论)。

大观园里，是"无性"的，是"非肉体化"的；大观园外，则是性的极度膨胀，是原本充满诗意的女儿们的极度的"肉体化"。

走进大观园，看到的是贾宝玉；而走出大观园，迎面遇到的是薛蟠和孙绍祖。

这是香菱的悲哀、迎春的悲哀，也是大观园的悲哀、曹雪芹的悲哀。

宝玉

青埂峰头容再游
分明身世此红楼
还容富贵闲人到
尚有情天册子留
十载经销几粉黛
一心破作两恩仇
出门大笑从今去
归却平生万种愁

贾宝玉为什么没有「大名」？

拒绝长大的宝玉

说了宝玉这个小男孩的"非肉体化",下面我们再来看看他的"非社会化"。

这一点应该更容易理解。宝玉喜欢大观园,喜欢大观园里诗意的、畅快的、无忧无虑的人生,讨厌园外的"俗务"和"俗人"。对那些俗务,他不仅不会,也不愿意学;对那些俗人,他自然也不愿意见。

他不喜欢男人,说男人是泥做的,浊臭逼人。男人的所谓"浊",到底浊在何处?无非是因为,第一,从生理来看,男人会有性的冲动,而性冲动的结果,就是排出液体。这东西不洁,是污秽,或如袭人所说,是"脏东西"。所以,男女发生性关系,女人会被看作是被男人"玷污"了、"糟塌"了。因此,这种"脏""污秽"使男人很"浊",宝玉也对男人的肉身充满厌恶。第二,从行为来看,男人更多的从事社会俗务,他们要和各种人打交道,要处理各种各样的事情,他们受到形形色色社会关系的束缚,他们为名所累,为利所累,他们挣不脱这个牢网。所以,他们的精神很难得到自由,他们很累、很沉重,甚至于,他们很龌龊。

所以，宝玉只想做"小男孩"，他不要做"男人"，他不要进入社会。

这方面的事例也有很多，熟悉《红楼梦》的读者可以信手拈来。这里只略举一二。

第三十二回，贾雨村来了，贾政派人来叫宝玉。

宝玉一面蹬着靴子，一面抱怨道："有老爷和他坐着就罢了，回回定要见我。"史湘云一边摇着扇子，笑道："自然你能会宾接客，老爷才叫你出去呢。"宝玉道："那里是老爷，都是他自己要请我去见的。"湘云笑道："主雅客来勤，自然你有些警他的好处，他才只要会你。"宝玉道："罢，罢，我也不敢称雅，俗中又俗的一个俗人，并不愿同这些人往来。"

宝玉一副不情愿的样子。连湘云都觉得宝玉去会会客人有好处，可宝玉完全不以为然。他自称俗人，这显然是在说反话。在他的心里，肯定认为贾雨村这些人都太俗了，而他自己，则雅得根本不屑与他们为伍。

第三十六回，宝玉被打以后日渐好转，贾母吩咐让他静养几月，用不着见外人。

那宝玉本就懒与士大夫诸男人接谈，又最厌峨冠礼服贺吊往还等事，今日得了这句话，越发得了意，不但将亲戚朋友一概杜绝了，而且连家庭中晨昏定省亦发都随他的便了，日日只在园中游卧，不过每日一清早到贾母王夫人处走走就回来了，却每每甘心为诸丫鬟充役，竟也得十分闲消日月。

宝玉实在是求之不得。有了贾母这把"尚方宝剑"，他越发把园外的一切社会交往都置之脑后。

另外,宝玉为什么特别怕他父亲?就是因为贾政总要他读四书五经,而读四书五经的目的,自然是为了考取功名,考取功名则意味着做官、进入社会,成为他自己讨厌的"禄蠹"。当然,宝玉也不愿意和贾政引荐的"禄蠹"们会面,尽管这些人在贾政看来可以对宝玉有很大的提携和帮助。

有人可能会问,宝玉的性情不是"喜聚不喜散"吗?他怎么会不爱与人交际呢?是不是对他的理解有误会?其实一点都没有误会。宝玉的"喜聚不喜散",是相对于他喜欢的人而言,尤其是大观园里的女孩子而言的。面对这些"水作"的女孩,他永远没有腻烦的时候,永远那么热情体贴,他希望大观园的盛宴永远不要散场。相反,对于自己不想见的人和不想做的事,他总是找各种理由逃避,哪怕装病也在所不惜。

所以,虽然宝钗曾说过宝玉是"无事忙",但宝玉所忙的,都是大观园里女孩子们的事,今天帮这个梳个头,明天帮那个淘个胭脂,后天又帮另一个理个妆,等等,总之是为"丫鬟充役",外面的"正经事"却一概不问。因此,在首次结诗社的时候,大家都说要起个号,宝钗调侃宝玉说:"还得我送你个号罢。有最俗的一个号,却于你最当。天下难得的是富贵,又难得的是闲散,这两样再不能兼有,不想你兼有了,就叫你'富贵闲人'也罢了。"(第三十七)可见宝玉平时是非常闲的。就在元春省亲、大家都忙得不可开交的时候,"第一个宝玉是极无事最闲暇的"。从这一点来看说,宝玉也依然是个小孩,他没有长大,他拒绝长大,他根本没有,也从未想过要进入成人的世界。

在宝玉看来,"非社会化"使得他诗意人生的理想得以实现。他不用进入社会的大染缸,不用为了考取功名而皓首穷经,不用为了每日的柴米油盐犯愁,当然也更不用为了私利而贪赃枉法。他没有贾政为官的烦恼,没有凤姐持家的焦虑,甚至也没有贾琏在外奔波的劳碌。他所需要做的,只是陪着众多女孩子玩闹,斗草簪花、吟诗作赋,开开心心做自己。

然而,"非社会化"的另一面,便是无知、无能和责任感的淡漠。宝玉很会淘胭脂,诗词文章也写得不错,然而一旦涉及社会事务,他就显得非常无知,所谓"潦倒不通世务"。比如在五十一回中,因为晴雯着凉,宝玉请人找了大夫看病,看好以后,该拿银子给大夫了。

说着,二人来至宝玉堆东西的房子,开了螺甸柜子,上一槅子都是些笔墨、扇子、香饼、各色荷包、汗巾等物;下一槅却是几串钱。于是开了抽屉,才看见一个小簸箩内放着几块银子,倒也有一把戥子。麝月便拿了一块银子,提起戥子来问宝玉:"那是一两的星儿?"宝玉笑道:"你问我?有趣,你倒成了才来的了。"麝月也笑了,又要去问人。宝玉道:"拣那大的给他一块就是了。又不作买卖,算这些做什么!"

宝玉和麝月都不识戥子。宝玉不仅不识,还不以为然:你都不知道我怎么知道?再说了,这有什么好算来算去的,拿大的给就是了。可想而知,此时的宝玉,不可能真正理解人间疾苦,如果这样的宝玉做了皇帝,会不会说出类似"何不食肉糜"的话呢?

有趣的是,曹雪芹在写了宝玉和麝月的对话以后,紧接着又来了几句:"那婆子站在外头台矶上,笑道:'那是五两的锭子夹了半边,这一块至少还有二两呢!这会子又没夹剪,姑娘收了这块,再拣一块小些的罢。'"这位宝玉根本看不上的老婆子站在外面,可能只是偶尔瞟了一眼,就能准确地说出银子的斤两,这是不是对宝玉的讽刺?

而因为社会知识的缺乏，因为刻意逃避社会交往和社会实践，宝玉在诸多事情上表现得很无能，许多时候的确就像个小孩子一样任人摆弄。第五十五回，因为王熙凤生病，大观园只能暂托探春、李纨和宝钗照管。当时，凤姐就这样评论宝玉："虽有个宝玉，他又不是这里头的货，纵收伏了他也不中用。"第六十三回，贾敬死了，大家很忙，凤姐身体又没痊愈，"只得将外头之事暂托了几个家中二等管事人"，因为"宝玉不识事体"。也就是说，荣、宁二府的大事小情，什么都指望不上宝玉，宝玉总是个小孩样。当然，这个小孩也就只能被人保护，而保护不了别人。金钏被王夫人痛骂，以致后来投井而死，宝玉没能尽到一点努力，他唯有"一溜烟去了"；司棋被几个老婆子押着，要带她出大观园，正好遇到宝玉，便央宝玉："他们做不得主，你好歹求求太太去。"宝玉却什么办法也没有，只能干看着掉眼泪。甚至连几个老婆子也不拿宝玉当回事，还笑宝玉说话糊涂；而晴雯，作为宝玉最喜欢的丫鬟，遭遇如此的冤情，宝玉也还是束手无策，他献给晴雯的，依然是无数的眼泪和感天动地的《芙蓉女儿诔》。这就是所谓"天下无能第一"吧。

至于说到责任感的淡漠，这同样很容易理解。小孩子是没有责任感的，因为年龄小，他不用考虑明天的事，不用考虑将来的事，所谓"无忧无虑"。宝玉只管享受他的诗意人生，他只活在当下，快乐一天是一天，至于姐妹们的未来、家族的未来，甚至自己的未来，都不在他的考虑范围之内。在探春理家、大观园里实行"承包责任制"以后，黛玉道："要这样才好，咱们家里也太花费了。我虽不管事，心里每常闲了，替你们一算计，出的多进的少，如今若不省俭，必致后手不接。"可宝玉却说："凭他怎么后手不接，也短不了咱们两个人的。"典型的"富贵不知乐业"。或许是因为宝玉的态度连黛玉也看不下去了，于是"黛玉听了，转身就往厅上寻宝钗说笑去了"。而更过分的事发生在第七十一回，宝玉、探春、尤氏、李纨几人在一起聊天，探春说现在虽然表面看着红火，但其实家里面挺难的。

宝玉道："谁都像三妹妹好多心。事事我常劝你，总别听那些俗话，想那些俗事，只管安富尊荣才是。比不得我们没这清福，该应浊闹的。"尤氏道："谁都像你，真是一心无挂碍，只知道和姊妹们玩笑，饿了吃，困了睡，再过几年，不过还是这样，一点后事也不虑。"宝玉笑道："我能够和姊妹们过一日是一日，死了就完了。什么后事不后事。"

"只管安富尊荣"，"过一日是一日"，管它"什么后事不后事"，这些话听起来很吓人，真正是"行为偏僻性乖张"，"于国于家无望"了。

宝玉真正在乎的、真正珍惜的，是他自己的感受，尤其是在大观园中与女孩们的体贴与深情。这份情是他活下去的动力。为了这份情，他可以放弃一切；如果这份情没了，他的心也就死了。

第三十四回，宝玉挨打以后，宝钗来看望他。看到宝玉伤得很重，宝钗也动了恻隐之心，说了几句贴心的话。宝玉"不觉心中大畅，将疼痛早丢在九霄云外"。此时，他心里想的是：

我不过捱了几下打，他们一个个就有这些怜惜悲感之态露出，令人可玩可观，可怜可敬。假若我一时竟遭殃横死，他们还不知是何等悲感呢！既是他们这样，我便一时死了，得他们如此，一生事业纵然尽付东流，亦无足叹惜。冥冥之中若不怡然自得，亦可谓糊涂鬼祟矣。

只要有这些姐姐妹妹们的眼泪陪着,他情愿挨打,死了也不可惜。

第三十六回,宝玉和袭人不知道怎么聊起历史来了,宝玉对那些青史留名的文臣武将都不以为然。

比如我此时若果有造化,该死于此时的,趁你们在,我就死了。再能够你们哭我的眼泪流成大河,把我的尸首漂起来,送到那鸦雀不到的幽僻之处,随风化了,自此再不要托生为人,就是我死的得时了。

能够死在脂粉堆里,让女孩子们的眼泪为他送行,这就是宝玉最后的人生理想。

可见,无论是"非肉体化",还是"非社会化",都是一把双刃剑,它们既构成宝玉诗意人生的重要内容,同时也成为他进入世俗人生的隔膜和阻碍。宝玉不可能永远待在大观园,所以他总有一天要面对这些矛盾。而当这一天来临的时候,他会如何思考、如何选择呢?我们又如何去看待他的思考和选择呢?

此是后话,不提。

林黛玉的少女心

贾宝玉喜欢"美少女",而林黛玉,正是这样一位"美少女"。

黛玉很美,"两弯似蹙非蹙罥烟眉,一双似泣非泣含露目。态生两靥之愁,娇袭一身之病。泪光点点,娇喘微微。闲静时如姣花照水,行动处似弱柳扶风。心较比干多一窍,病如西子胜三分。"(第三回)大观园内外尽管美女众多,但黛玉依然算是出类拔萃的,而且风流袅娜、气质不凡。黛玉刚进贾府时,王熙凤就曾赞扬说:"天下真有这样标致的人物,我今儿才算见了!"第二十五回,因为凤姐宝玉被马道婆施法,众人都去探望,结果薛蟠"忽一眼瞥见了林黛玉风流婉转,已酥倒在那里"。第二十六回,黛玉去看望宝玉被晴雯拒于门外,黛玉非常伤心,站在墙角花荫下哭泣,却因为她"秉绝代姿容,具希世俊美",以至于鸟儿都不忍再听,忒楞楞飞走。

黛玉也是个"少女"。当然,我们这里所说的"少女"不单是指年龄。对应于前面,宝玉是个"少男",是"非肉体化"和"非社会化"的存在,而黛玉则是个"少女",她同样是"非肉体化"和"非社会化"的存在。

我们先来看黛玉的"非肉体化"。

黛玉虽然很漂亮,可她"没有"肉体,她的美是气质的美、灵性的美、精神的美,与肉体无关,我们在《红楼梦》中也找不到一处关于黛玉肉体美的描绘。当然,如前文所述,出于中国古代文人的审美观,文艺作品中的女性形象本就不突出肉体,而黛玉更是这其中的典型。在曹雪芹的笔下,《红楼梦》里的其他女孩,还偶尔能够有肉体的呈现,比如宝玉有一次去看望住在一起的黛玉和湘云,只见"那林黛玉严严密密裹着一幅杏子红绫被,安稳合目而睡。那史湘云却一把青丝拖于枕畔,被只齐胸,一弯雪白的膀子撂于被外,又带着两个金镯子"。(第二十一回);宝玉也曾在贾母的大丫头鸳鸯身上,看到女性肉体的美:"宝玉坐在床沿上,褪了鞋等靴子穿的工夫,回头见鸳鸯穿着水红绫子袄儿,青缎子背心,束着白绉绸汗巾儿,脸向那边低着头看针线,脖子上戴着花领子。宝玉便把脸凑在他脖项上,闻那香油气,不住用手摩挲,其白腻不在袭人之下……"(第二十四回)最典型的是在第二十八回:

此刻忽见宝玉笑问道:"宝姐姐,我瞧瞧你的红麝串子?"可巧宝钗左腕上笼着一串,见宝玉问他,少不得褪了下来。宝钗生的肌肤丰泽,容易褪不下来。宝玉在旁看着雪白一段酥臂,不觉动了羡慕之心,暗暗想道:"这个膀子要长在林妹妹身上,或者还得摸一摸,偏生长在他身上。"正是恨没福得摸,忽然想起"金玉"一事来,再看看宝钗形容,只见脸若银盆,眼似水杏,唇不点而红,眉不画而翠,比林黛玉另具一种妩媚风流,不觉就呆了,宝钗褪了串子来递与他也忘了接。

湘云有"雪白的膀子",鸳鸯有白腻的脖项,可黛玉什么也没有;宝钗的"雪白一段酥臂"会长在黛玉身上吗?不会。即便是在宝玉和黛玉最亲密的时候,他们之间也只是这样的:

宝玉总未听见这些话,只闻得一股幽香,却是从黛玉袖中发出,闻之令人醉魂酥骨。宝玉一把便将黛玉的袖子拉住,要瞧笼着何物。黛玉笑道:"冬寒十月,谁带什么香呢。"宝玉笑道:"既然如此,这香是那里来的?"黛玉道:"连我也不知道。想必是柜子里头的香气,衣服上熏染的也未可知。"宝玉摇头道:"未必。这香的气味奇怪,不是那些香饼子、香毬子、香袋子的香。"(第十九回)

两人已经睡在一张床上,头靠头歪在一起,而且黛玉还是"具希世俊美"的绝代佳人,可是此时依然没有对黛玉肉体的描写。黛玉只有一缕香气,这缕香气还不知道是身上发出来的,还是衣服上散发的。

看了《红楼梦》,很多读者都会有这样的疑问:宝玉和黛玉既然这么心心相印,却为什么没有发展出进一步的关系,哪怕是亲密的拥抱或者接吻?有人可能会说,那是因为他们守规矩,遵从礼法。但是我们要知道,宝玉和黛玉两个人是最不愿意守规矩,最不愿意遵从礼法的,喜欢讲礼法的是宝钗和袭人。而且,宝玉不是已经和袭人发生性关系了吗?宝玉不是还经常和丫头们亲亲密密吗?——手拉手根本不算什么,在一张床上睡觉、在一个被窝里取暖也习以为常——却为什么和黛玉反而那么规矩、那么"正经"呢?

仔细阅读原文就会发现,这里面最大的原因,就是黛玉的拒绝。前面说到，其实宝玉对黛玉的感情，并不能算是真正的爱情，更多的是一种兄妹之间的关爱和体贴，宝玉对其他女孩同样可以有许多亲密的举动。但是黛玉比宝玉走得更远，就连这种小男孩小女孩或者说兄妹之间的亲密接触，黛玉也非常警惕，甚至反感。

比如，前面提到，宝玉要闻黛玉袖笼里的香气。照理说，依他们两人亲密的关系，这根本不算什么。但黛玉是什么态度呢？——"黛玉夺了手道：'这可该去了。'"——"夺了手"，非常坚决。

再比如，贾母到清虚观打醮，张道士说要给宝玉提亲，还给了宝玉一个金麒麟，这激起了黛玉的醋意，两人爆发了一场大吵，宝玉连玉都摔了，甚至惊动了贾母和王夫人。稍后，两人的关系好不容易有些好转，宝玉主动来看黛玉。

宝玉心里原有无限的心事，又兼说错了话，正自后悔；又见黛玉戳他一下，要说又说不出来，自叹自泣，因此自己也有所感，不觉滚下泪来。要用帕子揩拭，不想又忘了带来，便用衫袖去擦。林黛玉虽然哭着，却一眼看见了，见他穿着簇新藕合纱衫，竟去拭泪，便一面自己拭着泪，一面回身将枕边搭的一方绡帕子拿起来，向宝玉怀里一摔，一语不发，仍掩面自泣。宝玉见他摔了帕子来，忙接住拭了泪，又挨近前些，伸手拉了林黛玉一只手，笑道："我的五脏都碎了，你还只是哭。走罢，我同你往老太太跟前去。"林黛玉将手一摔道："谁同你拉拉扯扯的。一天大似一天的，还这么涎皮赖脸的，连个道理也不知道。"（第三十回）

就在这种情况下，宝玉只是要拉一拉黛玉的手，黛玉就"将手一摔"，还要骂宝玉"涎皮赖脸的"。

要知道，宝玉和丫鬟们拉手很平常，可在黛玉这里，仿佛就是大逆不道。

生气的时候如此，那高兴的时候怎么样呢？第三十二回，宝玉在湘云面前"诉肺腑"，说了一通赞扬黛玉的话，恰好黛玉在门外听见，心里非常感动。

这里宝玉忙忙的穿了衣裳出来，忽见林黛玉在前面慢慢的走着，似有拭泪之状，便忙赶上来，笑道："妹妹往那里去？怎么又哭了？又是谁得罪了你？"林黛玉回头见是宝玉，便勉强笑道："好好的，我何曾哭了。"宝玉笑道："你瞧瞧，眼睛上的泪珠儿未干，还撒谎呢。"一面说，一面禁不住抬起手来替他拭泪。林黛玉忙向后退了几步，说道："你又要死了！作什么这么动手动脚的！"

即便是宝玉要给黛玉拭泪，黛玉似乎也很害怕，"忙向后退了几步"，绝不允许宝玉动手动脚。

这是关系亲密的男女之间正常的状态吗？即便是兄妹，也不至于如此敏感吧？何况还人人都说宝玉和黛玉是恋人。

我们可以推测一下，如果黛玉对于"男女之事"一点都没感觉，她是不会如此介意的：兄妹俩之间拉拉手有什么呢？应该说，她是有一点感觉的，照她自己的说法是"一天大似一天"。而且，第二十三回，"西厢记妙词通戏语　牡丹亭艳曲警芳心"，黛玉是和宝玉一起看过《西厢记》的，还看得津津有味，"越看越爱看，不到一顿饭工夫，将十六出俱已看完，自觉词藻警人，馀香满口。"随后，黛玉在梨香院墙角上又听到戏班女孩子唱的《牡丹亭》。要知道，《西厢记》和《牡丹亭》都是对男女情爱乃至性爱的颂扬。《西厢记》中的张君瑞偶然见到崔莺莺,便被迷得魂不守舍,历经几个回合的试探,莺莺总算答应和张君瑞约会,而且要"寄语高唐休咏赋,今宵端的雨云来";后来两人幽会,真是"春至人间花弄色""软玉温香抱满怀";良宵共度之后,张君瑞还想着"今宵得会碧纱橱,何时重解香罗带?"而《牡丹亭》里的杜丽娘只是因为梦见书生柳梦梅,就与他在梦中成就了云雨之欢。黛玉无意中听到小戏子所唱的"则为你如花美眷,似水流年",便"心动神摇""如痴如醉",那么在这两句话的后面,《牡丹亭》是怎么写的呢?

则为你如花美眷,

似水流年,

是答儿闲寻遍,

在幽闺自怜,

转过这芍药栏前,

紧靠着湖山石边,

和你把领扣儿松,衣带宽,

袖梢儿揾着牙儿沾也。

则待你忍耐温存一晌眠。

是那处曾相见?

相看俨然,

早难道好处相逢无一言。

香艳的场景,跃然纸上!

可见,《西厢记》和《牡丹亭》都不回避情欲,没有把男女主角当作

"非肉体化"的存在，反而把情欲写得很诱人、很美。我们可以想象一下，按照正常的逻辑，黛玉在和宝玉一起看了《西厢记》以后，应该会感到脸红心跳，虽然非常害羞，但内心期待着能和宝玉有一些身体的接触。实际上，宝玉倒是有点调皮，学了几句书中的话，自以为得意地说给黛玉听。但黛玉是什么反应呢？

虽看完了书，却只管出神，心内还默默记词。宝玉笑道："妹妹，你说好不好？"林黛玉笑道："果然有趣。"宝玉笑道："我就是个'多愁多病身'，你就是那'倾国倾城貌'。"林黛玉听了，不觉带腮连耳通红，登时直竖起两道似蹙非蹙的眉，瞪了两只似睁非睁的眼，微腮带怒，薄面含嗔，指宝玉道："你这该死的胡说！好好的把这淫词艳曲弄了来，还学了这些混话来欺负我。我告诉舅舅舅母去。"（第二十三回）

黛玉一方面觉得有趣，还"默默记词"；可另一方面，宝玉甚至都没说什么过头的话，只是把自己比作"多愁多病身"的张君瑞，把黛玉比作"倾国倾城貌"的崔莺莺，黛玉便非常生气，认为宝玉是欺负自己。

有的人可能会说，其实黛玉并没有真的生气，她只是比较矜持、不好意思罢了。真是这样吗？那我们再来看第二十六回，黛玉在潇湘馆"春困发幽情"，正好宝玉来了。黛玉跟宝玉撒娇："人家睡觉，你进来作什么？"宝玉还对着黛玉打个响指，两人看似非常亲密，关系前所未有的好。可这时，宝玉仅仅对着紫鹃调侃了一句："若共你多情小姐同鸳帐，怎舍得叠被铺床？"黛玉马上变色。

林黛玉登时撂下脸来，说道："二哥哥，你说什么？"宝玉笑道："我何尝说什么。"黛玉便哭道:"如今新兴的,外头听了村话来,也说给我听;看了混帐书,也来拿我取笑儿。我成了爷们解闷的。"一面哭着,一面下床来往外就走。宝玉不知要怎样,心下慌了,忙赶上来道:"好妹妹,我一时该死,你别告诉去。我再要敢,嘴上就长个疔,烂了舌头。"

"若共你多情小姐同鸳帐,怎舍得叠被铺床?"也来自《西厢记》,是男主角张君瑞对崔莺莺的丫鬟红娘讲的话。宝玉只是随口一说,倒未必真的就意味着要和黛玉怎么样,但是黛玉仍然非常敏感,"登时撂下脸来",甚至还哭了,还要去告诉家长。不只是说着玩玩,她是真的要去告诉,已经下床了,"往外就走"。

我们还能说黛玉并没有生气,仅仅是因为矜持和不好意思吗?

所以,只有一种可能,那就是黛玉对男女之间的情欲非常抗拒。她"没有"情欲,她也"不愿意"自己有情欲,当然,也非常讨厌任何男人对她产生情欲。总之,她不是一个"肉体化"的存在,她是一个清纯的、未被肉欲"污染"的"女孩",而不是一个有着健康肉体和旺盛情欲的"女人"。

是的,黛玉是个"少女"。黛玉的年龄比宝玉还要小,在贾府的日子,她正处于典型的少女时期。前面说到,少男少女虽然有了朦胧的性意识,但是并不太清楚来自肉体的情欲到底是怎么回事,甚至还会有些焦虑。所以,少男少女都不喜欢"肉体化"的异性,反而都喜欢瘦瘦的。都说少女情怀总是诗,诗是浪漫的、多情的,却与性无缘。在某些少女那里,这种"非肉体化"情形尤其严重,她们甚至还会认为来自肉体的欲望是低俗的、肮脏的、见不得人的,和男人发生性关系,显得下流而又龌龌；而只有抵抗、排斥这种低俗、肮脏的肉欲，才能显出自己的纯洁，也才能使男女之情变得超脱和神圣。林黛玉还不是一般的"少女"，她是绛珠仙子，是大观园乃至整部《红楼梦》里最"仙"的女孩。仙子怎么可能有肉欲？仙子有了肉欲，岂不是对仙子的侮辱？

所以，曹雪芹想象出了一个诗意的世界——大观园。大观园本身就是"非肉体化"的，里面的女孩们仿佛个个都充满了诗情画意；而这个诗意世界的灵魂人物林黛玉，当然就更是超凡脱俗，不食人间烟火。因此，林黛玉不可能有肉体，《红楼梦》的读者也无法想象林黛玉会成为某个男人（哪怕是宝玉）欲望的对象。黛玉只可能是精灵，是轻烟，只可能以她气质的美、灵性的美，让无数男子为之仰望、为之叹息，而她的身体，必然消失于无形。

或许也正因为如此，曹雪芹把黛玉比作一棵草——绛珠仙草，而黛玉所居住的潇湘馆外，只有"千百竿翠竹遮映"，却没有一株花。是的，黛玉虽然后来抽签时也曾抽到芙蓉花，但她更像是一棵草。花被用来形容女性的妩媚，常带有娇嫩、艳丽的肉体意象，而黛玉只是一棵草，她的身体永远不会开花。

说了那么多黛玉的"非肉体化"，下面再来看一下她的"非社会化"。

从心理学上来看，黛玉属于典型的"自我型人格"。这一类型的人最注重自我的感受，不愿意为了适应别人或社会而放弃自我。因此，他们往往有一些和常人不同的奇异的想法；他们也喜欢特立独行，显得不太合群。总之，在他们的生命里，保持自我的独特性是最重要的，而对于社会事务并不是那么热心和关注。

我们都知道，黛玉"喜散不喜聚"，更不爱热闹，即便是在高兴的时候,也会突然伤感起来。比如第三十一回,正值端午节,大家还在一起吃饭,可黛玉又莫名感伤。

林黛玉天性喜散不喜聚。他想的也有个道理,他说,"人有聚就有散,聚时欢喜,到散时岂不清冷?既清冷则生伤感,所以不如倒是不聚的好。比如那花开时令人爱慕,谢时则增惆怅,所以倒是不开的好。"故此人以为喜之时,他反以为悲。

黛玉喜欢蜷缩在自我的小世界里,咀嚼情感的伤痛,对外面的世界很隔膜。自然,她也不喜欢那些所谓的俗务,她也没有办理俗务的能力。所以,贾府无论发生什么事情,宝玉和黛玉俩人都是帮不上忙的;即便是宝玉被打,宝钗拿来的是药,而黛玉送给宝玉的,只有眼泪。

同样,黛玉对各种各样的社会关系也不以为然,她不会像宝钗那样想到去打理这些社会关系。而且,除了几个长辈之外,无论是对老婆子还是小丫头,黛玉想说什么就是什么,毫不考虑后果。

这样的事例就多了。黛玉刚到贾府不久,薛姨妈让周瑞家的带一些宫花给大家,基本上是每个女孩子两枝。等花送到黛玉这里,"黛玉只就宝玉手中看了一看,便问道:'还是单送我一人的,还是别的姑娘们都有呢?'周瑞家的道:'各位都有了,这两枝是姑娘的了。'黛玉冷笑道:'我就知道,别人不挑剩下的也不给我。'周瑞家的听了,一声儿不言语。"(第七回)可想而知,光这几句话,周瑞家的肯定就对黛玉有看法了,可黛玉不管。紧接着,第八回,宝玉和黛玉到薛姨妈那里吃饭,宝玉已经喝了三杯酒,李嬷嬷拦着不让他再喝,还拿老爷(贾政)来吓他。这时候,黛玉"一面悄推宝玉,使他赌气;一面悄悄的咕哝说:'别理那老货,咱们只管乐咱们的。'那李嬷嬷不知黛玉的意思，因说道：'林姐儿，你不要助着他了。你倒劝劝他，只怕他还听些。'林黛玉冷笑道：'我为什么助他？我也不犯着劝他……'"宝玉对李嬷嬷尚且礼让三分，可黛玉只管叫她"老货"。黛玉和宝玉一样，只想着当时的快乐，不考虑将来和长远。

活在"当下"，不问"后事"，这恰对上了宝玉的心意。宝玉不是曾说过"我能够和姊妹们过一日是一日，死了就完了。什么后事不后事"吗？所以宝玉拒绝"仕途经济"，也"懒与士大夫诸男人接谈"。贾府所有人包括宝钗、湘云、袭人等都屡次劝诫宝玉，却唯有黛玉从来不这样做，"自幼不曾劝他去立身扬名等语"。黛玉和宝玉一样，对这些社会俗事深恶痛绝，也从来不说让宝玉去读书做官那样的"混帐话"。在这方面，她和宝玉的确是真正的"知己"。

对诗意人生的向往，对"非肉体化"和"非社会化"的认同，是宝玉和黛玉深厚感情的共同基础，也使得他们的感情虽然历经波折，彼此却始终不可替代。不过，随着时间的推移，"非肉体化"和"非社会化"也面临挑战，他们那貌似牢不可破的情感，隐藏着巨大的危机。

黛玉

英皇夜泛红丝瑟　当户每憎鹦舌唤
寒入潇波孕兰质　断肠唯擘凤笺吟
承泪幽篁点点斑　闺中女伴称诗格
一生尽是含愁日　漫许才华世无敌
卿家少小问妆楼　谁道风批月抹词
薄命梨花不耐秋　无非粉泣珠啼迹
故园高堂俱早世　雨过雕栏逐次行
外家戚里盛通侯　落红满迳又伤情
迢迢一旦掌上怜　封泥为筑理香冢
兰锜繁华照天地　刹粉亲书瘗玉铭
长日虽邀掌上怜　归来日日无言坐
西风谁识心中事　慵病唯应强梳里
名园春色到橘台　意绪时背旁人堕
稚蝶娇莺作队来　泪丝一点孤灯暗绮笼
赏月不关金屈戍　轻魂容易逐罡风
酹花争泛玉交杯　笙歌何处金堂沸
众中别有关心处　环佩回首伤遗事
宜笑宜嗔总无据　平泉今宵绣阁空
红烛宵深忆过寻　草死红心愁满地
绿窗书静同低絮　瘦影伶俜望不来
从来幽恨已难禁　夕阳犹锁丛筠翠
从此闲愁日又深

林黛玉为什么爱使小性子

我们都知道,林黛玉和贾宝玉的感情过程并不顺利,其间经历了好几次大吵大闹,至于日常偶尔的拌嘴,那就更是不计其数。

应该说,宝玉的脾气还是非常好的,他没有公子爷的架子,对每个女孩都那么温柔体贴,堪称一典型的"暖男"。

而黛玉呢,比较爱使小性子,动不动就生气、发脾气。用今天的话说,就是挺能"作"的。

"作"本来是上海方言,后来经过文艺作品的演绎,变成对有些人行为的描绘,大意是指"做作,爱折腾,喜欢使小性子,无理取闹,胡搅蛮缠"等。

林黛玉是姑苏(今苏州)人,离上海非常近,而且,苏州和上海都属于同一方言区。不知道彼时的黛玉,懂不懂"作"到底是什么意思。

作,并无绝对的褒义或者贬义,它反映的是一种个性和心理。在和宝玉的交往中,黛玉爱使小性子,我们也可以从中感受到黛玉的情感需求和情感期待。

林黛玉的确够作的，动不动就找宝玉的茬，动不动就流眼泪、生闷气，还经常要死要活的。

有过恋爱经验的男人应该都知道，类似林黛玉这种情况在女人（如上所述，严格地说，黛玉还不能算是"女人"，她是一个"女孩"。但是"女人"也可作为对"女性"的一般表达，所以这里仍用"女人"一词。下同）身上很常见，有的人当然更突出，会不停地找出各种各样的事情或借口来折腾别人，似乎永远没有满足的时候。

在第三十二回中，宝玉和黛玉闹别扭以后有一段对话。

宝玉瞅了半天，方说道"你放心"三个字。林黛玉听了，怔了半天，方说道："我有什么不放心的？我不明白这话。你倒说说怎么放心不放心？"宝玉叹了一口气，问道："你果不明白这话？难道我素日在你身上的心都用错了？连你的意思若体贴不着，就难怪你天天为我生气了。"林黛玉道："果然我不明白放心不放心的话。"宝玉点头叹道："好妹妹，你别哄我。果然不明白这话，不但我素日之意白用了，且连你素日待我之意也都辜负了。你皆因总是不放心的原故，才弄了一身病。但凡宽慰些，这病也不得一日重似一日。"

的确，从心理学上看，有的人之所以喜欢作，其根本原因就是"不放心"，用现在的话来说即缺乏"安全感"，总是希望通过各种方式确证"他到底爱不爱我""到底爱我有多少""我在他心里是什么地位，我跟某某比较如何，跟另一个某某比较又如何"。所以黛玉总是跟宝钗比、跟湘云比。宝玉虽然说了"你放心"，但光说是没有用的，黛玉还是要不断地作，不断地从作中得到回应和承诺，从而确证宝玉对她的爱，获得可靠感和安全感。

这种确证主要包括以下三个方面：

第一，确证她在男人心中的重要性和唯一性。

女性对于情感的需求和依赖本来就比男性严重，而如果她缺乏安全感，就更是会疑神疑鬼。她总担心自己在男人心中的地位是否牢固，她希望自己是那个重要的，甚至是唯一的、不可替代的女人。于是，她提出各种各样的问题、想出各种各样的方法来折腾男人、考验男人，并通过男人的回答和行动，来获得让她放心和满意的答案。我们都知道，有的女人喜欢提出类似"我和你妈掉河里了你先救谁"这样的问题，她之所以这样问，就是希望确证她在男人的心目中是最重要的，甚至比男人的妈妈还要重要。而有个网友也在网上发牢骚说："我女朋友奇葩到凌晨三点让我去买外卖，不去就是不爱；她打的电话我要在三声之内就接听，不接就是不爱；她想尽办法让我删除所有异性朋友，不删就是不爱；最奇葩的是，我只是给别的女生朋友圈点了个赞，她知道后就大发脾气和我吵个没完没了。"

林黛玉显然严重缺乏安全感，而缺乏安全感则来源于她高度的不自信。当然，黛玉的不自信，不是因为自己，而是因为家庭以及"金玉姻缘"的传说。黛玉的身材、相貌、气质都出类拔萃，她自己不可能不知道；黛玉的才华就更是百里挑一、鲜有匹敌，虽然她常自谦自己诗词作得不好，其实内心是非常自负的，不然也不会在元春省亲时"未得展其抱负"而不快。但是，黛玉最大的伤痛是她的家庭，母亲在她五岁的时候就去世了，而父亲后来也离她而去，她只能孤身一人来到贾府。按她自己的说法，在贾府的吃穿用度都不是自己的，也就是说，黛玉是没有任何遗产继承的，她完全是寄人篱下。这些因素综合叠加，便造成了她异常敏感的性格。她喜欢宝玉，可是她什么都没有，没有相匹配的家庭地位，没有人为自己做主。相反，宝钗有钱、有地位、有妈妈、有哥哥，还有和宝玉相配的金锁；再加上后来的史湘云，虽然家境同样不好，可她毕竟也有个金麒麟。

所以，黛玉其实内心很自卑，她生怕自己被人看轻，处处跟人（特别是宝钗和湘云）计较，更生怕宝玉眼中没有自己。因此，别人可能根本还没想到，她自己倒经常突然提起什么金锁、麒麟，然后在那里自怨自怜。第十九回，宝玉和黛玉靠头歪在一起亲密地聊天，突然之间，黛玉冷笑道："难道我也有什么'罗汉''真人'给我些香不成？便是得了奇香，也没有亲哥哥亲兄弟弄了花儿、朵儿、霜儿、雪儿替我炮制。我有的是那些俗香罢了。"第二十二回，几个人在一起看戏，凤姐说台上一个小戏子像一个人，湘云傻乎乎地道："倒像林妹妹的模样儿。"其实湘云也没什么心计，说这个小戏子像黛玉并没有别的意思。宝玉仍然怕黛玉误会，连忙给湘云使眼色，让她别再往下说了。可尽管如此，黛玉还是非常愤怒，一方面是因为把她比作了戏子，另一方面，按她自己的话说："这一节还恕得。再者，你为什么又和云儿使眼色？这安的是什么心？莫不是他和我顽，他就自轻自贱了？他原是公侯的小姐，我原是贫民的丫头，他和我顽，设若我回了口，岂不他自惹人轻贱呢。是这主意不是？"湘云无意间的一句话，以及宝玉保护她的举动，都可以让黛玉联想到自己身份的低贱，难怪大家都认为她是"多心"的了。

因为内心的自卑、因为要确证自己的重要，黛玉非常希望自己是大家（以及宝玉）眼中那个唯一的、不可替代的人。试想，如果一个人随时可以被别人所替代，那她怎么可能重要呢？她在感情中又怎么会有安全感呢？但是因为过于敏感，黛玉的这种计较有时到了不可理喻的地步。

周瑞家的送宫花，每个女孩两枝，可黛玉偏要问一句："还是单送我一人的，还是别的姑娘们都有呢？"当然是大家都有，这本来很正常，但黛玉很不满意："我就知道，别人不挑剩下的也不给我。"第二十回，宝玉和宝钗一起来看湘云，"正值林黛玉在旁，因问宝玉：'在那里的？'宝玉便说：'在宝姐姐家的。'黛玉冷笑道：'我说呢，亏在那里绊住，不然早就飞了来了。'宝玉笑道：'只许同你顽，替你解闷儿。不过偶然去他那里一趟，就说这话。'"其实，黛玉心里是希望宝玉只和她一个人玩的，不然她也不会生气。第二十二回，宝玉来叫黛玉去看戏，黛玉莫名冷笑："你既这样说，你就特叫一班戏来，拣我爱的唱给我看。这会子犯不上跳着人借光儿问我。"黛玉为什么突然就"作"起来了呢？因为她发现宝钗在过生日，宝钗成了大家注目的焦点，而她自己并不是那个唯一的和最重要的人。

恋爱中的女人对于唯一性的追求可以理解，尤其对于某些女人来说，爱情就是她们生命的全部，当然希望对方满眼都是自己、每时每刻都离不开自己。但是客观而言，一个人很难成为另一个人绝对的唯一，就算黛玉是宝玉的灵魂知己，他们在精神领域拥有广泛的共同语言、彼此不可替代，但黛玉的其他能力（比如社会交往、"女工"针黹等）却很差，宝玉同样需要宝钗、袭人、麝月这样的女子。如果过度追求这种唯一性，就容易陷入死胡同。

第二，确证男人可以和她心连心。

有经验的人都知道，喜欢作的女人，都爱玩"猜心游戏"：她心里想的什么、她需要什么，她不说，要男人去猜；甚至她经常说反话，真真假假，看男人能不能分辨出来。

因为越是缺乏安全感的女人，越是希望男人能够走进她的内心、能够"懂她"——如果男人能够懂她、她的任何心思男人都能猜到，岂不就证明她和男人是心连心的吗？既然都心连心了，那这个男人自然是跑不掉了，她也就可以暂时放心了。

前面说到，宝玉因为在宝钗那里玩，黛玉很生气，便一个人赌气回房。宝玉连忙跟了来，对黛玉千哄万哄，但是黛玉还是不开心。不想一会儿宝钗又来了，又把宝玉拉去看湘云，这下"黛玉越发气闷，只向窗前流泪"。过一会儿，宝玉回来了，黛玉更是"抽抽噎噎的哭个不住"。宝玉又是千哄万哄，还跟她讲了一番"亲不间疏，先不僭后"的道理。这时黛玉怎么说呢？"我难道为叫你疏他？我成了个什么人了呢！我为的是我的心。"黛玉真的不希望宝玉疏远宝钗吗？当然不是，否则她生什么气呢？而且，黛玉说"我为的是我的心"，那她的心到底是什么呢？女人在作的时候，最喜欢说的就是男人不懂她的心，但其实女人的这个"心"是最难以捉摸的，而且往往阴晴不定，让男人无所适从，宝玉也因此经常被黛玉弄得摸不着头脑，好几次濒临崩溃。

因为喜欢让男人"猜心"，所以女人的话往往不明说，甚至故意反着说，看看男人到底是什么态度。还是上面的场景，我们再来看宝玉和黛玉的一段对话。

宝玉忙跟了来，问道："好好的又生气了？就是我说错了，你到底也还坐在那里，和别人说笑一会子。又来自己纳闷。"林黛玉道："你管我呢！"宝玉笑道："我自然不敢管你，只没有个看着你自己作践了身子呢。"林黛玉道："我作践坏了身子，我死，与你何干！"（第二十回）

女人在作的时候，最喜欢说的话之一，恐怕就是"你管我呢"。可她心里真是这么想的吗？当然完全不是。黛玉之所以生气，其实正是因为"你为什么去跟别人玩？你为什么不管我？"同样，"我作践坏了身子，我死，与你何干！"当然也不是真的认为和宝玉没有关系；相反，这句话的潜台词是：你要再不管我，我就死给你看！

类似这种情况在黛玉那里多次出现，动不动就是"你也不用哄我""一辈子也别来"这样的话，宝玉虽然脾气极好，但也经常被她折腾得够呛。

而且，喜欢作的女人都认同一句话：女人是用来爱的，不是用来讲道理的。因为"作"本身就是情绪化、不讲道理的，所以女人在作的时候根本没有逻辑可言。也就是说，这个时候男人不能跟她讲道理，她也不会听你讲什么道理，你怎么说都是错。相反，她自己倒可以胡搅蛮缠、东扯西拉、翻旧账。

因为湘云说黛玉像小戏子，宝玉怕黛玉多心，连忙给湘云使眼色。这下可好，把湘云和黛玉都得罪了。且不说湘云，宝玉怎么给黛玉解释，黛玉都听不进去。

> 林黛玉冷笑道："问的我倒好。我也不知为什么原故。我原是给你们取笑儿的，——拿我比戏子，给众人取笑。"宝玉道："我并没有比你，我并没有笑，为什么恼我呢？"黛玉道："你还要比？你还要笑？你不比不笑，比人比了笑了的还利害呢！"宝玉听说，无可分辨，不则一声。（第二十二回）

此时的宝玉，笑也不是，不笑也不是。笑是他的错，不笑也是他的错。所以宝玉很无奈，只能一句话不说。

在第二十回中，黛玉生气，宝玉又千哄万哄之后，黛玉略有悔意。但她嘴上是绝不肯承认自己错误的："你只怨人行动嗔怪了你，你再不知道你自己怄人难受。就拿今日天气比，分明今儿冷的这样，你怎么倒反把个青肷披风脱了呢？"——突然扯到天气，还怪宝玉为什么把披风脱了，这脑回路恐怕没有几个男人能跟上的。

第三，确证男人对她的感情矢志不渝。

什么叫矢志不渝？就是不仅今天要对她好，明天、后天也要对她好，将来要一直对她好。喜欢作的女人，绝不会满足于一次两次的情感确证，她的作是长期的，也往往是随机的，不知道什么时候就突然发生。

黛玉自从来到贾府之后，内心就非常敏感，而对她非常亲近的宝玉，就更是患得患失。比如第五回就提到，"其中因与黛玉同随贾母一处坐卧，故略比别个姊妹熟惯些。既熟惯，则更觉亲密；既亲密，则不免一时有求全之毁，不虞之隙。这日不知为何，他二人言语有些不合起来，黛玉又气的独在房中垂泪，宝玉又自悔言语冒撞，前去俯就，那黛玉方渐渐的回转来。"在以后的生活里，宝玉和黛玉两人吵嘴犹如家常便饭。因为宝钗、因为湘云、因为金锁或麒麟，黛玉的心似乎就没有安定过，她动不动就生气、冷笑、作践自己，也折腾宝玉，就连宝玉给她点东西，她也要嘲讽一下："我没这么大福禁受。比不得宝姑娘，什么金什么玉的，我们不过是草木之人。"（第二十八回）宝玉要给她擦眼泪，她不让，说宝玉作死，还要加上一句："你死了倒不值什么，只是丢下了什么金，又是什么麒麟，可怎么样呢？"（第三十二回）弄得宝玉要么急得满脸通红，要么一遍又一遍地对天发誓。

女人作的前提，其实是男人的宠爱。女人知道男人宠爱她、包容她，所以她才敢使小性子，才敢胡搅蛮缠、无理取闹。面对黛玉一次又一次的作，湘云就曾对宝玉说，"这些没要紧的恶誓、散话、歪话，说给那些小性儿、行动爱恼人、会辖制你的人听去！"在湘云看来，黛玉之所以喜欢说歪话、使小性，是因为宝玉被黛玉辖制了，没有宝玉一次又一次妹妹长妹妹短地赔笑、劝哄、迁就、忍让，黛玉怎么可能作得起来，还说出"你不用管我""死活凭我去"这样的话呢？

实际上，黛玉不仅对宝玉作，对其他惯宠她的人也作，比如说紫鹃。紫鹃要黛玉吃药，黛玉却冷不丁来一句："你到底要怎么样？只是催，我吃不吃，管你什么相干！"因为黛玉和紫鹃感情好，紫鹃对她百依百顺，所以黛玉有作的资本。

不仅黛玉，其他一些女孩也是会作的，而她们之所以作，也是因为男人的宠爱。比如晴雯。晴雯跌了扇子，正值宝玉心情不好，便说了她几句。此时晴雯便和黛玉一样，开始冷笑："要踢要打凭爷去。就是跌了扇子，也是平常的事。先时连那么样的玻璃缸、玛瑙碗不知弄坏了多少，也没见个大气儿，这会子一把扇子就这么着了。何苦来！要嫌我们就打发我们，再挑好的使。好离好散的，倒不好？"（第三十一回）照理说，宝玉是主子，晴雯只是个丫头，晴雯不应该这么对宝玉说话，但是仗着宝玉平日的娇宠，晴雯的一张嘴根本不饶人，还说你干脆打发我们走，好离好散。结果宝玉气得发颤，真要回王夫人打发晴雯走，晴雯马上又哭了："我多早晚闹着要去了？饶生了气，还拿话压派我。只管去回，我一头碰死了也不出这门儿。"平时那么聪明的宝玉，此时也有些昏了头，女人说要离开、要分手，怎么可以当真呢？她恰恰是要你去挽留、去追她，让她感受到自己是多么重要、你是多么离不开她啊。

龄官和贾蔷的一个桥段也极有意思。龄官明明喜欢贾蔷，见不到贾蔷，她都快得相思病了，还在地上画了无数个"蔷"字。但是等到贾蔷真的来看她,还特地买了个小鸟给她玩,龄官却又作了起来。

只见贾蔷进去笑道:"你起来,瞧这个顽意儿。"龄官起身问是什么,贾蔷道:"买了雀儿你顽,省得天天闷闷的无个开心。我先顽个你看。"说着,便拿些谷子哄的那个雀儿在戏台上乱串,衔鬼脸旗帜。众女孩子都笑道"有趣"独龄官冷笑了两声,赌气仍睡去了。贾蔷还只管陪笑,问他好不好。龄官道:"你们家把好好的人弄了来,关在这牢坑里学这个劳什子还不算,你这会子又弄个雀儿来,也偏生干这个。你分明是弄了他来打趣形容我们,还问我好不好。"贾蔷听了,不觉慌起来,连忙赌身立誓。又道:"今儿我那里的香脂油蒙了心!费一二两银子买他来,原说解闷,就没有想到这上头。罢,罢,放了生,免免你的灾病。"说着,果然将雀儿放了,一顿把将笼子折了。

龄官还说:"那雀儿虽不如人,他也有个老雀儿在窝里,你拿了他来弄这个劳什子也忍得!今儿我咳嗽出两口血来,太太叫大夫来瞧,不说替我细问问,你且弄这个来取笑。偏生我这没人管没人理的,又偏病。"说着又哭起来。贾蔷忙道:"昨儿晚上我问了大夫,他说不相干。他说吃两剂药,后儿再瞧。谁知今儿又吐了。这会子请他去。"说着,便要请去。龄官又叫:"站住,这会子大毒日头地下,你赌气子去请了来我也不瞧。"贾蔷听如此说,只得又站住。(第三十六回)

贾蔷怎么做都不是,而他越是无奈、越是不知道如何是好,龄官心里就越得意,她很享受男人因为她而无可奈何的感觉,喜欢看到男人围着她转的样子。也就是说,她"作"的目的达到了。

顺便说一句,曹雪芹不愧是语言的大师,对女孩子心理的把握如此到位，把女孩子作的过程写得如此惟妙惟肖，实属罕见。

或许，作是女人的天性，女人多多少少都会有些作。但是对于不同的人而言，作的程度还是会有所不同，如宝钗、袭人、麝月等人，她们更愿意"忍"，而黛玉、晴雯、龄官等则把"作"当作家常便饭，甚至可能还是生活中的一种乐趣。的确，偶尔作一下，就好比给平淡的日子加了一点味精，显得更有情趣；黛玉的作也让人看到了她的敏感和脆弱，让人产生无限的怜爱与同情。但是正所谓"小作怡情，大作伤身"，频繁的作也会使人觉得很累，宝玉不也曾经被黛玉弄得心灰意冷，以致写了一首《寄生草》吗？"无我原非你，从他不解伊。肆行无碍凭来去，茫茫着甚悲愁，纷纷说甚亲疏密。从前碌碌却因何，到如今，回头试想真无趣。"（第二十二回）——连宝玉这样的好好先生都觉得无趣了。

而且，更关键的是，尽管黛玉的作最终都被宝玉一一化解，两人的感情似乎还因此变得越来越亲密，但是贾母、王夫人到底怎么看呢？黛玉和宝玉一次一次地吵架，宝玉甚至还为此把玉都摔了，两人闹得天翻地覆、合府不宁，贾母虽然说他们"不是冤家不聚头"，但内心又是怎样的想法呢？宝玉和黛玉虽然都是贾母的心头肉，但他们如此不让人省心，恐怕天平已经悄悄地在往不利于他们的方向倾斜了。

"非白即黑"的林黛玉

死,亡,葬,丧,悲,残,断,杀,刀,剑,血,尽头……

看到这些字眼,你会不会感到脊背发冷、触目惊心?

但是你要知道,这些都是黛玉《葬花词》中的字眼。

不信你再细看。

花谢花飞花满天,红消香断有谁怜。
游丝软系飘春榭,落絮轻沾扑绣帘。
闺中女儿惜春暮,愁绪满怀无释处,
手把花锄出绣闺,忍踏落花来复去。
柳丝榆荚自芳菲,不管桃飘与李飞。
桃李明年能再发,明年闺中知有谁?
三月香巢已垒成,梁间燕子太无情。
明年花发虽可啄,却不道人去梁空巢也倾。
一年三百六十日,风刀霜剑严相逼,

明媚鲜妍能几时，一朝飘泊难寻觅。

花开易见落难寻，阶前闷杀葬花人，

独把花锄泪暗洒，洒上空枝见血痕。

杜鹃无语正黄昏，荷锄归去掩重门。

青灯照壁人初睡，冷雨敲窗被未温。

怪奴底事倍伤神，半为怜春半恼春：

怜春忽至恼忽去，至又无言去不闻。

昨宵庭外悲歌发，知是花魂与鸟魂？

花魂鸟魂总难留，鸟自无言花自羞。

愿奴胁下生双翼，随花飞到天尽头。

天尽头，何处有香丘？

未若锦囊收艳骨，一抔净土掩风流。

质本洁来还洁去，强于污淖陷渠沟。

尔今死去侬收葬，未卜侬身何日丧？

侬今葬花人笑痴，他年葬侬知是谁？

试看春残花渐落，便是红颜老死时。

一朝春尽红颜老，花落人亡两不知！

（第二十七回）

风流婉转的林黛玉，尽管有些喜欢使小性，但为何陷入如此的消极和颓丧？

表面来看，是因为她又在生宝玉的气：黛玉晚上去找宝玉，宝玉正在房里和宝钗说话，而晴雯又是个"使力不使心"的，不分青红皂白，没给黛玉开门，黛玉则以为是宝玉光顾和宝钗聊天而故意不理自己。

但就算这样，倘若换了别人，也不至于如此痛不欲生吧？"死""亡""葬""丧"这种不祥的字眼都出来了。

原来，这里面另有端倪。

前面说到，黛玉喜欢"作"，而她之所以要作，就是因为缺乏安全感，她希望宝玉不断地表白、不断地发誓、不断地哄她。但是，作得太多了，男人也会累的。渐渐地，宝玉也知道了：黛玉的生气、作，乃是家常便饭，用不着太当真。于是，他有时候就对黛玉进行"冷处理"——不理不睬，顺其自然，"理他呢，过一会子就好了"。这一次也是一样，"宝玉因不见了林黛玉，便知他躲了别处去了，想了一想，索性迟两日，等他的气消一消再去也罢了"。

但是黛玉的心情可大不一样。女人之所以作，不就是希望男人来追和哄吗？可现在宝玉居然停止不前、冷眼旁观了，这让黛玉产生了强烈的危机感，感到自己在宝玉心中的重要性大大降低。两人本来就有一些摩擦，宝玉因为调侃紫鹃"若共你多情小姐同鸳帐，怎舍得叠被铺床"而遭黛玉白眼，这回到怡红院主动来找宝玉又吃了闭门羹，而且宝玉竟然没像以前那样马上跑过来又是道歉又是发誓；再想象一下宝钗在宝玉屋里那亲密的场景，黛玉更加意识到自己卑微可怜的处境，觉得自己被宝玉抛弃了，也被世人抛弃了。

联系我们前面提到的黛玉的性格，黛玉属于典型的自我型人格，这种人格在正常状态下也是非常健康的，只是更注重自我感受、不太善于交际罢了。但是在不安全状态下，这种人格就会倾向于伤感和抑郁，他们会放大生活中的痛苦，在自怜自艾中哀哀怨怨。因此，别人看来也许很浪漫唯美的落花景象，在黛玉的眼里，却比秋天的肃杀还要凄凉。

而且，为了缓解这种被遗弃的焦虑，黛玉极力地想要抓住一些东西，比如她和宝玉的感情。她希望自己能和宝玉紧紧地捆绑在一起，捆得越紧越好，最好没有一丝缝隙，让别人根本插不进来，而只要稍微有点松动，她就会感觉不安全，就会生气和抱怨。

于是，在黛玉的眼里，和宝玉的感情要么是好，要么是吵，非白即黑，非此即彼，不存在中间状态，好的时候轰轰烈烈，吵的时候惊天动地，爱起来海誓山盟，恨起来你死我活。她不可能像宝钗那样理性、平和地对待情感，她是情绪化的，也容易走极端，要么灿烂，要么毁灭。

所以，黛玉喜欢把"死"挂在嘴边，动不动就说"死"。

第二十回，只因为宝玉和宝钗玩了一会儿，黛玉就拉下脸来，宝玉说你不要生气，不要作践自己。这时黛玉的反应是：

> 林黛玉道："我作践坏了身子，我死，与你何干？"宝玉道："何苦来，大正月里，死了活了的。"林黛玉道："偏说死！我这会子就死！你怕死，你长命百岁的，如何？"宝玉笑道："要像只管这样闹，我还怕死呢？倒不如死了干净。"黛玉忙道："正是了。要是这样闹，不如死了干净。"宝玉道："我说我自己死了干净，别听错了话赖人。"
>
> 正说着，宝钗走来道："史大妹妹等你呢。"说着，便推宝玉走了。这里林黛玉越发气闷，只向窗前流泪。没两盏茶的工夫，宝玉仍来了。林黛玉见了，越发抽抽噎噎的哭个不住。宝玉见了这样，知难挽回，打叠起千百样的款语温言来劝慰。不料自己未张口，只见黛玉先说道："你又来作什么？横竖如今有人和你顽，比我又念，又会作，又会写，又会说笑，又怕你生气拉了你去，你又作什么来？死活凭我去罢了！"

我们可以统计一下，光这一会儿，黛玉说了多少个"死"，还"偏说死""我这会子就死！"

第五十七回，紫鹃因为替黛玉试情，弄得宝玉痴病犯了，黛玉也很伤心，把吃的东西都吐了出来。紫鹃过来给她捶背，黛玉却毫不领情："你不用捶，你竟拿绳子来勒死我是正经！"在黛玉的嘴里，"死""活"，这样的词语很平常，就连平时开玩笑，她也会不知不觉地来一句："我要饶过云儿，再不活着。"

有些话听起来似乎是无心，但其实反映了黛玉的潜意识。她不像宝钗那样善于忍、善于藏，她想说什么就说什么，想要什么就要什么；她个性强烈、爱憎分明，如果不能做自己，那就还不如死，宁为玉碎，不为瓦全。

因此，黛玉还特别喜欢剪东西。听说宝玉把身上带的东西都赏给下人了，她以为自己做的荷包也被拿走了，于是，"赌气回房，将前日宝玉所烦他作的那个香袋儿——才做了一半——赌气拿过来就铰。宝玉见他生气，便知不妥，忙赶过来，早剪破了"。（第十七回至十八回）她做了根穗子穿在宝玉的玉上，因为和宝玉闹了点别扭，就"也不顾病，赶来夺过去，顺手抓起一把剪子来要剪"。（第二十九回）如此的决绝，一言不合就拉倒。剪东西表示什么？一刀两断，好就是好，不好就是不好，不要藕断丝连，要么连成一体，要么形同陌路。

是的，黛玉所追求的，就是绚丽诗意的人生和惊心动魄的爱情，如果不能得到，她宁愿如烟花，瞬间燃烧自己，然后化成灰烬。

黛玉最终没能得到她想要的，所以，她也不可能再活下去，她只能一死。虽然雪芹先生后四十回书稿早已佚落，但是黛玉的死应该是无误的。根据她决绝的个性，我想，如果不是病死，那就是自绝，而且，说不定用的就是剪子。

"完人"薛宝钗

说了那么多林黛玉,下面该聊聊薛宝钗了。

和林黛玉的敢爱敢恨、个性鲜明相比,薛宝钗显然是个完全不同的人;她"藏愚守拙""安分随时""不干己事不张口,一问摇头三不知",好像也从来不去争什么。但是,渐渐地,人们都发现,她的"稳重和平"仿佛有一种穿透一切的力量,打动了贾府所有人的心。

是的,在人们的心目中,宝钗几乎是一个"完人"。

她无事不通,她无人不爱。

说宝钗无事不通绝不是恭维,估计除了骑马射箭这种事她做不了,其他没有她不知或不会的。而且,在好些"项目"上,她都可以和该领域的"高手"过招。

比如说,写诗是黛玉的看家本领,她被称为大观园的"诗魂",黛玉自己对此也非常自负,屡次在众人面前一展身手。而在一般人的眼里,宝钗太平和、太理性了,缺少黛玉的灵气,在诗词方面自然也应该不及黛玉。

但实际情况并不是这样。

宝钗和黛玉在诗词上曾有几次正面"交锋"。第一回合，诗社刚成立时，探春、黛玉、宝钗、宝玉几人咏白海棠。黛玉最后一个交卷，宝玉迫不及待地叫好，可是社长李纨却说："若论风流别致，自是这首；若论含蓄浑厚，终让蘅稿。"而探春也表示赞同（第三十七回）。宝钗胜出。第二回合，湘云加入，几个人又开始咏菊，黛玉包揽前三名。黛玉胜出。第三回合，众人作柳絮词。黛玉得到的评价是："太作悲了，好是固然好的。"而宝钗的"好风频借力，送我上青云"一出，大家都拍案叫绝："果然翻得好气力，自然是这首为尊。"（第七十回）宝钗再次胜出。

三次诗词大会，宝钗居然是2∶1胜黛玉！

宝玉自然很欣赏黛玉的诗才，黛玉在宝玉面前也当仁不让。元春省亲时，要几位姐妹作诗，黛玉还私下给宝玉扔纸团，宝玉喜出望外，觉得黛玉写在纸团上的诗比自己的高出十倍。但也就在几乎同时，宝钗告诉宝玉，要把"绿玉"改为"绿蜡"。宝玉不知道还有"绿蜡"这一说法，结果被宝钗教育了一番："亏你，今夜不过如此，将来金殿对策，你大约连'赵钱孙李'都忘了呢！唐钱珝咏芭蕉诗头一句：'冷烛无烟绿蜡干'，你都忘了不成？"宝玉大为叹服，直称宝钗为"一字师"，还说以后就叫宝钗师父，不叫姐姐了。（第十七回至十八回）

诗词是黛玉的特长，而绘画则是惜春的特长。那么宝钗懂不懂绘画呢？贾母让惜春画大观园，惜春说要请一年的假，黛玉搞不清楚，说那就放她一年的假吧。这时，宝钗发话了。

宝钗道："我有一句公道话，你们听听。藕丫头虽会画，不过是几笔写意。如今画这园子，非离了肚子里头有几副丘壑的才能成画。这园子却是像画儿一般，山石树木，楼阁房屋，远近疏密，也不多，也不少，恰恰的是这样。你只照样儿往纸上一画，是必不能讨好的。这要看纸的地步远近，该多该少，分主分宾，该添的要添，该减的要减，该藏的要藏，该露的要露。这一起了稿子，再端详斟酌，方成一幅图样。第二件，这些楼台房舍，是必要用界划的。一点不留神，栏杆也歪了，柱子也塌了，门窗也倒竖过来，阶矶也离了缝，甚至于桌子挤到墙里去，花盆放在帘子上来，岂不倒成了一张笑'话'儿了。第三，要插人物，也要有疏密，有高低。衣折裙带，手指足步，最是要紧；一笔不细，不是肿了手就是跐了腿，染脸撕发倒是小事。依我看来竟难的很。如今一年的假也太多，一月的假也太少，竟给他半年的假，再派了宝兄弟帮着他。并不是为宝兄弟知道教着他画，那就更误了事；为的是有不知道的，或难安插的，宝兄弟好拿出去问问那会画的相公，就容易了。"（第四十二回）

这段话有点长，不过为了方便大家理解宝钗是如何论画的，还是照原样摘录。让惜春画画，只是个临时动议，恐怕惜春自己心里也没想好要怎么画，谁知宝钗马上就讲了一通画法，还分出一、二、三，逻辑清晰，有条有理。

那么宝钗是不是只会动口不会动手呢？不是。紧接着，她又谈到了绘画的方法和工具。

宝钗冷笑道："我说你不中用！那雪浪纸写字画写意画儿，或是会山水的画南宗山水，托墨，禁得皴染。拿了画这个，又不托色，又难滃，画也不好,纸也可惜。我教你一个法子。原先盖这园子,就有一张细致图样,虽是匠人描的,那地步方向是不错的。你和太太要了出来,也比着那纸大小,和凤丫头要一块重绢,叫相公矾了,叫他照着这图样删补着立了稿子,添了人物就是了。就是配这些青绿颜色并泥金泥银,也得他们配去。你们也得另炟上风炉子,预备化胶、出胶、洗笔。还得一张粉油大案,铺上毡子。你们那些碟子也不全,笔也不全,都得从新再置一份儿才好。"(第四十二回)

又是洋洋洒洒一大段。惜春都听呆了:"我何曾有这些画器?不过随手写字的笔画画罢了。就是颜色,只有赭石、广花、藤黄、胭脂这四样。再有,不过是两支着色笔就完了。"

宝钗说,这些东西其实我都有。你们也知道的不全,我再给你开个单子,照着去买。

"头号排笔四支,二号排笔四支,三号排笔四支,大染四支,中染四支,小染四支,大南蟹爪十支,小蟹爪十支,须眉十支,大著色二十支,小著色二十支……新瓷罐二口,新水桶四只,一尺长白布口袋四条,椁炭二十斤,柳木炭一斤,三屉木箱一个,实地纱一丈,生姜二两,酱半斤。"(第四十二回)

实在是太长了,中间省略200余字。

宝钗的长篇大论简直令众人目瞪口呆。连一向不服宝钗的黛玉也无话可说,只得打趣,说宝钗这是把她的嫁妆单子写上了。

宝钗如果没有亲自画过,还非常有研究,她能懂得这么多吗?

再来看"戏"。

贾府中经常看戏,还专门养了十二个小戏子。每到看戏的时候,都要大家分别点戏。而宝钗总能点出贾母爱看的戏,可见她对戏也是很了解的。而且,她看戏也不只停留于表面,她能看出门道,有自己的见解。

第二十二回,宝钗过生日,在贾母院中搭起了小戏台唱戏。贾母让宝钗点戏,宝钗点了一出《鲁智深醉闹五台山》。宝玉很不屑:"只好点这些戏。"宝玉认为这种戏闹哄哄的,没意思。这时,宝钗又开始教育他了。

宝钗笑道:"要说这一出热闹,你还算不知戏呢。你过来,我告诉你,这一出戏热闹不热闹。——是一套北《点绛唇》,铿锵顿挫,韵律不用说是好的了;只那词藻中有一支《寄生草》,填的极妙,你何曾知道。"宝玉见说的这般好,便凑近来央告:"好姐姐,念与我听听。"宝钗便念道:漫揾英雄泪,相离处士家。谢慈悲剃度在莲台下。没缘法转眼分离乍。赤条条来去无牵挂。那里讨烟蓑雨笠卷单行?一任俺芒鞋破钵随缘化!

结果,"宝玉听了,喜的拍膝画圈,称赏不已,又赞宝钗无书不知"。在宝姐姐面前,宝玉仿佛成了幼稚的小弟弟,他对这个姐姐佩服得五体投地。

黛玉只得又讪讪地打岔:"安静看戏罢,还没唱《山门》,你倒《妆疯》了。"

宝钗能够通过看戏给宝玉讲一通佛法的道理,其实并不是偶然的。

虽说宝玉和惜春最后都出了家,但在参禅悟道方面,他们也未必就强过宝钗。还是第二十二回,宝玉因为和黛玉闹别扭,心灰意冷,写了一偈:"你证我证,心证意证。是无有证,斯可云证。无可云证,是立足境。"还怕人看不懂,又附了一篇《寄生草》在后面。结果第二天宝钗来了,再次给宝玉上了一课。

宝钗道:"实在这方悟彻。当日南宗六祖惠能,初寻师至韶州,闻五祖弘忍在黄梅,他便充役火头僧。五祖欲求法嗣,令徒弟诸僧各出一偈。上座神秀说道:'身是菩提树,心如明镜台,时时勤拂拭,莫使有尘埃。'彼时惠能在厨房碓米,听了这偈,说道:'美则美矣,了则未了。'因自念一偈曰:'菩提本非树,明镜亦非台,本来无一物,何处染尘埃?'五祖便将衣钵传他。今儿这偈语,亦同此意了。只是方才这句机锋,尚未完全了结,这便丢开手不成?"

宝玉回答不上来,很尴尬,只得说是闹着玩的。

可见,无论是"诗""画",还是"戏""禅",别人会的,宝钗也会,甚至还高出一头。但是这还不算完,还有一些方面,宝钗会的,别人却几乎都不会。

第一,医药。

薛家本来就是皇商,药材生意是其中的重要一项,所以宝钗对医药也颇有心得。宝玉挨打以后,宝钗马上拿了一丸药来,还交代袭人:"晚上把这药用酒研开,替他敷上,把那淤血的热毒散开,可以就好了。"(第三十四回)可见她对这药的药性和用法非常了解。黛玉来到贾府以后,王太医给她开了药,过两天大家都把药名给忘了,宝玉只得乱猜,一会儿说是人参养荣丸,一会儿说是八珍益母丸,一会儿又说是麦味地黄丸,王夫人说都不是。结果还是宝钗说了出来,原来是天王补心丹。吃了许多的药,黛玉的病总不见好,宝钗干脆自己当起大夫了。

"昨儿我看你那药方上,人参肉桂觉得太多了。虽说益气补神,也不宜太热。依我说,先以平肝健胃为要,肝火一平,不能克土,胃气无病,饮食就可以养人了。每日早起拿上等燕窝一两,冰糖五钱,用银铫子熬出粥来,若吃惯了,比药还强,最是滋阴补气的。"(第四十五回)

第二,管理。

女孩子固然可能有些文才,却少有懂得管理的。在凤姐生病期间,探春担当起管理大观园的主要任务,李纨、宝钗在一旁协助。说是协助,并非由于宝钗的管理才能不如探春,而是因为宝钗毕竟属于亲戚。探春在大观园实行改革,要搞承包责任制,宝钗非常赞同,跟探春一起商定了承包人。而且,宝钗比探春想得更多、看得更远。

"如今这园里几十个老妈妈们,若只给了这几个,那剩的也必抱怨不公。我才说的,他们只供给这个几样,也未免太宽裕了。一年竟除这个之外,他每人不论有馀无馀,只叫他拿出若干贯钱来,大家凑齐,单散与园中这些妈妈们。"(第五十六回)

宝钗还考虑到了公平问题,要让大观园的婆子们共同富裕。结果,众婆子们"个个欢喜异常",那些没分得地的都开心得有点不好意思了。

试想一下，如果宝钗真的嫁给了宝玉，那将来必是宝钗当家，而且丝毫不会比凤姐差。更关键的是，宝钗搞管理不像凤姐那样一味严苛。要知道，凤姐是没文化的，大字都不认几个，而宝钗不一样。宝钗有自己的管理理念，用她的话说："学问中便是正事。此刻于小事上用学问一提，那小事越发作高一层了。不拿学问提着，便都流入市俗去了。"

第三，持家。

懂得管理是善于持家的前提。就算宝钗还没有嫁到贾家，没有做贾家的少奶奶，但我们依然可以看到宝钗持家的能力。众所周知，薛家本身也是世家大族，只因后人不继，渐渐败落，薛蟠只知吃喝玩乐，薛姨妈也并非女中能人，家里的重担都压在了宝钗一个人身上。薛蟠跟着张德辉出外做买卖，回来以后什么事也不记得，还是宝钗安排酬谢那些跟着薛蟠去的伙计；邢岫烟把衣服送进了当铺，史湘云看见当票子，根本就不认得，林黛玉也不认得，她们不仅不认得，连当票是怎么回事都不知道。而邢岫烟衣服所进的当铺，恰恰就是薛家的，宝钗那是最熟悉不过了；凤姐生病要吃人参，贾府的老人参没用了，王夫人很着急，吩咐人到外面去买，宝钗听见连忙说："姨娘且住。如今外头卖的人参都没好的。虽有一枝全的，他们也必截做两三段，镶嵌上芦泡须枝，掺匀了好卖，看不得粗细。我们铺子里常和参行交易，如今我去和妈说了，叫哥哥去托个伙计过去和参行商议说明，叫他把未作的原枝好参兑二两来。不妨咱们多使几两银子，也得了好的。"（第七十七回）说完便亲自去安排。难怪薛姨妈对这个女儿那么疼爱，如果没有宝钗，薛家恐怕早就垮了。

第四，针黹。

在古代社会，"女工"针黹是女性的必备技能。但是大观园里的女孩子不一样，因为她们都是大小姐或少奶奶，养尊处优，而且大多出身于诗礼簪缨之家，所以她们的文化水平都不差，而"女工"针黹倒不一定会多少了，袭人不就曾说过黛玉一年工夫才做了一个香袋吗？但是宝钗却经常在做针黹。宝钗刚进贾府的时候，就介绍她"只留心针黹家计等事，好为母亲分忧解劳"；来到贾府以后，宝钗又是"或看书下棋，或作针黹，倒也十分乐业"。而且，宝钗做针黹并非生活所迫，她的贴身丫鬟莺儿的手艺就极好，她之所以做，是因为她觉得这是女孩子的本分。宝钗跟史湘云谈诗，最后却提醒她："究竟这也算不得什么，还是纺绩针黹是你我的本等"（第三十七回）；她跟黛玉谈心，聊了很长时间，最后的落脚点还是："就连作诗写字等事，这不是你我分内之事……你我只该做些针黹纺织的事才是。"（第四十二回）可见，对于"女工"针黹，宝钗不仅做得好，而且是愿意做、主动做。

好了，现在我们再回头看一看，宝钗算不算得上是无事不知？诗、画、戏、禅、医、药、商、经管，没有她不懂的，堪称跨学科全才。难怪宝玉也说："姐姐通今博古，色色都知道。"（第三十回）而且，宝钗的这些知识和才能还是在她不经意间取得的，就如上面提到的，宝钗"自父亲死后，见哥哥不能依贴母怀，他便不以书字为事，只留心针黹家计等事"，也就是说，针黹家计才是宝钗最关心的，诸如诗词书画等只是副业，而她在这些所谓的副业上却依然出类拔萃！

说了宝钗的"无所不知"，下面我们再来看她的"无人不爱"。

看过《红楼梦》的读者对宝钗的为人有些争议，有人非常喜欢，也有人比较讨厌。不过，撇开读者的态度不谈，单看曹雪芹的文本，宝钗的确是一个人见人爱、个个都竖大拇指的姑娘。

其实,宝钗刚到贾府不久,她的亲和力就显现出来了。

如今且说林黛玉自在荣府以来,贾母万般怜爱,寝食起居,一如宝玉,迎春、探春、惜春三个亲孙女倒且靠后;便是宝玉和黛玉二人之亲密友爱处,亦自较别个不同,日则同行同坐,夜则同息同止,真是言和意顺,略无参商。不想如今忽然来了一个薛宝钗,年岁虽大不多,然品格端方,容貌丰美,人多谓黛玉所不及。而且宝钗行为豁达,随分从时,不比黛玉孤高自许,目无下尘,故比黛玉大得下人之心。便是那些小丫头子们,亦多喜与宝钗去顽。(第五回)

黛玉比宝钗先到贾府,而且贾母对黛玉的宠爱显然超过宝钗,黛玉还和宝玉同吃同住,但是很快,宝钗就赢得了下人的心,小丫头、媳妇、老婆子们都喜欢她。

宝钗自己的丫头莺儿自不必说,曾在宝玉面前夸赞宝钗"有几样世人都没有的好处";袭人对宝钗也非常佩服,用她自己的话说就是"有涵养,心地宽大"、真真"叫人敬重";就连一些三等、四等的小丫头也喜欢宝钗,比如宝钗在滴翠亭偶然听到红玉和坠儿说话,便编了假装追黛玉路过这里的谎,结果红玉说:"若是宝姑娘听见,还倒罢了。林姑娘嘴里又爱刻薄人,心里又细,他一听见了,倘或走漏了风声,怎么样呢?"(第二十七回)可见,在她们两人看来,宝钗听见并不要紧,宝钗是不会出卖她们的。

对待丫头是如此,对待媳妇婆子们,宝钗同样很有礼数。第七回,宝钗刚到贾府不久,周瑞家的到宝钗家里来,宝钗便"忙放下笔,转过身,满脸堆笑",还叫"周姐姐坐",然后和她很亲近地拉起家常;第六十一回，宝钗要厨房做个油盐炒枸杞芽儿，还另外给了柳家媳妇五百钱，多了也不用找，赏了打酒吃，柳家媳妇暗中折服，说："这就是明白体下的姑娘，我们心里只替他念佛。"另外，上面提到的宝钗协理大观园，既讲效率，又兼顾公平，让媳妇婆子们都"欢声鼎沸"，都说再不好好干就"天地也不容了"。

丫头、媳妇、婆子们敬宝钗，姐妹们则是爱宝钗。香菱是薛蟠的妾，说起来宝钗是她的小姑子，但她们俩关系特别好，就连香菱这个名字都是宝钗起的。夏金桂让香菱改名，说这个名字不通，香菱却说："嗳哟，奶奶不知道，我们姑娘的学问连我们姨老爷时常还夸呢。"（第七十九回）邢岫烟家境贫寒，连一件像样的衣服都没有，是宝钗"暗中每相体贴接济"。岫烟为什么答应和薛蝌成亲？因为她"心中先取中宝钗，然后方取薛蝌"。而史湘云，则更是宝钗的铁杆粉丝。黛玉笑她"爱""二"不分，湘云却说黛玉"专挑人的不好"，有个人你敢挑吗？黛玉问是谁？湘云道："你敢挑宝姐姐的短处，就算你是好的。我算不如你，他怎么不及你呢。"（第二十回）也就是说，在湘云看来，宝钗那是顶顶最好的人了，以至于她到贾府来死活都要和宝钗住一起，还在袭人面前吐露衷肠："我天天在家里想着，这些姐姐们再没一个比宝姐姐好的。可惜我们不是一个娘养的。我但凡有这么个亲姐姐，就是没了父母，也是没妨碍的。"（第三十二回）

长辈们对宝钗的态度集中体现在两个人身上，一是王夫人，一是贾母，当然这两个人同样喜欢宝钗。王夫人就不要说了，宝钗本来就是她的亲外甥女，而且宝钗的个性也是她所欣赏的，否则她也不会对袭人那么好。所谓"晴为黛影，袭为钗副"，袭人是宝钗的副本，王夫人喜欢袭人就是喜欢宝钗，虽然她嘴上不好明说。至于贾母，尽管她对宝钗的个性有所保留（后面会详说），但至少宝钗的稳重和平还是得到肯定的。因此，贾母曾当着薛姨妈的面夸奖宝钗："提起姊妹，不是我当着姨太太的面奉承，千真万真，从我们家四个女孩儿算起，全不如宝丫头。"（第三十五回）

这么多人，上上下下都爱宝钗。不过，还有三个人比较特殊，他们的态度怎么样呢？

一是赵姨娘。为什么说赵姨娘特殊？因为赵姨娘是贾府的"非主流"。也许是因为曹雪芹的生活中曾经有过这么一个他不喜欢的人，所以在《红楼梦》里，赵姨娘是为数极少的"负面角色"。在人们的心目中，她行事猥琐，内心阴暗，是个喜欢躲在角落里害人的"小人"。这样的人还会说别人的好话吗？的确，赵姨娘几乎没有赞扬过谁，而恰恰就赞扬过宝钗。第六十七回，宝钗把薛蟠带回来的东西分给众人，其中也给了贾环，赵姨娘很感激："怨不得别人都说那宝丫头好，会做人，很大方，如今看起来果然不错。他哥哥能带了多少东西来，他挨门儿送到，并不遗漏一处也不显现谁薄谁厚，连我们这样没时运的，他都想到了。"赵姨娘还主动到王夫人那里去夸宝钗："难为宝姑娘这么年轻的人，想的这么周到，真是大户人家的姑娘，又展样，又大方，怎么叫人不敬服呢。"

另一个人是宝玉。宝玉喜不喜欢宝钗？好多人都认为，宝玉既然喜欢黛玉，那肯定就不喜欢宝钗。但其实这是就爱情而言的。就狭义的爱情而言，宝玉的确更愿意和黛玉在一起，两人更有共同语言，但是从广义的兄妹之情、亲戚之情来说，宝玉同样喜欢宝钗。前面提到，宝玉多次赞扬宝钗，对宝钗非常佩服；贾母夸宝钗好，说"我们家四个女孩"都不如宝丫头，宝玉听了是什么反应呢？"宝玉勾着贾母原为赞林黛玉的，不想反赞起宝钗来，倒也意出望外，便看着宝钗一笑。"说明宝玉也认为宝钗值得老太太赞扬。

最后一个人，就是黛玉。从许多方面来看，黛玉和宝钗都是截然相反的两类人，而且黛玉还把宝钗当作最大的感情威胁。所以，很长一段时间，黛玉对宝钗总是酸酸的。宝玉无意中说宝钗体丰怯热，像杨贵妃，惹恼了宝钗，黛玉就"心中着实得意"；宝钗被哥哥薛蟠气哭了，黛玉看见还要奚落："就是哭出两缸眼泪来，也医不好棒疮！"（第三十四回）可就是这么两个看似"形同水火"的人，最后竟然和解了，而且，黛玉对宝钗的看法来了个一百八十度大转弯！

> 黛玉叹道："你素日待人，固然是极好的，然我最是个多心的人，只当你心里藏奸。从前日你说看杂书不好，又劝我那些好话，竟大感激你。往日竟是我错了，实在误到如今。细细算来，我母亲去世的早，又无姊妹兄弟，我长了今年十五岁，竟没一个人像你前日的话教导我。怨不得云丫头说你好，我往日见他赞你，我还不受用，昨儿我亲自经过，才知道了。（第四十五回）

黛玉终于知道为什么湘云说宝钗好了，原来宝姐姐这么会心疼人。黛玉也希望有这么个知暖知冷的好姐姐，希望宝钗晚上还来看她。不料，晚上竟下起雨来。

> 这里黛玉喝了两口稀粥，仍歪在床上，不想日未落时天就变了，渐渐沥沥下起雨来。秋霖脉脉，阴晴不定，那天渐渐的黄昏，且阴的沉黑，兼着那雨滴竹梢，更觉凄凉。知宝钗不能来，便在灯下随便拿了一本书，却是《乐府杂稿》，有《秋闺怨》《别离怨》等词。黛玉不觉心有所感，亦

不禁发于章句，遂成《代别离》一首，拟《春江花月夜》之格，乃名其词曰《秋窗风雨夕》。

也就是说，《秋窗风雨夕》是因思念宝钗而起的！

不久，黛玉和宝钗更是成为干姐妹，两人"俨似同胞共出，较诸人更似亲切"（第五十八回），黛玉也直接称呼薛姨妈为妈了。

连"情敌"最后都被"收服"，宝钗的魅力可见一斑。

那么，宝钗为什么"无人不爱"呢？

主要是因为她的稳重平和，善解人意，能够处处替别人着想。

对贾母自不必说，宝钗总能知道贾母的心思，每每点了戏，正是贾母喜欢看的，贾母爱吃什么东西她也知道。湘云为什么说有了宝钗哪怕父母不在了也无所谓？就是因为宝钗对她的关怀无微不至。湘云很豪爽，听说大观园起了诗社，马上就要加入，还说要作东还情。可她没有钱，宝钗便给她出了个主意，借螃蟹宴一举两得。袭人请湘云做"女工"，湘云不好意思推辞，也是宝钗及时发现，自己把活揽了过来。邢岫烟为什么先取中宝钗才看上薛蝌？还是因为宝钗对她体贴入微，经常接济她。而宝钗对黛玉呢，虽然黛玉有些小性，有时还对她冷嘲热讽，但宝钗从不记仇，反而在思想上开导黛玉，在生活上关心黛玉。黛玉身体不好，要吃燕窝粥，宝钗每天叫丫头熬好了送给黛玉，还款款安慰黛玉："你放心，我在这里一日，我与你消遣一日。你有什么委屈烦难，只管告诉我，我能解的，自然替你解一日。"（第四十五回）有这么暖心的姐姐，黛玉又怎么会不想不爱呢？

更难能可贵的是，金钏跳井自尽，王夫人有点内疚，要找两套衣服给她做妆裹。黛玉现成有两套，但王夫人怕黛玉多心，准备吩咐人去另做。谁知宝钗却说："姨娘这会子又何用叫裁缝赶去，我前儿倒做了两套，拿来给他岂不省事。况且他活着的时候也穿过我的旧衣服，身量又相对。"（第三十二回）宝钗说她不忌讳，其实未必就真的一点不忌讳，只是她善解人意而已。

至于说宝钗对媳妇婆子们，前面已经提到，她同样尊重她们，关心她们，理解她们，为她们的生计着想。可以说，宝钗真正做到了上上下下一视同仁，里里外外人人称颂。

所以，正如俞平伯先生所言："《红楼梦》写宝钗，其性格、容貌、言语、举止、学识、才能无一不佳，合于过去封建家庭中女子的'德、容、言、工'四德兼备的标准。"（俞平伯，《〈红楼梦〉中关于金陵十二钗的描写》，原载《文学评论》1963年第4期）

宝钗，简直就是贾府中的"完人"。

不过，"完人"也是要付出代价的。

因为"完人"是"至贤至善"之人，而"至贤至善"是对别人而言、对家族而言、对社会而言的，但她作为个体的"自我"，却被渐渐磨灭。

宝钗很懂事，她像一个从小就特别乖的孩子，一切以别人的需要为需要，却没有了自己、失去了灵性。

所以，宝钗有时候非常冷。

且听下回分解。

宝钗

艳冠群芳拥绛纱
风流妩媚晕朝霞
瑶宫仙蕊知多少
此种端推第一花
泥人风韵若天然
秀色明明真可餐
解识芳兰真竟体
阿侬刚服冷香丸
宫麝新颁一串金
浓香染袖贮深深
一双玉腕白于雪
忍俊有人情不禁
一种温柔偏蕴藉
十分浑厚恰聪明
檀奴何福能消受
空赚红颜误此身

薛宝钗究竟是冷还是热？

在人们的心目中，宝钗是有些冷的。

她本身就姓薛，谐音"雪"；她的判词中有句话："金簪雪里埋"，还是雪，让人感觉冷飕飕的。

她常年吃一种药，就叫作"冷香丸"。这种药"要春天开的白牡丹花蕊十二两，夏天开的白荷花蕊十二两，秋天的白芙蓉蕊十二两，冬天的白梅花蕊十二两。将这四样花蕊，于次年春分这日晒干，和在药末子一处，一齐研好。又要雨水这日的雨水十二钱，……""还要白露这日的露水十二钱，霜降这日的霜十二钱，小雪这日的雪十二钱。把这四样水调匀，和了药，再加十二钱蜂蜜，十二钱白糖，丸了龙眼大的丸子，盛在旧磁坛内，埋在花根底下。若发了病时，拿出来吃一丸，用十二分黄柏煎汤送下。"（第七回）白牡丹、白荷花、白芙蓉、白梅花都属于冷色系，雨、露、霜、雪，自然也是冷的，而黄柏则同样是性寒之物。

她在大观园的住所叫"蘅芜苑"，贾母带刘姥姥一行人到园子里游玩，发现蘅芜苑"雪洞一般，一色玩器全无"。老太太都看不下去了，说太素净，忌讳，让鸳鸯赶紧拿点装饰品给宝钗。

当然，更重要的是，宝钗行为举止端庄娴静，极少失态，为人处事理性冷静，似乎不带有个人情感，也很难让人判断她自己的好恶。

刘姥姥游大观园，大家都拿她开心。贾母请刘姥姥开吃，刘姥姥却突然站起身来，高声说道："老刘，老刘，食量大似牛，吃一个老母猪不抬头。"

众人先是发怔，后来一听，上上下下都哈哈的大笑起来。史湘云撑不住，一口饭都喷了出来；林黛玉笑岔了气，伏着桌子叫"嗳哟"；宝玉早滚到贾母怀里，贾母笑的搂着宝玉叫"心肝"；王夫人笑的用手指着凤姐儿，只说不出话来；薛姨妈也撑不住，口里茶喷了探春一裙子；探春手里的饭碗都合在迎春身上；惜春离了坐位，拉着他奶母叫揉一揉肠子。地下的无一个不弯腰屈背，也有躲出去蹲着笑去的，也有忍着笑上来替他姊妹换衣裳的，独有凤姐鸳鸯二人撑着，还只管让刘姥姥。（第四十回）

唯独宝钗没有反应。

宝钗不笑。每时每刻，她都要"珍重芳姿"。

听到金钏跳井的消息，宝钗既不悲伤，也不惊讶，只是说了一句："这也奇了。"她去安慰王夫人："姨娘是慈善人，固然这么想。据我看来，他并不是赌气投井。多半他下去住着，或是在井跟前憨顽，失了脚掉下去的……纵然有这样大气，也不过是个糊涂人，也不为可惜。"又接着说："姨娘也不必念念于兹，十分过不去，不过多赏他几两银子发送他，也就尽主仆的情了。"（第三十二回）宝钗对"喜"没什么感觉，对"丧"好像也没什么感觉，所以她把自己的衣服给金钏做装裹也无所谓。

宝钗的哥哥薛蟠和柳湘莲结为了兄弟，柳湘莲准备迎娶尤三姐，而作为干妈的薛姨妈也正"高高兴兴要打算替他买房子，治家伙"，却不料柳湘莲和尤三姐发生误会，三姐自刎而死，柳湘莲不知去向。薛蟠哭了，薛姨妈也觉得非常奇怪，不知怎么办才好，可宝钗却异常镇定。

宝钗听了，并不在意，便说道："俗语说的好'天有不测风云，人有旦夕祸福'。这也是他们前生命定。前日妈妈为他救了哥哥，商量着替他料理，如今已经死的死了，走的走了，依我说，也只好由他罢了。妈妈也不必为他们伤感了。（第六十七回）

宝钗"不在意"，死就死了，不必伤感。

薛蟠娶了夏金桂，夏金桂处处要争个高低，包括对宝钗这个小姑子。她先拿香菱下手，硬要把香菱改叫秋菱，而香菱这个名字是宝钗起的。结果，宝钗知道了，还是"亦不在意"。

是不是宝钗天生就是这种个性呢？

并不是。

宝钗之所以要吃冷香丸，恰恰是因为她有"热毒"，这股热毒是"从胎里带来的"，吃寻常药根本不管用。

宝钗体态丰满，像杨贵妃，也怕热。

象征宝钗的花是牡丹，很富贵，一副太平盛世、人间喜庆的感觉。

是的，宝钗所谓的"热"，根本的就在于，她要的是人间，要的是俗世。

如果说黛玉所向往的是诗意人生的话，那么宝钗最看重的，却是世俗的人生。

宝钗对每个人都很好，在贾府上下留下了稳重和平、贤良贞静的美名。

老太太喜欢看什么戏、喜欢吃什么菜，宝钗一清二楚，甚至连猜谜语都照顾到了，每次都能哄得老人家开开心心。

前面提到尤三姐死了，柳湘莲失踪，宝钗"并不在意"，那她在意的是什么呢？"倒是自从哥哥打江南回来了一二十日，贩了来的货物，想来也该发完了。那同伴去的伙计们辛辛苦苦的，回来几个月了，妈妈和哥哥商议商议，也该请一请，酬谢酬谢才是。别叫人家看着无礼似的。"（第六十七回）她在意的是社会关系，最愁的是"人人跟前失于应候"。

香菱要住进大观园，急着想跟宝钗学诗，可宝钗却道："我说你'得陇望蜀'呢。我劝你今儿头一日进来，先出园东角门，从老太太起，各处各人你都瞧瞧，问候一声儿，也不必特意告诉他们说搬进园来。若有提起因由，你只带口说我带了你进来作伴儿就完了。回来进了园，再到各姑娘房里走走。"（第四十八回）学诗不着急，先到各家拜拜门再说。

当然，既然看重俗世，宝钗也渴望成功。宝钗之所以寄居贾府，是因为进京待选。虽说这并非宝钗主动，"凡仕宦名家之女"都要送来，但可想而知，如果真的选上，宝钗必也是乐意的，"好风频借力，送我上青云"就是宝钗人生理想的写照。

这么一来，宝钗好像既冷又热，似乎很矛盾。

其实，如果看懂了，想通了，就一点也不矛盾，一切都会迎刃而解。

前面说到，宝钗的所谓"冷"并不是天生的，她原本不仅身体里有"热毒"，其实性格中也有"热情"。她在跟黛玉谈心的时候就曾说："你当我是谁，我也是个淘气的。从小七八岁上也够个人缠的。我们家也算是个读书人家，祖父手里也爱藏书。先时人口多，姊妹弟兄都在一处，都怕看正经书。弟兄们也有爱诗的，也有爱词的，诸如这些'西厢''琵琶'以及'元人百种'，无所不有。他们是偷背着我们看，我们却也偷背着他们看。"（第四十二回）意思即是，其实小时候我跟你一样，也爱玩，并不是个乖女孩，《西厢记》之类的禁书都看过。

那么宝钗后来为什么变了呢？

一方面是长辈的教育——"大人知道了，打的打，骂的骂，烧的烧"；另一方面则是家庭的变故——父亲去世，哥哥顽劣，"他便不以书字为事，只留心针黹家计等事，好为母亲分忧解劳"。

宝钗迅速地"成熟"了，她成了一个小大人，"懂事"得不得了。

在宝钗的眼里，家庭事务是最重要的，各种各样的社会关系也马虎不得，至于原来的那个自己，则慢慢沉入幽暗的水底。

借用弗洛伊德的理论，宝钗的"超我"压倒了"本我"。

她好像忘了自己也只是个十几岁的女孩，她从来不爱那些花啊粉的，她也不怎么打扮自己，总是穿着半新不旧的衣服，住在雪洞一般的房间里毫不觉得冷清。

她认同正统的儒家伦理，并自觉用它的道德规范要求自己。探春对朱熹有点看法，宝钗马上义正词严地反驳："朱子都有虚比浮词？那句句都是有的。你才办了两天时事，就利欲熏心，把朱子都看虚浮了。你再出去见了那些利弊大事，越发把孔子也看虚了！"（第五十六回）

莺儿和贾环扔骰子玩，贾环输了耍赖，宝钗却护着贾环，"断喝"莺儿："越大越没规矩，难道爷们还赖你？还不放下钱来呢！"（第二十回）她看重的是规矩，是传统社会的"礼"。

宝玉被打得半死，宝钗当然也很心疼，但她同时又说："据我想，到底宝兄弟素日不正，肯和那些人来往，老爷才生气。"（第三十四回）什么是正？就是要符合社会规范，社会和家族希望你做什么样的人，你就做什么样的人，说到底还是要守规矩。

宝琴写了十首怀古诗，大家都说好，宝钗却说："前八首都是史鉴上有据的；后二首却无考，我们也不大懂得，不如另作两首为是。"（第五十一回）后两首是关于《西厢记》和《牡丹亭》的，宝钗明明看过，甚至也喜欢看，她却说"我们也不大懂得"。她自觉地用规矩、用"礼"压抑自己。

当然，本我虽被压抑却不可能完全泯灭，宝钗的天性也偶有流露。

比如在妈妈面前，宝钗有时也像个孩子。第五十七回，宝钗"一面伏在他母亲怀里笑说：'咱们走罢。'黛玉笑道：'你瞧，这么大了，离了姨妈他就是个最老道的，见了姨妈他就撒娇儿。'薛姨妈用手摩弄着宝钗，叹向黛玉道：'你这姐姐就和凤哥儿在老太太跟前一样，有了正经事，就和他商量，没了事，幸亏他开开我的心。我见了他这样，有多少愁不散的。'"宝钗平时总是"端着"，不苟言笑，可是偶尔一个人的时候也会童心大发，在草地上抓蝴蝶玩，弄得"香汗淋漓，娇喘细细"。

蘅芜苑很冷，很素净，但却长满了奇草仙藤，愈冷愈苍翠，"异香扑鼻"。

所以，宝钗的个性既不是一味的冷，也不是单纯的热，她是有冷有热，冷中透热。

表现在生活中，她很注意处理好冷与热的关系，她小心谨慎地拿捏着，什么时候该冷、什么时候该热。

这就是所谓的"时"。

《红楼梦》中对许多人都有一个字的形容，比如"贤"袭人、"俏"平儿、"慧"紫娟、"敏"探春等，而宝钗，正是"时"。

什么是"时"？

第一，合时。

即合于时势，亦可说是"随时""从时"，从外在环境和实际条件出发，决定自己的思想和行为。说得再通俗一点就是：要知道什么时候该说什么话，什么时候该做什么事，不能傻乎乎地一根筋。

宝钗有时很冷，"罕言寡语"，凤姐也曾经评价她，"不干己事不张口，一问摇头三不知"（第五十五回）；可有时候，她又突然滔滔不绝。前面已经摘录了宝钗"论画""论管理"等几段文字，这里不再重复，但为了加深大家的印象，还是要再次做个提醒：宝钗论画，说了九百多字，而宝钗论管理，更是一口气说了一千多字！

这叫"罕言寡语""一问摇头三不知"吗？

其他场合，宝钗能说会道的时候也多了去了。

宝钗"藏愚"，但绝不是真的愚，其实她很机智、很有头脑。她在滴翠亭偶尔听见红玉和坠儿谈话，为了避免误会，便假装说是追黛玉从这里路过的。有人认为这是宝钗故意陷害黛玉，我倒觉得看不出来，但肯定体现了宝钗的急中生智。宝钗一点也不傻，她知道什么时候该说话，什么时候不该说话。（第七十三回）迎春的累丝金凤丢了，迎春自己又懦弱怕事，探春则为之愤愤不平，可宝钗却只顾着看《太上感应篇》，"究竟连探春之语亦不曾闻得"。因为这事跟她没关系，她装聋作哑。但是在适当的时机，她也口若悬河；别人戴什么首饰她都记得真真的；贾母的各项喜好她也一清二楚。你说她冷吗？她对所有人都很好；你说她热吗？身边的人死了她毫不介意。但她自己知道，只要合时就行。什么时候该沉默，什么时候该表现，什么时候该冷，什么时候该热，她心中自有打算。

第二，待时。

时，不是一味消极地顺应时势、随遇而安，而是要积极地寻找机会、制造机会、蓄势待发。孟子称孔子为"圣之时者也"，而在孔子的"时"中，就包含了"待时"。《论语·子罕》云：

> 子贡曰："有美玉于斯，韫椟而藏诸？求善贾而沽诸？"子曰："沽之哉！沽之哉！我待贾者也！"

意思就是说，你有一块美玉，不要老藏在盒子里，要把它卖掉，但也要善于等待，找个好买主。

宝钗很尊崇孔子，自然也会以孔子的"时"为榜样。很有意思的是，贾雨村曾经在郁郁不得志时吟了一联："玉在椟中求善价，钗于奁中待时飞。"有人说这就是讲宝钗的，是不是说的宝钗我们不去考证，但这两句话的确很适用于宝钗。

宝钗平时"罕言寡语"，似乎也不跟谁去争什么，不显山不露水。事实上，宝钗刚到贾府的时候，并没有得到贾母特别的关照，老太太更宠爱外孙女黛玉。但是宝钗待时而动，慢慢地积蓄力量。宝钗崇尚孔子的儒家思想，却也深谙老子的道家智慧。《道德经》云："将欲歙之，必固张之；将欲弱之，必固强之；将欲废之，必固举之；将欲取之，必固予之。"又云："曲则全，枉则直，洼则盈，敝则新，少则得，多则惑。是以圣人抱一以为天下式。不自见，故明；不自是，故彰；不自伐，故有功；不自矜，故长。夫唯不争，故天下莫能与之争。"宝钗"藏愚守拙"，她是真的愚、真的拙吗？当然不是，她相信的是大智若愚、大巧若拙；她很素、很淡，总是穿着半新不旧的衣服，但她真的只是为了淡吗？不是，因为她知道"淡极始知花更艳"，现在的淡，是为了将来的艳；她"不干己事不开口，一问摇头三不知"，也不是真的对什么都不管不问，而是因为那些事跟她无关，如果真的跟她有关，她也是非常积极的。她虽然看似什么都不在意，却每天都在经营着社会关系，憧憬着"好风凭借力，送我上青云"，最后也赢得了里里外外所有人的称赞。

不过，"时"容易出现两个问题。

一是可能导向功利心态。时，可以说是审时度势，也可以说是见机行事。既然要合时、要待时，那自然就会考虑该说什么话，不该说什么话，该做什么事，不该做什么事，什么对我有利，什么对我不利，把一切放到天平上衡量，进行利弊的计算。

宝钗有没有这样的权衡和计算？

表面上看没有，但潜意识里很难说。

大观园出了绣春囊事件以后，宝钗马上就把自己经常进出的角门锁了。宝玉说不用锁，锁了不方便，宝钗却笑道："若是开着，保不住那起人图顺脚，抄近路从这里走，拦谁的是？不如锁了，连妈和我也禁着些，大家别走。纵有了事，就赖不着这边的人了。"（第六十二回）她情愿自己不方便，也别沾一点是非。

二是上面提到的，因为过于注重外界和环境，会导致忽略自我的需求。宝钗的"我"被压抑得越来越深，已经很难看清其本来面目了。宝钗为什么可以对所有人都很好、有时却对生死又那么冷淡？她的这种好到底是真情还是虚意？到最后恐怕连她自己也搞不清楚。

而没有自我，必然无情，喜怒不形于色，有时候更仿佛像个机器人，只按照设定好的程序运作。

所以，宝钗总体的走向必然是冷的。而在这冷中，又有其特定的热。所谓"任是无情也动人"。

宝钗缺乏自我，宝钗理智冷静，宝钗冷。

宝钗善解人意，宝钗待时而动，宝钗热。

宝钗冷，所以无情；宝钗热，所以动人。

不喜欢宝钗的人，看到了她的无情；喜欢宝钗的人，看到了她的动人。

只是，她和黛玉的热不一样，黛玉最在乎的是诗意；而宝钗最看重的，却是世俗。

宝钗也会写诗，甚至写得还很好，但她本质上不是一个诗意的人。

第四十九回，香菱进大观园，急不可耐地要跟宝钗学诗，宝钗却不以为然，反对她说："一个女孩儿家，只管拿着诗作正经事讲起来，叫有学问的人听了，反笑话说不守本分的。"

黛玉把诗当作生命，诗意的破灭也就意味着人生的终结。而宝钗却说："自古道'女子无才便是德'，总以贞静为主，女工还是第二件。其馀诗词，不过是闺中游戏，原可以会可以不会。咱们这样人家的姑娘，倒不要这些才华的名誉。"（第六十四回）在她眼里，诗的地位其实连"女工"针黹都不如。

因此，如果把大观园比作诗意的王国，那么，宝钗只是这个王国的客人，她是随时可以退出的，她不会恋恋不舍。

而事实上，第一个主动离开大观园的，正是薛宝钗！

大观园被抄检后，宝钗便以妈妈身体不好为由，悄悄地搬了出去。王夫人知道以后还想挽留她，谁知宝钗非常坚决，说了一大通离去的道理，最后居然还建议："今日不但我执意辞去，此外还要劝姨娘如今该减些的就减些，也不为失了大家的体统。据我看，园里这一项费用也竟可以免的。"意思就是说，其实可以把大观园关了。

被宝玉和黛玉视为生命的大观园，在宝钗这里，根本就可有可无。

宝钗，也可以说是曾经住在园内的园外人。

这样的人其实并不少，大观园之所以最后破灭，一点儿也不奇怪。

薛宝钗到底想不想嫁给贾宝玉？

理解了宝钗总体偏冷、冷中有热的个性，对于发生在她身上的一些事情，我们就会有更加全面，也更加合理的认识。

比如，宝钗到底想不想嫁给宝玉？宝钗又怎么看待她和黛玉的关系？

有人认为，宝钗心机深重，她表面和善，暗地却使绊子，最终将黛玉挤走，自己上位，顺利地当上了贾府的少奶奶。

真是这样吗？

宝钗有心机不假，她不像黛玉那么单纯率直。但是，她怎么看待自己的感情呢？她有没有把心机用到宝玉身上呢？

我们还是先回到前面的话题，看看宝钗是怎么待人接物的。

脂砚斋在第二十一回中曾这样评价宝钗："宝卿待人接物不疏不亲，不远不近，可厌之人未见冷淡之态，形诸声色；可喜之人亦未见醴密之情，形诸声色。"

这完全符合我们上述对宝钗的判断。你说她冷吧，她对你挺好；你说她热吧，她又总是淡淡的。

按照关系来说，某某人应该和她很亲近，可她"未见醴密"；某某人应该和她挺疏远，可她也"未见冷淡"。

这样的宝钗，可想而知，对待感情会是什么态度。

黛玉喜欢"作"，希望每天都和宝玉黏在一起，稍有不满意就吃醋使小性子；而宝钗正好相反，她对人不会有强烈的依附心理，也没见过她紧紧地黏过谁。

黛玉是诗人、文艺女青年，爱情仿佛就是她的全部；而宝钗更关注的是世俗，她的事情多得很，爱情只是她生活中的一部分。

虽说"哪个女子不钟情、哪个女子不怀春"，但人和人还是不一样的。像宝钗这样性格的女子，不会把感情放在第一位，更不会为了感情寻死觅活。

事实上，宝钗对于感情是有些迟钝的，甚至可以说有点傻呆呆的。

宝钗刚到贾府，就得到了众多下人的心，小丫头们也喜欢和宝钗玩。黛玉便"有些悒郁不忿"，而宝钗"却浑然不觉"，一点都不敏感。

宝玉到宝钗屋里玩，正好黛玉也来了。黛玉有点酸："嗳哟，我来的不巧了！"宝钗却不懂黛玉什么意思。黛玉笑道："早知他来，我就不来了。"宝钗道："我更不解这意。"（第八回）显然，宝钗这时候并没喜欢上宝玉，对三人之间的微妙关系也没感觉。

我们可以想象一下，就算是宝钗结婚了，她和丈夫会是什么样的相处模式。用"相敬如宾"来形容他们，恐怕是最贴切不过的了。

其实我们可以想一想自己身边，是不是也有这样的女孩：爱情这东西，有当然好，实在没有也无所谓，只要门当户对，能在一起过日子就行。

所以说，就算因为"金玉姻缘"等原因，宝钗后来对宝玉有点意思，但她也不会太在意。嫁，不拒绝；不嫁，也不难过。

可能有人会说，就算宝钗挺冷，她不也有热的一面吗？她难道不能对宝玉很热吗？

这我们就要来探讨一下，宝钗是不是喜欢宝玉呢？

我们不妨来看《红楼梦》中的几个情节。

先来看第二十八回里的一段话。

薛宝钗因往日母亲对王夫人等曾提过"金锁是个和尚给的，等日后有玉的方可结为婚姻"等语，所以总远着宝玉。昨儿见元春所赐的东西，独他与宝玉一样，心里越发没意思起来。幸亏宝玉被一个林黛玉缠绵住了，心心念念只记挂着林黛玉，并不理论这事。

"金玉姻缘"的说法早已传遍贾府了，否则黛玉也不会总是耿耿于怀。现在元春又相中了宝钗，如果宝钗真的喜欢宝玉，那不管怎么样，内心也应该是非常高兴的。可她的反应是什么？"心里越发没意思起来"，还"幸亏宝玉被一个林黛玉缠绵住了"。我们可以设身处地想一想，如果你爱上了一个人，你会因为他被别人缠住而感到安慰吗？不可能。可见宝钗根本没有爱上宝玉，所谓"金玉姻缘"，传说就传说吧，她无所谓。

再来看第三十四回。

薛蟠见宝钗说的话句句有理，难以驳正，比母亲的话反难回答，因此便要设法拿话堵回他去，就无人敢拦自己的话了；也因正在气头上，未曾想话之轻重，便说道："好妹妹，你不用和我闹，我早知道你的心了。从先妈和我说，你这金要拣有玉的才可正配，你留了心，见宝玉有那劳什骨子，你自然如今行动护着他。"话未说了，把个宝钗气怔了，拉着薛姨妈哭道："妈妈你听，哥哥说的是什么话！"薛蟠见妹妹哭了，便知自己冒撞了，便赌气走到自己房里安歇不提。

薛蟠说宝钗留了心要嫁给宝玉，所以才护着宝玉。我们再想一想，如果宝钗真有这个想法，她会是什么反应？她会害羞。不管怎么样，也不至于气怔了，还整整哭了一夜。宝钗为什么这么生气？就是因为薛蟠根本不理解她，她压根就没有这个想法，做哥哥的居然这么误解她。

其实不光宝钗没有爱上宝玉，就是薛姨妈对宝玉也没那么上心。第五十七回，薛姨妈、宝钗、黛玉、紫娟在一起聊天，薛姨妈说："我想宝琴虽有了人家，我虽没人可给，难道一句话也不说。我想着，你宝兄弟老太太那样疼他，他又生的那样，若要外头说去，老太太断不中意。不如竟把你林妹妹定与他，岂不四角俱全？"薛姨妈的意思是把黛玉嫁给宝玉，没提宝钗和宝玉的事。有人说薛姨妈在耍花招，后来还搬进大观园和黛玉同住，目的就是为了不让黛玉和宝玉有单独见面的机会。我不知道这种"阴谋论"是从哪看出来的，又是出于什么心理想出来的。至少我们从《红楼梦》文本中找不到任何蛛丝马迹，连黛玉自己也从来没表示过异议，反而感念宝钗和薛姨妈的照顾。其实薛姨妈和宝钗一样，对宝玉并不是那么在意，黛玉真要嫁给宝玉，她们都没什么意见，否则薛姨妈有什么必要当着黛玉的面说这样的话呢？那岂不是授人以柄吗？

那么，宝钗为什么没有喜欢上宝玉呢？

其实想通了也很简单。我们不妨思考一下：以宝钗这样的个性，她会喜欢什么样的男人？宝玉是这样的人吗？

宝钗成熟、稳重、平和、冷静，很显然，这样的女孩喜欢的应该是同样成熟、稳重、有能力、有担当的男人，而不会喜欢那些不谙世事的幼稚的小男生。

而宝玉，恰恰是这么一个小男生。

惜春准备画大观园，宝钗发表了关于绘画技术的演讲。宝玉插嘴，宝钗说："我说你是无事忙，说了一声你就问去……"宝玉回了一句，宝钗又说："我说你不中用……"（第四十二回）一个"无事忙"，一个"不中用"，看似宝钗的无心之说，但却反映了宝钗对宝玉的真实看法——宝钗其实心底里看不上宝玉。

前面说过，宝钗是个"全才"，诗、画、戏、禅、医、药、商、管理，样样皆通。而宝玉呢：第一，会一些诗词歌赋，但这方面宝钗比他还强，而且宝钗并不在乎诗词歌赋；第二，会淘胭脂、嘴巴甜、会哄女孩，这方面宝钗看不上，宝钗不是那种喜欢男人哄的小女人。宝钗希望宝玉读书上进，多次苦口婆心地劝说，可宝玉根本就不以为然，还当面嘲讽宝钗，让宝钗下不来台，宝钗对宝玉可以说是非常失望。试问，这样的宝玉，有哪点会让宝钗喜欢呢？

当然宝钗对宝玉也很好，但这种好只是姐姐对弟弟的好。宝钗本来对所有人就都挺好，何况是这个表弟呢？是的，宝钗是一个姐姐，大观园里贾家以及贾家亲戚的女子，除了结过婚的李纨，就数宝钗的年龄最大了。而且，宝钗的性格又很成熟大气，所以她很自然地担当起了姐姐的角色，在宝钗的眼里，宝玉只是个没长大的小弟弟。对这个动不动就滚进妈妈怀里撒娇的小弟弟，宝钗可以关心、可以照顾，却不可能产生什么爱情。

由此，我们也就可以进一步理解宝钗对宝黛感情的态度。黛玉和宝玉非常亲密，宝钗怎么看？她吃不吃醋？

宝钗其实并不吃醋，她同样是"不在意"，她并没有认定自己和宝玉的所谓"金玉姻缘"。

第二十七回，宝钗、迎春、探春、惜春、李纨、凤姐、巧姐、香菱以及许多丫鬟都在大观园里玩耍，很热闹，唯独黛玉没有来。宝钗说去找黛玉，说完便往潇湘馆来。

> 忽然抬头，见宝玉进去了，宝钗便站住低头想了想：宝玉和林黛玉是从小儿一处长大，他兄妹间多有不避嫌疑之处，嘲笑喜怒无常；况且林黛玉素习猜忌，好弄小性儿的。此刻自己也跟了进去，一则宝玉不便，二则黛玉嫌疑。罢了，倒是回来的妙。想毕抽身回来。

宝钗看到宝玉和黛玉在一起，并没有刻意想着去拆散，反而怕打扰了他们。

第二十八回，宝玉、宝钗、黛玉在王夫人房里说话，贾母派人来叫宝玉黛玉过去吃饭。黛玉先走了，宝玉却说今天就在太太屋里吃。这时宝钗的态度是：

> 宝钗因笑道："你正经去罢。吃不吃，陪着林姑娘走一趟，他心里打紧的不自在呢。"宝玉道："理他呢，过一会子就好了。"

此时黛玉已经出去了，如果宝钗真的很有心机，想离间宝玉和黛玉，她为什么还要宝玉去陪黛玉呢？她为什么还担心黛玉心里不自在呢？

这样的话宝钗还不止说了一遍。宝玉匆匆忙忙地吃了饭，探春惜春都说："二哥哥，你成日家忙些什么？吃饭吃茶也是这么忙碌碌的。"宝钗却又笑道："你叫他快吃了瞧林妹妹去罢，叫他在这里胡羼些什么。"——宝钗一直叫宝玉赶紧去找黛玉，免得黛玉生气。

所以可见，对于宝玉和黛玉之间的感情，宝钗更像个局外人，她没有非要从中插一脚，更没有蓄意地去搞破坏。

另外，我们也就由此可以理解宝钗对黛玉的态度。很多人都不明白，为什么黛玉后来和宝钗那么好，认为黛玉太单纯，被宝钗给骗了。但其实也很简单：既然宝钗无意于介入宝玉和黛玉的关系，她有什么必要把黛玉当作敌人呢？而且，黛玉也和宝玉一样，只是个小女孩，在宝钗眼里，黛玉也就是个小妹妹而已。

我们都知道，黛玉比较小心眼，经常吃宝钗的醋，有时还公开嘲讽宝钗。那宝钗对此是什么态度呢？

第八回，宝玉吃冷酒，宝钗不让他吃，说会伤了身子，宝玉便不吃了。黛玉看宝玉这么听宝钗的话，有些酸酸的，恰好雪雁给黛玉送小手炉，黛玉便借题发挥。

黛玉因含笑问他："谁叫你送来的？难为他费心，那里就冷死了我！"雪雁道："紫鹃姐姐怕姑娘冷，使我送来的。"黛玉一面接了，抱在怀中，笑道："也亏你倒听他的话。我平日和你说的，全当耳旁风；怎么他说了你就依，比圣旨还快些！"宝玉听这话，知是黛玉借此奚落他，也无回复之词，只嘻嘻的笑两声罢了。宝钗素知黛玉是如此惯了的，也不去睬他。

第二十九回，张道士送宝玉一个金麒麟，贾母说好像我们家里也有谁带着一个的。宝钗告诉贾母说史湘云有，探春说，宝姐姐有心，什么都记得。

林黛玉冷笑道："他在别的上还有限，惟有这些人带的东西上越发留心。"宝钗听说，便回头装没听见。

第三十一回，史湘云来了，还给大家带了些东西，哪个是谁的，分得清清楚楚。大家都说湘云讲得明白，宝玉也说："还是这么会说话，不让人。"这时，黛玉突然发作。

林黛玉听了，冷笑道："他不会说话，他的金麒麟会说话。"一面说着，便起身走了。幸而诸人都不曾听见，只有薛宝钗抿嘴一笑。

第三十四回，宝钗因为被哥哥误会，哭了整整一夜，早上起来眼圈还是红的。黛玉看见了，绝不放过这么一个好机会："姐姐也自保重些儿。就是哭出两缸眼泪来，也医不好棒疮！"说实话，黛玉有点不地道，给宝钗伤口上撒盐。但是宝钗并不计较。

话说宝钗分明听见林黛玉刻薄他，因记挂着母亲哥哥，并不回头，一径去了。（第三十五回）

对于黛玉的使性子、吃醋，宝钗根本不在意，她要么好像没听见，要么干脆走开，要么一笑了之。估计在她的心里，对黛玉的这些言语和行为是不以为然的：真是个小女孩，巴巴的这也争，那也争，其实本姑娘哪看得上呢？

是的，从宝钗内心来讲，是未必看得上黛玉的，甚至她会觉得黛玉宝玉这种小女生小男生，跟她根本不是一个级别的。那种小男生小女生之间的卿卿我我，岂是宝钗所看重的，宝钗又怎么会跟黛玉斤斤计较呢？

因此，我们也就可以理解，为什么宝钗后来可以和黛玉那么亲近。在黛玉面前，宝钗也是个大姐姐，她对黛玉同样可以很关心。第四十二回，因为黛玉在大观园行酒令时无意中说了《西厢记》和《牡丹亭》中的话，宝钗找到了黛玉。

且说宝钗等吃过早饭，又往贾母处问过安，回园至分路之处，宝钗便叫黛玉道："颦儿跟我来，有一句话问你。"黛玉便同了宝钗，来至蘅芜苑中。进了房，宝钗便坐了笑道："你跪下，我要审你。"黛玉不解何故，因笑道："你瞧宝丫头疯了！审问我什么？"宝钗冷笑道："好个千金小姐！好个不出闺门的女孩儿！满嘴里说的是什么？你只实说便罢。"黛玉不解，只管发笑，心里也不免疑惑起来，口里只说："我何曾说什么？你不过要捏我的错儿罢了。你倒说出来我听听。"宝钗笑道："你还装憨儿。昨儿行酒令你说的是什么？我竟不知那里来的。"

宝钗叫黛玉跪下，还说要审黛玉。乍看之下，宝钗好像很恶毒，其实她只是开玩笑，而且，我们都知道，这种玩笑只在非常亲密的人之间才能开得起来。果然，宝钗接着就跟黛玉交了心，谈了很多自己过去的事，两人的感情迅速拉近。

紧接着，大家在一起商量画画的事，黛玉和宝钗闹着玩。

宝钗笑指他道："怪不得老太太疼你，众人爱你伶俐，今儿我也怪疼你的了。过来，我替你把头发拢一拢。"黛玉果然转过身来，宝钗用手拢上去。（第四十二回）

"过来，我替你把头发拢一拢。"带有一点命令，更蕴含着亲密和宠爱。这个场景很动人，宝钗的确就像一个姐姐；而黛玉，也乖乖地听从宝钗的安排。

后来，黛玉病情加重，宝钗更是亲自为黛玉调药，还为她熬燕窝粥，两人还认为干姐妹。

所以，把以上这些线索好好捋一捋，我们就会很清楚，宝钗本来就是一个对个人感情看得比较淡的人，她不会像黛玉那样为了某个人而要死要活。如果说黛玉是自我型人格，那么宝钗则是社会型人格。宝钗的世界比黛玉要大得多，爱情只是宝钗生命中的一部分，甚至还并不是最重要的那一部分。因此，虽然由于"金玉姻缘"的传说，宝钗可能想过和宝玉的婚姻，但她绝不是非宝玉不可的，何况她还看不上宝玉呢。宝钗最后到底有没有和宝玉结婚，我们不得而知，不过我们可以想到的，其实就算他们俩结婚了，宝钗也不会幸福，宝玉并不是她喜欢的人。

秦可卿的挣扎

在《红楼梦》中，秦可卿是一个非常特别的人。

她是金陵十二钗之一，但露脸的机会却非常少，刚刚出场没几回就死了。

她是宝玉生命里最重要的女子之一，正是她引导宝玉体验了性爱的感觉。

当然，最重要的是，她是一个"肉体化"的女人。

前面说过，大观园实际上是作者营造的诗意的王国。在这个王国里，似乎是没有肉体欲望的，大家都只是男孩女孩，而不是男人女人。

而秦可卿，却是个"肉体化"的女人，她有强烈的肉体欲望，她是性感的代名词。

宝玉到秦可卿的房里睡午觉，看到的完全是性感的景象。

刚至房门，便有一股细细的甜香袭人。宝玉便觉眼饧骨软，连说"好香"。入房，向壁上看时，有唐伯虎画的"海棠春睡图"，两边有宋学士秦太虚写的一副对联,其联云:"嫩寒锁梦因春冷。芳气笼人是酒香。"案上设着武则天当日镜室中设的宝镜。一边摆着飞燕立着舞过的金盘,盘内盛着安禄山掷过伤了太真乳的木瓜。上面设着寿昌公主于含章殿下卧的榻,悬的是同昌公主制的联珠帐。(第五回)

不仅性感,简直可以说是香艳。

而欲望、性感,却是属于"淫"的。

正如秦可卿的判词所言:"情天情海幻情身,情既相逢必主淫。漫言不肖皆荣出,造衅开端实在宁。"

秦可卿为什么会"淫",她自己对这"淫"又持什么态度呢?

众所周知,秦可卿的死与贾珍有关,贾珍和秦可卿有不伦之情。这种事情虽然不多,但也谈不上罕异。不过有个现象挺奇怪,就是贾珍对秦可卿的态度。

秦可卿死后,贾珍的悲痛无以言表,而且公开表白。

秦可卿葬礼的规格高得离谱。照理说,贾府虽是大户人家,办丧事隆重一点可以理解,但是秦可卿只是个孙媳妇,如此大操大办实在是有些"超标"。而且,这一切还都是在贾珍的主持下进行的。

第一,贾珍亲自出面,为秦可卿买了上等棺木。本来已经有棺材了,但是贾珍不满意,正好薛蟠说他店里有一副棺木,万年不坏。贾珍"喜之不尽",赶忙叫人抬来。贾政劝他,说这个棺木太好了,恐怕秦可卿不够格,贾珍根本不听。

第二,贾珍专门花了一千二百两银子,为贾蓉捐官,买了一个五品的"防护内廷紫禁道御前侍卫龙禁尉",为的是在葬礼上风光好看。贾蓉有了官职以后，秦可卿的灵牌上便写上了"天朝诰授贾门秦氏恭人之灵位"。

第三，停灵七七四十九日，在这四十九日里，"单请一百单八众禅僧在大厅上拜大悲忏，超度前亡后化诸魂"，还另设一坛于天香楼上，请"九十九位全真道士，打四十九日解冤洗业醮"。然后停灵于会芳园中，还要在灵前再请"五十众高僧、五十众高道，对坛按七作好事"。

等到正式出殡那一天，更是人山人海。东平王、南安郡王、西宁郡王、北静郡王均在路旁高搭彩棚，镇国公、理国公、齐国公、治国公、修国公等每家都有人专门前来祭拜，其他的侯、伯、子、男以及各式各样的将军、公子，就更是不计其数，送殡队伍"浩浩荡荡、压地银山一般从北而至"。

如此阵势、如此高调，实在有些吓人。

我们可以对比一下贾敬的葬礼。贾敬是贾珍的父亲，照理说，贾敬的葬礼应该比秦可卿的不知道要高出多少倍。而且，贾敬死后，皇帝亲自追赐他五品官职，并且下旨："令其子孙扶柩由北下之门进都，入彼私第殡殓。任子孙尽丧礼毕扶柩回籍外，着光禄寺按上例赐祭。朝中由王公以下准其祭吊"。（第六十三回）可实际上贾敬的葬礼非常简单，只说"将灵柩停放在正堂之内。供奠举哀已毕"，然后过几天出殡就结束了；"寿木已系早年备下寄在此庙的，甚是便宜"，根本没想到要重新买个高档的。

更过分的是，就在这期间，贾珍、贾蓉还"乘空寻他小姨子们厮混"，没有一点严肃，更别说悲痛了。

而对秦可卿的死，贾珍的悲痛出人意料。

秦可卿死后，贾珍"哭得泪人一般"，"又过于悲哀，不大进饮食"。如此伤心，又不怎么吃饭，当然身体就会垮下来，所以他才请凤姐出面主事。贾珍到荣国府是怎么来的呢?"过于悲痛了,因拄个拐踱了进来"。

不仅如此,贾珍还"深情"表白,毫不掩饰自己对这个儿媳妇的感情。秦可卿刚死,贾家几乎所有人都来了,贾珍当着众人的面,对贾代儒说:"合家大小,远近亲友,谁不知我这媳妇比儿子还强十倍。如今伸腿去了,可见这长房内绝灭无人了。"边说边哭。

贾珍的如此作为说明了什么呢?

至少说明三点,第一,贾珍对秦可卿并非只是玩弄,他是真喜欢可卿。第二,贾珍和秦可卿的不伦之情已是公开的秘密。第三,两人的事情并非一次两次,而是持续了相当长一段时间。

贾珍虽然也是个"俗人",在男女关系上亦非常随便,但对秦可卿却真情流露,否则绝不可能"哭的泪人一般""恨不能代秦氏之死",这是装不出来的。

如果贾珍和秦可卿的事非常秘密、少有人知,贾珍应该尽量掩饰才是,怎么可能这么高调,还公开表白?当然我们还知道,其实焦大早就喊出来了:"爬灰的爬灰,养小叔子的养小叔子",可见他们的事好多人都知道。而且焦大说这话的时候,"凤姐和贾蓉等也遥遥的闻得,便都装作没听见"。如果他们是第一次听说,肯定会非常震惊,怎么可能没一点反应?

既然他们的事好多人都知道,而且贾珍还那么动情,可见不是一次两次,不是偶尔为之,两人之间保持着长期的关系。

那么接下来就又有一个问题了:贾珍喜欢秦可卿,秦可卿对此是什么态度呢?

可以肯定的是,秦可卿不是那种决绝的人。如果非常决绝,那她不会答应贾珍，更不可能和他保持长期的关系。而且，如果秦可卿完全不配合，贾珍只是霸王硬上弓，那贾珍对她也不会有那么深的感情。或许是因为性格的软弱，或许是因为碍于情面，总之，秦可卿应该是顺从了贾珍。

不过，秦可卿之所以这样做，跟她自身应该也是有很大关系的。正如前面提到的，秦可卿是"淫"的象征，她是一个女人，是一个正值青春年华的美丽少妇，她非常性感，非常肉体化，她渴望得到欲望的满足和身体的抚慰。

有人肯定会说，秦可卿不是已经结婚了吗？她不是有合法的丈夫贾蓉吗？

说起来贾蓉和秦可卿的关系也有点怪异。秦可卿曾经对王熙凤说过："婶娘的侄儿虽说年轻，却也是他敬我，我敬他，从来没有红过脸儿。"（第十一回）她所说的"婶娘的侄儿"就是指贾蓉。小夫妻俩"他敬我，我敬他"听起来关系很好，但也正因为太好了，似乎有点不太正常。年轻人刚结婚没多久，吵吵闹闹是常事，他们俩却从未红过脸儿，过着相敬如宾的生活。

相敬如宾的另一面，就是相敬如"冰"。

秦可卿是非常感性的女人，可想而知，她也是爱撒娇、爱调情的，可他为什么还和贾蓉相敬如宾呢？

应该是她在贾蓉身上找不到感觉。

从心理上看，秦可卿或许有恋父情结。用现在的话说，她可能喜欢大叔。

秦可卿本来就是个孤儿，是被秦业从养生堂抱养的。也就是说，秦可卿幼年是没有父亲的，后来又得到了养父的宠爱。一般来说，具有恋父情结的女孩，要么是小时候极度缺乏父爱，长大以后寻求补偿，要么是小时候非常受到父亲宠爱，长大以后还对父亲念念不忘。而秦可卿，却正好是两者兼而有之。

所以，贾珍满足了她的这一心理需求，填补了她的感情空白，而贾蓉只是个十几岁的小男人，完全不是那么回事。

但是，这种关系毕竟见不得阳光，也与她一贯的人生信条不一致，甚至是对她的一种侮辱。

秦可卿在贾府的口碑特别好，她曾对王熙凤说过："这都是我没福！这样人家，公公婆婆当自己的女孩儿似的待。婶娘的侄儿虽说年轻，却也是他敬我，我敬他，从来没有红过脸儿。就是一家子的长辈同辈之中，除了婶子倒不用说了，别人也从没不疼我的，也无不和我好的。"（第十一回）当然这并不是她自夸，秦可卿生前就得到贾府最高领导贾母的肯定："贾母素知秦氏是个极妥当的人，生得袅娜纤巧，行事又温柔和平，乃重孙媳中第一个得意之人。"（第五回）"第一得意之人"，这个评价非常高，不是随便谁都能够获得的荣誉。婆婆尤氏也说："他这为人行事，那个亲戚，那个一家的长辈不喜欢他？"秦可卿死了，大家都很悲痛，"那长一辈的想他素日孝顺，平一辈的想他素日和睦亲密，下一辈的想他素日慈爱，以及家中仆从老小想他素日怜贫惜贱慈老爱幼之恩，莫不悲嚎痛哭者。"（第十三回）长辈的、平辈的、下辈的，老老小小都喜欢她。

更有甚者，秦可卿死后，她的两个丫鬟，一个瑞珠"触柱而亡"，另一个宝珠自愿做义女，为秦可卿摔丧驾灵。秦可卿之得人心，可见一斑。

我们想一想，贾府上下，还有谁能做到让老老少少都喜欢的？

除了秦可卿，就只有一个薛宝钗！

而且，秦可卿不仅当下做得好，还深谋远虑，想到了将来。秦可卿临死前,托梦给王熙凤。

秦氏道:"婶婶,你是个脂粉队里的英雄,连那些束带顶冠的男子也不能过你,你如何连两句俗语也不晓得?常言'月满则亏,水满则溢';又道是'登高必跌重'。如今我们家赫赫扬扬,已将百载,一日倘或乐极悲生,若应了那句'树倒猢狲散'的俗语,岂不虚称了一世的诗书旧族了!"凤姐听了此话,心胸大快,十分敬畏,忙问道:"这话虑的极是,但有何法可以永保无虞?"秦氏冷笑道:"婶子好痴也。否极泰来,荣辱自古周而复始,岂人力能可保常的。但如今能于荣时筹画下将来衰时的世业,亦可谓常保永全了。即如今日诸事都妥,只有两件未妥,若把此事如此一行,则后日可保永全了。"(第十三回)

秦可卿想得很多、很远,什么"月满则亏,水满则溢""登高必跌重""否极泰来"等都考虑到了,甚至还为贾家的将来做了具体的规划。

秦氏道:"目今祖茔虽四时祭祀,只是无一定的钱粮;第二,家塾虽立,无一定的供给。依我想来,如今盛时固不缺祭祀供给,但将来败落之时,此二项有何出处?莫若依我定见,趁今日富贵,将祖茔附近多置田庄房舍地亩,以备祭祀供给之费皆出自此处,将家塾亦设于此。合同族中长幼,大家定了则例,日后按房掌管这一年的地亩、钱粮、祭祀、供给之事。如此周流,又无争竞,亦不有典卖诸弊。便是有了罪,凡物可入官,这祭祀产业连官也不入的。便败落下来,子孙回家读书务农,也有个退步,祭祀又可永继。若目今以为荣华不绝,不思后日,终非长策。眼见不日又有一件非常喜事,真是烈火烹油、鲜花着锦之盛。要知道,也不过是

瞬息的繁华，一时的欢乐，万不可忘了那'盛筵必散'的俗语。此时若不早为后虑，临期只恐后悔无益了。"（第十三回）

这两段话都有点长，之所以原样摘录，是想让大家看看秦可卿的思虑到了什么程度。

是的，在心理学上，秦可卿属于焦虑型人格，也称为惶恐型人格。这样的人做事非常认真谨慎，很关注细节，不容易出错，但也经常焦虑，担心自己做得不够好，担心自己不符合社会的规范和他人的要求。

对贾府的家事尚且如此焦虑，对自己的不伦之情自然就更焦虑了。

她很要强。她是贾府的少奶奶，她要符合社会的规范；她要端庄娴静、温柔贤良；她要把一切做到最好，她要让每一个人都满意。

她又是个正当妙龄的少妇，青春的身体散发着迷人的魅力，她也不得不面对个体的需求；她很难克制来自肉体旺盛的冲动，以致在情欲的旋涡里不能自拔。

也就是说，她想做薛宝钗，可身体里却又住着个潘金莲！

她又怎么可能不焦虑？

秦可卿病重，贾珍请了张太医来看。张太医的诊断是："大奶奶是个心性高强、聪明不过的人。但聪明太过，则不如意事常有；不如意事常有，则思虑太过。此病是忧虑伤脾，肝木忒旺，经血所以不能按时而至。"（第十回）总之一句话，太过忧虑。

但是没有办法，秦可卿只能挣扎。她在肉体欲望和道德伦理的冲突中挣扎，在个体关系和社会关系的夹缝中挣扎。

秦可卿

黛怨钗香总可怜

阿谁唤作梦中仙

春花不寿秋云薄

拂哀先归补恨天

钗黛合一难兼美

聊完了秦可卿，我们再回到宝玉、黛玉和宝钗三人身上。

之所以要插入一个秦可卿，是因为秦可卿很不一般，无论对于宝玉、黛玉还是宝钗，她都具有特别的意义。

我们都知道，黛玉和宝钗是《红楼梦》中最重要的两位女主角，她们两人在小说中的地位同等重要，而且各方面都几乎是均衡的。

俞平伯先生曾说，黛玉和宝钗是"双峰对峙，双水分流，各极其妙，莫能上下"（俞平伯，《红楼梦辨》，商务印书馆，2010年版）。

两人的判词都是合一的："可叹停机德，堪怜咏絮才。玉带林中挂，金簪雪里埋。"（第五回）第一句说宝钗，第二句说黛玉，第三句说黛玉，第四句说宝钗。

两人都很漂亮。只是宝钗胖，似杨玉环，黛玉瘦，像赵飞燕。①

宝钗怯热，黛玉怕冷。②

宝钗理性，黛玉感性。

宝钗是社会型人格，黛玉是自我型人格。

宝钗小时候父亲死了，黛玉小时候母亲死了。

对于宝玉来说：

宝钗是姨妈家的，黛玉是姑妈家的。

宝钗是姐姐，黛玉是妹妹。

宝钗送宝玉肚兜，黛玉送宝玉荷包。③

---

① 第五回写薛宝钗："如今忽然来了一个薛宝钗，年岁虽大不多，然品格端方，容貌丰美，人多谓黛玉所不及。"第二十八回又写："可巧宝钗左腕上笼着一串，见宝玉问他，少不得褪了下来。宝钗生的肌肤丰泽，容易褪不下来。"第三回写林黛玉："两弯似蹙非蹙罥烟眉，一双似泣非泣含露目。态生两靥之愁，娇袭一身之病。泪光点点，娇喘微微。闲静时如姣花照水，行动处似弱柳扶风。心较比干多一窍，病如西子胜三分。"

② 第三十回写薛宝钗："宝钗道：'我怕热，看了两出，热的很。要走，客又不散。我少不得推身上不好，就来了。'宝玉听说，自己由不得脸上没意思，只得又搭讪笑道：'怪不得他们拿姐姐比杨妃，原来也体丰怯热。'"第六十三回写林黛玉："宝玉忙说：'林妹妹怕冷，过这边靠板壁坐。'又拿个靠背垫着些。"

③ 第三十六回写宝钗为宝玉做肚兜："袭人道：'今儿做的工夫大了，脖子低的怪酸的。'又笑道：'好姑娘，你略坐一坐，我出去走走就来。'说着便走了。宝钗只顾看着活计，便不留心，一蹲身，刚刚的也坐在袭人方才坐的所在，因又见那活计实在可爱，不由的拿起针来，替他代刺。"第十七至十八回写宝玉戴着黛玉做的荷包："宝玉已见过这香囊，虽尚未完，却十分精巧，费了许多工夫。今见无故剪了，却也可气。因忙把衣领解了，从里面红袄襟上将黛玉所给的那荷包解了下来，递与黛玉瞧道：'你瞧瞧，这是什么！我那一回把你的东西给人了？'"

宝钗在宝玉的玉上穿络，黛玉在宝玉的玉上穿穗。①

一个是金玉良缘，一个是木石前盟。

宝钗名字中有"宝"，黛玉名字中有"玉"，合起来即是"宝玉"。

两个人，所有的一切都是并列并重，她们和宝玉也是等距离的。

等距离，有一种均衡的美。但也会让人产生选择纠结症。

也正因为如此，无数读者为之烦扰，拥钗派和拥黛派吵得不可开交。

钗黛并列的背后，其实蕴含着爱情和婚姻中的深刻哲理。

从哲学上看，人既是个体的人，也是社会的人。作为个体的人，他希望满足个人的愿望、保障个人的价值、实现个人的理想；而作为社会的人，他又要面对各种各样的社会关系、遵守社会的道德和规范、履行对社会的责任与义务。每个人都有自己的身体、自己的生活和自己的思想，但是每个人又必须在社会中存在，完全脱离社会的人是没有的。所以就一般而言，人既具有个体属性，也具有社会属性，但对于不同的人来说，其侧重点又会有所不同。比如我们前面说到的，薛宝钗更注重对社会关系的维护，她的社会属性更加特出；而林黛玉属于典型的自我型人格，她的个体属性更加特出。

---

① 第三十五回写宝钗为宝玉打络："宝钗坐了，因问莺儿'打什么呢？'一面问，一面向他手里去瞧，才打了半截。宝钗笑道：'这有什么趣儿，倒不如打一个络子把玉络上呢。'一句话提醒了宝玉，便拍手笑道：'倒是姐姐说得是，我就忘了。只是配个什么颜色才好？'宝钗道：'若用杂色断然使不得，大红又犯了色，黄的又不起眼，黑的又过暗。等我想个法儿：把那金线拿来，配着黑珠儿线，一根一根的拈上，打成络子，这才好看。'"第二十九回写黛玉剪宝玉玉上的穗："一时，袭人勉强笑向宝玉道：'你不看别的，你看看这玉上穿的穗子，也不该同林姑娘拌嘴。'林黛玉听了，也不顾病，赶来夺过去，顺手抓起一把剪子来要剪。袭人紫鹃刚要夺，已经剪了几段。"

贾宝玉为什么喜欢林黛玉？从表面来看，宝玉"喜聚不喜散"，似乎与黛玉的"喜散不喜聚"截然不同。但是我们也知道，宝玉的"喜聚"仅仅是对他喜欢的人而言，跟大观园里的女儿们在一起他乐此不疲，而一旦要他去读书做官，甚至只是与父亲的朋友们聊聊天，他都满脸的厌恶和不愿意，当然就更不用指望他去处理家里的各项"俗务"了。因此，宝玉实质上也是个体至上者，和黛玉的性格存在着深深的相通。所以宝玉遵从自己的内心，从个人的意愿和需要出发，选择了黛玉，他们成为最贴心的"知己"。

"知己"关系是典型的个体关系，它是两个（或数个）个体之间灵魂的相互欣赏和精神的彼此共通，知己之间是坦诚的、放松的、愉悦的，没有社会关系中人的沉重、痛苦和相互防范。宝玉离不开黛玉，黛玉也离不开宝玉，他们在彼此身上找到自己，两人在一起的时候，仿佛可以完全不顾整个世界。

然而，宝玉也发现，完全不顾世界是不可能的，也是不现实的，他喜欢黛玉，可他也需要宝钗这样的女子。虽然宝钗很少主动接近宝玉，而且《红楼梦》前八十回中宝钗和宝玉并没有结为夫妻，我们无法得知宝钗之于宝玉的价值，但我们可以从袭人身上，看到宝钗之于宝玉的重要。

第十九回，袭人假称要赎身离开贾府，宝玉听了既吃惊又着急。

宝玉听了这些话，竟是有去的理，无留的理，心内越发急了，因又道："虽然如此说，我只一心留下你，不怕老太太不和你母亲说。多多给你母亲些银子，他也不好意思接你了。"

袭人又说了一通离去的道理，宝玉"泪痕满面"。袭人说，你答应我两三个条件，我就不走了。宝玉说，不要说两三个条件，就是两三百个条件，我也依你。

为了能留下袭人，宝玉甚至承诺以后要好好读书上进，虽然他并没有做到。

及至后来，王夫人看中袭人，不仅不让袭人走，还额外给她加薪。宝玉"喜不自禁"，还得意扬扬地对袭人说："我可看你回家去不去了！……从今以后，我可看谁来敢叫你去。"（第三十六回）

有人可能会说，宝玉不是不喜欢袭人，才嘲讽她是"第一个至贤至善之人"吗？

可是，他需要袭人，他知道他离不开袭人。

第九回，宝玉要上学堂了，袭人为他打点行李。

至是日一早，宝玉起来时，袭人早已把书笔文物包好，收拾的停停妥妥，坐在床沿上发闷。见宝玉醒来，只得服侍他梳洗。宝玉见他闷闷的，因笑问道："好姐姐，你怎么又不自在了？难道怪我上学去丢的你们冷清了不成？"袭人笑道："这是那里话。读书是极好的事，不然就潦倒一辈子，终久怎么样呢。但只一件：只是念书的时节想着书，不念的时节想着家些。别和他们一处顽闹，碰见老爷不是顽的。虽说是奋志要强，那工课宁可少些，一则贪多嚼不烂，二则身子也要保重。这就是我的意思，你可要体谅。"袭人说一句，宝玉应一句。袭人又道："大毛衣服我也包好了，交出给小子们去了。学里冷，好歹想着添换，比不得家里有人照顾。脚炉手炉的炭也交出去了，你可着他们添。那一起懒贼，你不说，他们乐得不动，白冻坏了你。"

又是收东西，又是叮嘱这个叮嘱那个，唠唠叨叨，活脱脱一个妈妈或姐姐。

是的，对于宝玉来说，袭人就是妈妈或姐姐，他需要这样的妈妈或姐姐。

"晴为黛影，袭为钗副"，宝玉对袭人的需要，其实就是对宝钗的需要。

而且，宝钗的能力比袭人更强，宝钗更重视社会关系，她可以为宝玉处理家里家外的各项社会事务。

而这正是黛玉所不具备的。

第二十六回，宝玉无聊，在床上睡觉，袭人推她起来出去转转。宝玉笑眯眯地拉着袭人的手说："我要去，只是舍不得你。"

我想，这并非随口一说，也是他的真心话，黛玉不也曾说宝玉"有了姐姐就忘了妹妹"吗？如果没有袭人和宝钗这样的女子在身边，宝玉的生活会是什么样子？

宝玉不是也曾对莺儿说过："我常常和袭人说，明儿不知那一个有福的消受你们主子奴才两个呢。"（第三十五回）

程高本续书中写宝玉和宝钗结婚，宝玉"空对着，山中高士晶莹雪；终不忘，世外仙姝寂寞林"。然而正如钱锺书先生所言："当知木石姻缘，徼幸成就，喜将变忧，佳偶始者或以怨偶终。"（钱锺书，《谈艺录》，三联书店，2007年版）是的，宝玉和宝钗在一起，他感到不满，他思念黛玉，可就算宝玉和黛玉结合了，他们就真的一定幸福吗？他就不想宝钗吗？

或许也可以这样说，宝钗更适合做妻子，而黛玉更适合做知己。

对于宝玉来说，和黛玉是爱情，和宝钗是婚姻。

宝钗、黛玉，会给人们带来永远的纠结。

我们可以再举徐志摩的事例进行说明。

众所周知，在徐志摩的生命中，有三个重要的女人，那就是张幼仪、林徽因和陆小曼。张幼仪是徐志摩的发妻，却并未得到徐志摩的喜欢，后来更是与徐志摩离婚。

是张幼仪这个妻子做得还不够好吗？恰恰相反，她做得太好了。和宝钗、袭人一样，张幼仪也堪称"至贤至善"的模范，据说父母给她取名"幼仪"，就是希望她善良端庄。嫁到徐家以后，即便徐志摩对她一直非常冷淡，张幼仪依然尽心尽责地做一个好媳妇，让公公婆婆非常喜欢，甚至于后来已经和徐志摩离婚了，徐家二老去世的时候，她还以干女儿的身份为他们送终。

张幼仪完全是以社会关系中"好妻子""好媳妇"的标准来要求自己的。

而徐志摩所看重的却不是社会属性和社会关系，他追求的、在乎的，是个体关系。他是一位诗人，他歌颂热烈的情感，他赞美奔放的生命，他不愿意背负沉重的社会枷锁，甚至，在那个思想日趋解放的年代，他刻意要打破的，正是那种旧式的社会关系。在徐志摩的眼里，张幼仪也许是一个好妻子，但不是他的情人和知己，无法理解他的所思所想，张幼仪的身上，没有他所需要的灵动和激情。所以，徐志摩对张幼仪没有丝毫"感觉"，他的目光，移向了林徽因和陆小曼，林和陆都可以和他构成个体关系，满足他的个人思想需要和情感欲求（当然，对徐志摩来说，林和陆两人的角色也不尽相同。林偏重于知性，陆偏重于感性。此处不再展开）。

经历种种波折，徐志摩终于如愿以偿，娶回了陆小曼。不过，婚后的生活却不如他想象的那般美好，陆小曼可爱是可爱了，却生活无度，没有节制，完全不会像张幼仪那样勤俭持家。而徐志摩，也在赚钱养家、疲于奔命的旅途中因飞机失事而英年早逝。

假如人生能够再来一次，徐志摩是否还会这样选择？

我们不知道答案，但是我们知道的是，无论他怎么选择，都会留下深深的遗憾。

这是徐志摩的难题，是贾宝玉的难题，也是我们每个人的难题。

肯定会有人说，要是能把宝钗和黛玉结合起来就好了。

曹雪芹也是这么想的。

钗黛并列本身就反映了他的不舍。脂砚斋在第四十二回指出："钗玉名虽两个，人却一身。"直至后来，曹公索性让宝钗和黛玉成为干姐妹。

他哪一个都需要，哪一个都难以放弃，两人最好能够综合，能够"兼美"。

所以，宝玉在梦中就见到了一个叫作"兼美"的女孩："其鲜艳妩媚，有似乎宝钗，风流袅娜，则又如黛玉。"（第五回）

钗黛合一，的确是很多人的梦想。合一了，就完美了。

然而我们要注意，这个名为"兼美"的女孩，她的字叫"可卿"。

也就是说，在潜意识中，雪芹先生又觉得秦可卿是最完美的女人。

前文已经提到了，秦可卿的确很完美，贾府上上下下，没有不喜欢她的。

但是，薛宝钗和林黛玉合一，就真的能变成秦可卿吗？

答案是不能。

因为秦可卿是"欲"的象征，她很性感，她有情欲；而薛宝钗和林黛玉，却都是无"性"的人。

虽然同为无性，宝钗和黛玉的原因不一样——宝钗之所以无性，是因为"性"和"礼"冲突；黛玉之所以无性，是因为"性"与"灵"对立——她们无性的本质却是一样的。

正如前面提到的，人既是个体的人，也是社会的人，但如果要细分，作为个体的人，其内部又包括精神和肉体两个方面，即所谓的灵与肉。因此，个体与个体之间，实际上是涉及精神和肉体的双重关系。

前面还提到，宝玉与黛玉都还只是男孩女孩，他们都是"非肉体化"的存在，两人是灵魂的知己，没有任何肉体的接触，他们只是精神关系而非肉体关系，黛玉更不可能沾染一点"欲"的成分。

宝钗倒是有那么一点点肉体化的潜质，她"容貌丰美""肌骨莹润"，宝玉甚至还对她产生过一些小小的幻想。但是宝钗的超我太过强大，她自觉地用"礼"、用"规矩"压抑自己，从而成为一个冷美人，女人本应有的情欲也根本不在她的考虑之内。

黛玉太纯洁，如果有性，那是对她的亵渎；宝钗太理性，如果有性，那是对她的侮辱。

所以，薛宝钗和林黛玉，再怎么"兼美"，也不可能拥有秦可卿的性感。

作者一方面对秦可卿充满了性的幻想，可是另一方面在内心里又排斥她，即使把宝钗和黛玉合一也没有秦可卿的影子。

宝玉在可卿的引导下体验了性的感觉，但是又认为这是"淫"，是肮脏的，是不道德的，是应该加以排斥的。

所以，宝玉即便有了第一次性经验，他也无心再有第二次，他好像还是一个小男孩，心无芥蒂地和丫头们打闹，并把这种单纯的关系当作宝贵的经历，永远地珍藏在自己的记忆中。

所以，宝玉和黛玉即便再亲密，他们之间也是无性的，他们只是少男少女，只是哥哥妹妹，他们无欲无求，他们只是精神的伴侣。

在曹雪芹心里，存在着巨大的矛盾：他渴望兼美，但又排斥情欲；他排斥情欲，但又（借宝玉）梦见了秦可卿。

他说："擅风情，秉月貌，便是败家的根本。"他说："漫言不肖皆荣出，造衅开端实在宁。"可当宝玉听说秦可卿死了，便"只觉心中似戳了一刀的不忍，哇的一声，直喷出一口血来"。（第十三回）

或许，他心里也知道，钗黛合一不可能做到真正的兼美，因此，他为可卿留了一扇小小的后门。

凤姐的幸福时光

　　大观园里是无性的,是天真清纯的少男少女们嬉戏的王国。而大观园外,则是另外一番天地。

　　贾赦、贾珍、贾蓉、薛蟠们的皮肤滥淫实在没什么好说,倒是王熙凤和贾琏,难免让人唏嘘感叹。他们俩是《红楼梦》中非常少见的有过正常情爱生活的恋人或伴侣,尽管后来亦成为路人。

　　是的,凤姐曾经很幸福,无论是日常的生活,还是和贾琏的夫妻生活。

　　首先我们来看王熙凤的年龄。第二回"贾夫人仙逝扬州城　冷子兴演说荣国府",曾经提到:"若问那赦公,也有二子,长名贾琏,今已二十来往了,亲上作亲,娶的就是政老爹夫人王氏之内侄女,今已娶了二年。"贾琏二十来岁,那么王熙凤可能不到二十。第六回,刘姥姥来到贾府,跟周瑞家的聊天时也曾说:"这凤姑娘今年大还不过二十岁罢了,就这等有本事,当这样的家,可是难得的。"周瑞家的听了回道:"我的姥姥,告诉不得你呢。这位凤姑娘年纪虽小,行事却比世人都大呢。"可见，此时的王熙凤的确是二十不到，应该十八九岁吧。

十八九岁的女人，刚刚结婚两年，多少还沉浸在情爱的甜蜜和激情中，凤姐和贾琏小夫妻俩各方面好像都挺和谐。

而且，王熙凤很漂亮。黛玉进贾府，第一次见到的凤姐是这样的：

彩绣辉煌，恍若神妃仙子。头上戴着金丝八宝攒珠髻，绾着朝阳五凤挂珠钗；项上带着赤金盘螭璎珞圈；裙边系着豆绿宫绦双衡比目玫瑰珮；身上穿着缕金百蝶穿花大红洋缎窄裉袄，外罩五彩刻丝石青银鼠褂；下着翡翠撒花洋绉裙。一双丹凤三角眼，两弯柳叶吊梢眉，身量苗条，体格风骚。粉面含春威不露，丹唇未启笑先闻。（第三回）

用"神妃仙子"来形容，足可见凤姐的美貌。而且她"身量苗条，体格风骚"，贾琏岂有不爱之理？

很有意思的是，《红楼梦》第一次写贾琏和凤姐的恩爱场面很含蓄，却又给人无限的遐想空间。

第七回的回目是"送宫花贾琏戏熙凤　宴宁府宝玉会秦钟"。照理说，既然都上了标题了，其中的内容应该是重头戏，可是我们找来找去，也没有看到贾琏是怎么"戏"熙凤的，倒是长篇大论地在讲宝钗的冷香丸。

只是里面有这么一段文字：

那周瑞家的又和智能儿唠叨了一会，便往凤姐儿处来。穿夹道从李纨后窗下过，隔着玻璃窗户，见李纨在炕上歪着睡觉呢，遂越过西花墙，出西角门进入凤姐院中。走至堂屋，只见小丫头丰儿坐在凤姐房门槛上，见周瑞家的来了，连忙摆手儿叫他往东屋里去。周瑞家的会意，忙蹑手蹑足往东边房里来，只见奶子正拍着大姐儿睡觉呢。周瑞家的悄问奶子道："姐儿睡中觉呢？也该请醒了。"奶子摇头儿。正说着，只听那边一阵笑声，却有贾琏的声音。接着房门响处，平儿拿着大铜盆出来，叫丰儿舀水进去。

这段话写得很细腻，首先是说到大家都在睡午觉，非常安静慵懒的景象，以至于周瑞家的都要"蹑手蹑足"地走。周瑞家的压低声音悄悄地问大姐的奶妈，可尽管这样，奶妈仍然摇头，意思就是你别说话。丰儿朝着周瑞家的摆手，让她往东屋里去，她自己却坐在门槛上。

丰儿坐在门槛上干什么呢？文中什么也没交代，只说一会儿传来一阵贾琏的笑声，平儿让丰儿舀水进去。那我们只能从这有限的文字里面想象了：贾琏和凤姐中午还在恩爱，让小丫头丰儿把着门。两人你依我依，言语亲昵，嬉笑之间，情意绵绵。

而且，既然回目上叫"贾琏戏熙凤"，显然，两人之间是有些调情的，不比"老夫老妻"那种"例行公事"；贾琏善"戏"，凤姐也喜欢被贾琏所"戏"。

什么是"戏"？这里所谓的戏，当然不是指轻薄的调戏。调戏主要是指男人对女人的，在这种所谓的调戏中，男性与女性是不平等的，男性为了满足自己的欲望，把女性完全降低为肉体的存在；而女性则被当作男性欲望的对象、发泄的工具，没有什么尊严而言。

不过，既然是"戏"，就总是和平时相处的模式有所不同。夫妻之间日常的相处，往往是比较正经的、严肃的，甚至可能是相敬如"冰"的。可想而知，在这样的模式下，两人不可能嬉笑调情，不可能有激情的恩爱。"戏"的作用是什么？就是通过"戏"，打破这种严肃和刻板，让人进入放松、愉悦的身体状态和精神状态。

再往深里说，"戏"能够让人穿过理性的外壳，达到对非理性的激发和张扬。人既有理性的一面，也有非理性的一面，而人的情欲则隐藏在非理性，或如弗洛伊德所说的"本我"之中。虽说人也是一种高级动物，但随着人类文明的发展，人们逐渐把属于动物本能的东西，比如情欲等看作是低级的、龌龊的、见不得阳光的，从而自觉地压抑它，乃至否定它。所以，即便是正常的情欲，很多人也都难以满足，它们被深深隐藏在潜意识的水底。

对于中国古代的女性来说，就更是如此。古代对女性的要求是"三从四德"，希望女性端庄贞静、贤良淑德，而不能表现出一点非理性的情欲。古代的男人虽然可以有三妻四妾，甚至还嫖娼、看春宫画，但在公开场合却绝不赞成女性表现出她们的情欲，反而认为有情欲的女人都是狐狸精，都是坏女人。

因此，即便是夫妻之间，也经常是很正式的关系，两人都非常理性、非常"正经"，相敬如宾却没有激情。

而"戏"则揭开了人理性的外壳，使人能够在轻松的状态下展现非理性的一面。在这种状态下，即便是情欲，也不再显得那么尴尬，甚至还很诱人。

凤姐挺漂亮，但她也是大家闺秀，可想而知，平时也是要"端着"的，怎么好意思展现女性的魅力、释放女人的激情呢？

而此时的贾琏之"戏"，凤姐求之不得，两人一拍即合，卿卿我我。

当然，贾琏也是会"戏"的，他并非"直男"。

第四十四回，贾琏和鲍二媳妇偷情，凤姐和他大吵一架。后来贾母调解，让贾琏给凤姐赔不是。这时，"贾琏听说，爬起来，便与凤姐儿作了一个揖，笑道：'原来是我的不是，二奶奶饶过我罢。'满屋里的人都笑了。"此时的贾琏，就像一个坏小子，贫嘴贫舌的。

更有意思的是在第二十三回。贾琏对凤姐说："果然这样也罢了。只是昨儿晚上，我不过是要改个样儿，你就扭手扭脚的。"结果，"凤姐儿听了，嗤的一声笑了，向贾琏啐了一口，低下头便吃饭。"贾琏的脸皮真够厚的，说得连凤姐这样的辣妹子都害羞了。贾琏的确善"戏"，或者用现在的话来说，会"撩"。

此时的凤姐，当然也喜欢他"戏"，喜欢他"撩"。

当然，并不是谁来"戏"凤姐都喜欢、都能接受。在《红楼梦》第十一回中，还有另一个男人戏过凤姐，却引起了凤姐的勃然大怒和疯狂报复。

那就是贾瑞。

贾瑞在会芳园遇见凤姐，他给凤姐请安，还说"也是合该我与嫂子有缘"。虽然话是有点唐突，但是也不是什么大不了的事。不过，凤姐却非常生气："这才是知人知面不知心呢，那里有这样禽兽样的人呢。他如果如此，几时叫他死在我的手里，他才知道我的手段！"

接下来，凤姐又假戏真做，屡次耍弄贾瑞，让贾瑞欲罢不能，最后命丧黄泉。

贾瑞之"戏"为什么让凤姐如此反感呢？

一般人可能会说，贾瑞癞蛤蟆想吃天鹅肉，凤姐当然不乐意了。

可就算不乐意，凤姐不答应他就是了，却为什么如此痛恨，甚至要贾瑞死在自己手里呢？

回到前面的话题。适当的情况下，女人是喜欢被"戏"、被"撩"的，"戏"和"撩"中自有一种情趣。但有一个前提，那就是，这个男人必须是自己认可的，而认可的条件，往往是他比自己强——或者是有地位，或者是有财富，或者是有作为，或者是有思想。

换句话说，一定程度的欣赏、崇拜，是女性对男性产生强烈激情的重要条件。

有人可能会说，这岂不是男女不平等吗？其实这不叫不平等，而只是体现了男女之间的一种差别。差别不等于不平等；相应的，男女平等也不等于男女之间没有差别。

从自然界来看，我们知道，几乎所有的雌性动物都比雄性动物要弱、要小，而在一些动物群落中，越是强壮的雄性动物，越容易获得交配权。可见，越是强壮的雄性越是会得到雌性的仰慕。就人类而言，女性在身体上也处于天然的弱势，所以也习惯于寻求男性的保护和宠爱。而且由于男女生理结构的不同，在两性关系中，女性还是相对被动的，男性则处于主动和控制的地位。因此，女性所寻求的伴侣，一般都是比自己强的，在这种关系中，女性也更容易获得安全感和满足感。相反，如果男人比自己还弱，女人轻则感到不好意思，重则觉得难堪，而且也不容易得到情爱的快感。

而贾瑞，就是这么一个弱者，一个凤姐根本看不上的男人。面对贾瑞之"戏"，凤姐怎么可能有感觉呢？

而且，正如前面所说，"戏"，其实就是撩起理性的外衣，激发女人展示其非理性的情欲的一面。对女人来说，展示自己的情欲意味着什么？意味着承认自己的本能和欲望，意味着希望成为男人性爱的对象。

可是，贾瑞，如此庸俗卑微的一个男人，也配吗？

要知道，凤姐本身就是个要强的人，但是现在，贾瑞竟然把她当作性幻想的对象，简直岂有此理，简直是一种天大的亵渎和侮辱！

所以，凤姐怒不可遏！

我们不妨设想一下，如果把贾瑞换成别的男人，比如某个王爷或者将军，那将会是什么情况呢？

我们再来看贾琏。在一些读者的心目中，贾琏是个很没出息的男人，而且贾琏还跟多姑娘、鲍二媳妇这样低贱的女人私通，很跌份儿。不过，如果我们仔细看一看《红楼梦》的文本，会发现有些方面并不完全是这样。贾琏虽然能力一般，也挺庸俗，却也并非一无是处。实际上，贾府的日常事务好多是贾琏管着的，不然贾蔷等人也不会来求贾琏要活干了。第十六回写到贾蓉、贾蔷两人来给贾琏汇报工作，贾蓉说："我父亲打发我来回叔叔：老爷们已经议定了，从东边一带，借着东府里花园起，转至北边，一共丈量准了，三里半大，可以盖造省亲别院了。已经传人画图样去了，明日就得。叔叔才回家，未免劳乏，不用过我们那边去，有话明日一早再请过去面议。"这里明确地说，"我父亲"（即贾珍）是让贾蓉来"回"贾琏的，可见贾琏是主事者。贾琏交代了工作以后，"贾蓉忙应几个'是'"。接着，贾蔷又汇报工作，贾琏又一一安排。元春省亲，要建大观园，这可是贾府的大事，而大观园从选址到建造、装饰，里里外外很多事，也是贾琏在张罗的。比如第十六回写道："次早贾琏起来，见过贾赦贾政，便往宁府中来，合同老管事的人等，并几位世交门下清客相公，审察两府地方，缮画省亲殿宇，一面察度办理人丁。自此后，各行匠役齐集，金银铜锡以及土木砖瓦之物，搬运移送不歇。"第十七至十八回，贾政带着宝玉和一帮清客，为大观园题对额，走着走着，贾政忽然想起："这些院落房宇并几案桌椅都算有了,还有那些帐幔帘子并陈设玩器古董,可也都是一处一处合式配就的?"问随行的贾珍,贾珍说不清楚,贾政便差人把贾琏找来。

一时,贾琏赶来,贾政问他共有几种,现今得了几种,尚欠几种。贾琏见问,忙向靴桶取靴掖内装的一个纸折略节来,看了一看,回道:"妆蟒绣堆、刻丝弹墨并各色绸绫大小幔子一百二十架,昨日得了八十架,下欠四十架。帘子二百挂,昨日俱得了。外有猩猩毡帘二百挂,金丝藤红漆竹帘二百挂,墨漆竹帘二百挂,五彩线络盘花帘二百挂,每样得了一半,也不过秋天都全了。椅搭、桌围、床裙、桌套,每分一千二百件,也有了。"

贾琏很了得,大观园的一草一木似乎都装在他脑子里,零零碎碎各式物件他都要考虑;他还非常细心,专门写了个单子带在身上。试问这样的事贾府能有几人做到?我们还会认为贾琏完全没有能力吗?

所以,至少在开始的几年里,凤姐对贾琏是有些欣赏的。

王熙凤的判词中有一句话:一从二令三人木。这到底是什么意思,众说纷纭。其实很简单,它反映的是贾琏和王熙凤两人关系的三个阶段。开始的时候,凤姐对贾琏的态度是"从"。古代要求妇女"三从四德",其中"三从"是指"未嫁从父,出嫁从夫,夫死从子",这时候凤姐的"从"做得不错。这种封建伦理道德当然是一种糟粕,反映了男女的不平等,但是女人对男人要温柔善良而不是趾高气扬却是没有错的。而且正如上面所述,如果一个男人有地位、有作为,他就会受到女人的认可和欣赏,女人也会对他温柔有加;相应的,有自己认可、欣赏的男人在身边,女人也会觉得幸福，生活中也才会充满情趣。

凤姐对贾琏的"从"当然谈不上完全的"服从"或"顺从"，那也是不合理和没有必要的。但是在最初的几年里，凤姐的确很尊重贾琏，很多事都征求贾琏的意见，很少独断专行。

贾琏护送黛玉回老家看望生病的父亲，回来以后，凤姐跟他说了一大通话："我那里照管得这些事！见识又浅，口角又笨，心肠又直率，人家给个棒槌，我就认作'针'。脸又软，搁不住人给两句好话，心里就慈悲了。况且又没经历过大事，胆子又小，太太略有些不自在，就吓的我连觉也睡不着了。我苦辞了几回，太太又不容辞，倒反说我图受用，不肯习学了。殊不知我是捻着一把汗儿呢。一句也不敢多说，一步也不敢多走。……你这一来了，明儿你见了他，好歹描补描补，就说我年纪小，原没见过世面，谁叫大爷错委他的。"（第十六回）显然，凤姐很谦虚，对贾琏充满了信任。

宝钗要过生日了，到底怎么办，凤姐还是跟贾琏商量。

凤姐道："二十一是薛妹妹的生日，你到底怎么样呢？"贾琏道："我知道怎么样！你连多少大生日都料理过了，这会子倒没了主意？"凤姐道："大生日料理，不过是有一定的则例在那里。如今他这生日，大又不是，小又不是，所以和你商量。"（第二十二回）

之所以要和贾琏商量，凤姐说是要"讨你的口气。我若私自添了东西，你又怪我不告诉明白你了"。（第二十二回）

凤姐的温柔和尊重，换来的是小夫妻俩的恩爱。凤姐和贾琏在很长一段时间里感情还是挺好的，凤姐也体会到了思念的滋味和情爱的幸福。

贾琏陪黛玉回南方，因为去的时间比较长，凤姐很思念贾琏。

话说凤姐儿自贾琏送黛玉往扬州去后，心中实在无趣，每到晚间，不过和平儿说笑一回，就胡乱睡了。

这日夜间，正和平儿灯下拥炉倦绣，早命浓薰绣被，二人睡下，屈指算行程该到何处，不知不觉已交三鼓。（第十三回）

贾琏走了，凤姐睡觉都觉得"无趣"，心神不定，想着贾琏今天到哪里了，明天到哪里了，经常半夜都还没睡着。

后来，黛玉父亲去世，贾琏派丫头昭儿先回贾府报信，说自己还要过一阵子才能回来，凤姐思夫之心更盛。

凤姐见昭儿回来，因当着人未及细问贾琏，心中自是记挂，待要回去，争奈事情繁杂，一时去了，恐延迟失误，惹人笑话。少不得耐到晚上回来，复令昭儿进来，细问一路平安信息。连夜打点大毛衣服，和平儿亲自检点包裹，再细细追想所需何物，一并包藏交付昭儿。又细细吩咐昭儿："在外好生小心服侍，不要惹你二爷生气；时时劝他少吃酒，别勾引他认得混帐老婆，果然有这些事，回来打折你的腿"等语。（第十四回）

此时的凤姐，根本不是人们熟悉的那个凤辣子，更不是后来那个心狠手辣的母夜叉，她只是一个温柔的小女人，一个痴痴地等待丈夫归来的小女人。

待到贾琏回到家来，凤姐喜得满面春风。

且说贾琏自回家参见过众人，回至房中。正值凤姐近日多事之时，无片刻闲暇之工，见贾琏远路归来，少不得拨冗接待，房内无外人，便笑道："国舅老爷大喜！国舅老爷一路风尘辛苦。小的听见昨日的头起报马来报，说今日大驾归府，略预备了一杯水酒掸尘，不知可赐光谬领否？"（第十六回）

凤姐称贾琏为"国舅老爷"，称自己为"小的"，她在向贾琏撒娇，传递情爱的信息。

男人都喜欢女人适当的撒娇。因为撒娇其实就是主动把自己置于弱者的地位，期待对方的宠爱和保护。女人通过撒娇凸显男人的高大，而男人则在女人的撒娇中感到被尊崇和被需要的满足。贾琏对此当然也很受用。

这还不算完。贾琏的奶妈赵嬷嬷过来和凤姐聊天，说贾琏"脸软心慈"。凤姐却打趣道："可不是呢，有'内人'的他才慈软呢，他在咱们娘儿们跟前才是刚硬呢。"（第十六回）凤姐直接在外人面前给贾琏戴高帽子，说得贾琏自己都不好意思了，只得"讪笑吃酒"。

因为巧姐生病，贾琏独自一人搬到外书房居住。贾琏也不是个好东西，只这几天，便和多姑娘混上了。但是在巧姐病好以后，贾琏搬回卧室，和凤姐又是"新婚不如远别"，无限恩爱。

直到后来，出现了前面提到的一幕场景，贾琏又一次"戏"了凤姐。

当下贾琏正同凤姐吃饭，一闻呼唤，不知何事，放下饭便走。凤姐一把拉住，笑道："你且站住，听我说话。若是别的事我不管，若是为小和尚们的事，好歹依我这么着。"如此这般教了一套话。贾琏笑道："我不知道,你有本事你说去。"凤姐听了,把头一梗,把筷子一放,腮上似笑不笑的瞅着贾琏道:"你当真的,还是玩话?"贾琏笑道:"西廊下五嫂子的儿子芸儿来求了我两三遭,要个事情管管。我依了,叫他等着。好容易出来这件事,你又夺了去。"凤姐儿笑道:"你放心。园子东北角子上,娘娘说了,还叫多多的种松柏树,楼底下还叫种些花草。等这件事出来,我管保叫芸儿管这件工程。"贾琏道:"果然这样也罢了。只是昨儿晚上,我不过是要改个样儿,你就扭手扭脚的。"凤姐儿听了,嗤的一声笑了,向贾琏啐了一口,低下头便吃饭。(第二十三回)

这一段话,凤姐和贾琏一直在笑,看起来好像是在拌嘴,其实是在调情。两人卿卿我我,情意绵绵,最后贾琏还拿夜里的事"戏"凤姐。凤姐,一个那么要强的女人,也在这亲昵的气氛中缴械了,害羞地低下了头。

此时的凤姐,真的很幸福。

王熙凤

倜傥风流四座惊
金闺独许占才名
解围惯博诸郎粲
戏彩常怡大母情
不避嫌疑原脱略
便招猜忌只聪明
伧奴中酒真狂瘦
百犬何劳更吠声

凤姐的幸福时光

贾琏的多情、温情与无情

凤姐的幸福是从什么时候失去的呢?

这当然也不是一下子发生的,它有一个渐变的过程。

一方面,贾琏是个多情种子,年轻火旺,好像一天都离不开女人。他先是和多姑娘,后又和鲍二媳妇鬼混。虽然在古代社会男人的这种行为算不上多么不堪,连贾母也说"什么要紧的事""从小儿世人都打这么过的",但是王熙凤的嫉妒心很重,她受不了。两人之间的"梁子"算是结下了。

另一方面,凤姐本身也在变化,她的权势欲慢慢膨胀,她对贾琏的态度,也是开始的"从"过渡到后来的"令"。她不再尊重贾琏,甚至根本看不上贾琏,以前的那种亲昵甜蜜,也随之离她远去。

上面提到,秦可卿死了,宁国府办丧事,凤姐应贾珍之邀出面主事。虽然非常劳累,但她也对自己的"威重令行"特别得意。

里面凤姐见日期有限,也预先逐细分派料理,一面又派荣府中车轿人从跟王夫人送殡,又顾自己送殡去占下处。目今正值缮国公诰命亡故,王邢二夫人又去打祭送殡;西安郡王妃华诞,送寿礼;镇国公诰命生了长男,预备贺礼;又有胞兄王仁连家眷回南,一面写家信票叩父母并备带往之物;又有迎春染病,每日请医服药,看医生启帖、症源、药案等事,亦难尽述。又兼发引在迩,因此忙的凤姐茶饭也没工夫吃得,坐卧不能清净。刚到了宁府,荣府的人又跟到宁府;既回到荣府,宁府的人又找到荣府。凤姐见如此,心中倒十分欢喜,并不偷安推托,恐落人褒贬,因此日夜不暇,筹画得十分的整肃。于是合族上下无不称叹者。……因此也不把众人放在眼里,挥霍指示,任其所为,目若无人。(第十四回)

事情特别多,连吃饭的工夫都没有,但王熙凤喜欢这种掌控一切的感觉。不过,这时候她虽然得意,却还没有太过忘形,在贾琏面前也挺谦虚。但是她的胆子却越来越大,接下来便弄权铁槛寺,还到处放高利贷。她越来越尝到了权力的滋味,并在这种滋味中沉迷陶醉。

事实上,凤姐在贾府的权势也是越来越大,权欲也越来越重,即便已经小产了,也"自恃强壮,虽不出门,然筹画计算,想起什么事来,便命平儿去回王夫人,任人谏劝,他只不听"。(第五十五回)凤姐的身体再也没有彻底好过,但她依然对权力恋恋不舍。

第七十二回,鸳鸯来看望凤姐,和平儿有一段对话。

鸳鸯因悄问:"你奶奶这两日是怎么了?我看他懒懒的。"平儿见问,因房内无人,便叹道:"他这懒懒的也不止今日了,这有一月之前便是这样。又兼这几日忙乱了几天,又受了些闲气,从新又勾起来。这两日比先又添了些病,所以支持不住,便露出马脚来了。"鸳鸯忙道:"既这样,怎么不早请大夫来治？"平儿叹道："我的姐姐，你还不知道他的脾气的。别说请大夫来吃药。我看不过，白问了一声身上觉怎么样，他就动了气，反说我咒他病了。饶这样，天天还是察三访四，自己再不肯看破些且养身子。"

明明生了病，却还要硬挺着，凤姐越来越喜欢"令"，她对那种威重令行的感觉已经上瘾了。

平儿见问，又往前凑了一凑，向耳边说道："只从上月行了经之后，这一个月竟沥沥渐渐的没有止住。这可是大病不是？"鸳鸯听了，忙答道："嗳哟！依你这话，这可不成了血山崩了。"

凤姐得了"血山崩"，下身流血不止。要知道，《红楼梦》中还有一个可怜的男人贾瑞，他是下身流精不止，正好也是被凤姐捉弄而死。

贾瑞是太过贪色，而凤姐，是太过贪权。

一般来说，喜欢权力的人，是打心眼里瞧不起没有权力的人的，尽管他表面上可能也会做做样子。

第二十四回，贾芸来找凤姐。

正说着，只见一群人簇着凤姐出来了。贾芸深知凤姐是喜奉承尚排场的，忙把手逼着，恭恭敬敬抢上来请安。凤姐连正眼也不看，仍往前走着……

第二十五回，凤姐在宝玉房里遇到周姨娘和赵姨娘。

> 刚至房门前，只见赵姨娘和周姨娘两个人进来瞧宝玉。李宫裁、宝钗、宝玉等都让他两个坐。独凤姐只和林黛玉说笑，正眼也不看他们。

对于这些"小人物"，凤姐都是"正眼也不看"。

有人可能会提出疑问，那刘姥姥也是小人物，凤姐为什么却对她还不错呢？

其实凤姐对刘姥姥本来也不咋的，我们不妨来看刘姥姥第一次进荣国府时凤姐的态度。

> 凤姐也不接茶，也不抬头，只管拨手炉内的灰，慢慢的问道："怎么还不请进来？"一面说，一面抬身要茶时，只见周瑞家的已带了两个人在地下站着呢。这才忙欲起身犹未起身时，满面春风的问好，又嗔着周瑞家的怎么不早说。（第六回）

这个场景非常符合王熙凤的为人。其实她心里根本看不上刘姥姥，这时候刘姥姥已经进屋了，可她好像没看见似的，既不抬头，也不搭理，却又忽然间热情无比，让人感觉很假。就好比我们经常看到的某些电影画面：一个大佬面窗背门而立，另一个人进来，大佬毫无反应，过会儿，大佬突然转过身来："呵呵，老同学啊，你来了怎么也不说一声？"

凤姐后来对刘姥姥挺好，其实原因很简单：因为贾母喜欢刘姥姥。王熙凤看不上没有权力的小人物，但对有权力的大人物还是非常在意的，因为她的权力来自大人物，没有大人物的支持，她的权力将不复存在。

刘姥姥二进贾府，偶然见到了贾母，贾母要刘姥姥住一两天再回去。

凤姐儿见贾母喜欢，也忙留道："我们这里虽不比你们的场院大，空屋子还有两间。你住两天罢，把你们那里的新闻故事儿说些与我们老太太听听。"（第三十九回）

宝玉挨打以后，好多人都来看望，凤姐却迟迟没来。对此，林黛玉是怎么想的呢？

这里林黛玉还自立于花阴之下，远远的却向怡红院内望着，只见李宫裁、迎春、探春、惜春并各项人等都向怡红院内去过之后，一起一起的散尽了，只不见凤姐儿来，心里自己盘算道："如何他不来瞧宝玉？便是有事缠住了，他必定也是要来打个花胡哨，讨老太太和太太的好儿才是。今儿这早晚不来，必有原故。"（第三十五回）

可见，凤姐为了讨老太太和太太的好，经常做打"花胡哨"这种事。

贾琏的小厮兴儿在跟尤二姐介绍凤姐的时候也曾说："如今合家大小除了老太太、太太两个人，没有不恨他的，只不过面子情儿怕他。皆因他一时看的人都不及他，只一味哄着老太太、太太两个人喜欢。"（第六十五回）

还有其他很多事可以反映王熙凤的这一特点，包括她对秦可卿的态度。经常有人分析凤姐为什么和秦可卿这么好，甚至还说是因为她和贾蓉有暧昧等，其实更主要的原因应该只是贾母看重秦可卿而已，否则凤姐为什么和平辈的尤氏反而不那么亲近呢？此是别话，不再展开。

看重地位、贪图权势，结果自然就是：如果你没有权势、没有地位，就入不了凤姐的眼。

而贾琏恰恰越来越没有权势。贾府本身在败落，贾琏自己也不上进，仍在原地踏步。可想而知，在凤姐的心里，贾琏越来越不值得她尊重和欣赏。

贾琏需要从其他女人身上找到作为一个男人的感觉。

于是，他选择了多姑娘和鲍二媳妇。

许多人都不理解，贾琏毕竟是贾府的"爷"，为什么却会喜欢多姑娘和鲍二媳妇这样的下人？连贾母也说："那凤丫头和平儿还不是个美人胎子？你还不足！成日家偷鸡摸狗，脏的臭的，都拉了你屋里去。"凤姐自己就更是觉得委屈："我怎么像个阎王，又像夜叉？那淫妇咒我死，你也帮着咒。我千日不好，也有一日好。可怜我熬的连个淫妇也不如了，我还有什么脸来过这日子？"（第四十四回）

是啊，凤姐长得漂亮，又是大户人家的小姐，又那么能干，怎么就还不如低贱的多姑娘和鲍二媳妇呢？

但是，在贾琏的眼里，凤姐就是因为太"强"了，处处把他压着。如果说凤姐对贾琏以前是"从"的话，那么现在，她便渐渐开始"令"了。

凤姐的"令"本来是用在贾府的管理上的，现在她对丈夫也慢慢使用"令"了。

正如《红楼梦新补》所言："钗凤烂明珠，出水新荷日照初。高下随心权在手，踌躇。眼底人间几丈夫。"

这里的"踌躇"应为"踌躇满志"之意。凤姐大权在手，谁都不放在眼里，包括她的丈夫贾琏。

第七十二回，因为府里几项用度，贾琏希望凤姐去找贾母借支，凤姐却要从中抽头。贾琏有些吃惊："这会子烦你说一句话，还要个利钱，真真了不得。"这时凤姐发飙了：

我有三千五万，不是赚的你的。如今里里外外上上下下背着我嚼说我的不少，就差你来说了，可知没家亲引不出外鬼来。我们王家可那里来的钱，都是你们贾家赚的。别叫我恶心了。你们看着你家什么石崇邓通。把我王家的地缝子扫一扫，就够你们过一辈子呢。说出来的话也不怕臊！现有对证：把太太和我的嫁妆细看看，比一比你们的，那一样是配不上你们的。

凤姐该不该从中抽头且不说，单看此时她对贾琏的态度，已经没有一点当初的"从"了，而且一口一个"我王家""你贾家"，还说"别叫我恶心了""那一样配不上你们"。

凤姐对贾琏不屑一顾。

在凤姐面前，贾琏找不到男人的自尊，感受不到男人的强大，自然也就对她爱不起来。

贾琏因鲍二媳妇的事，和凤姐闹了一场，事后贾琏对凤姐说："这会子还叨叨，难道还叫我替你跪下才罢？太要足了强也不是好事。"（第四十四回）一句话道出了贾琏的心声，凤姐"太要足了强"。

贾琏和凤姐吵架，贾母进行了调停。这时，"贾琏听如此说，又见凤姐儿站在那边，也不盛妆，哭的眼睛肿着，也不施脂粉，黄黄脸儿，比往常更觉可怜可爱。"（第四十四回）此时的凤姐，不再是那个颐指气使的女强人，她又变成了一个小女人，可怜又可爱，贾琏瞬间又动心了。

但是凤姐的可怜又可爱毕竟只是瞬间，总的来说，凤姐并不是一个"小女人"，她在贾琏面前"令"的态度越来越明显。贾琏感到自己的卑微，感到自己不再受到重视。

相反，在多姑娘和鲍二媳妇面前，贾琏是一个真正的"爷"，她们对他恭敬顺从，在情爱中肯定也任他随心所欲。贾琏重又成为一个充满自信的男人。

而且，随着权势的扩张，凤姐内心的刻薄和狠毒也逐渐显露出来。

王熙凤很能干，也为贾府做了不少事。但说实话，她本质上不是一个善良的人，正如兴儿所言，"心里歹毒，口里尖快""上头一脸笑，脚下使绊子""明是一盆火，暗是一把刀"。

第二十九回，贾府一众人等浩浩荡荡往清虚观打醮。刚到观前，一个十二三岁的小道童没注意撞在凤姐怀里，"凤姐便一扬手，照脸一下，把那小孩子打了一个筋斗"。对陌生人和小人物的态度，最能反映一个人的人品。这似乎是件小事，却能看出凤姐的为人。

第四十四回，小丫头为贾琏望风，被凤姐抓到，凤姐"扬手一掌打在脸上，打的那小丫头一栽；这边脸上又一下，登时小丫头子两腮紫胀起来"。后来又"拔下一根簪子来，向那丫头嘴上乱戳"，把小丫头吓得直哭。

前面说到凤姐在贾琏面前掉了眼泪，楚楚可怜的样子，惹得贾琏忽又喜欢了一会儿。可突然间听说鲍二媳妇吊死了，凤姐立刻就"收了怯色，反喝道：'死了罢了，有什么大惊小怪的！'"还说要反告鲍二家"以尸讹诈"。

当然就更别说后来虚情假意，害死尤二姐了。

为了整死尤二姐，她甚至买通张华，状告自己的丈夫，直闹得满城风雨。

凤姐曾对贾琏抱怨自己哪里像阎王了、怎么像夜叉了，可她用自己的行动，一次一次地对此做了生动的证明。

再有，权势的扩张使人变得越来越自大，也使人越来越不注意收敛自己，凤姐的粗、俗、泼逐渐显现出来。

凤姐的一张嘴巴非常厉害，能说会道，但是也经常"出口成脏"，动不动就"放你娘的屁""放你妈的屁""野牛肏的"。

第二十八回还写道："宝玉吃了茶，便出来，一直往西院来。可巧走到凤姐儿院门前，只见凤姐蹬着门槛子拿耳挖子剔牙，看着十来个小厮们挪花盆呢。"拿耳挖子剔牙，恐怕很少有人做得出来。

因为贾琏偷娶了尤二姐，凤姐"恨屋及乌"，大闹宁国府。

凤姐儿滚到尤氏怀里，嚎天动地，大放悲声，只说："给你兄弟娶亲我不恼。为什么使他违旨背亲，将混帐名儿给我背着？咱们只去见官，省得捕快皂隶来拿。……如今告我，我昨日急了，纵然我出去见官，也丢的是你贾家的脸，少不得偷把太太的五百两银子去打点。如今把我的人还锁在那里。"说了又哭，哭了又骂，后来放声大哭起祖宗爹妈来，又要寻死撞头。把个尤氏揉搓成一个面团，衣服上全是眼泪鼻涕……（第六十八回）

一哭二闹三上吊，把尤氏啐了一口又一口，什么脸面也不顾，弄得尤氏实在是手足无措，甚至下人都看不下去了。

清朝文学家张潮在《幽梦影》中曾这样说："所谓美人者，以花为貌，以鸟为声，以月为神，以柳为态，以玉为骨，以冰雪为肤，以秋水为姿，以诗词为心。"

在张潮看来，女人并不需要特别漂亮，但是要有气质；而且，所谓的美，既是外表，更在内心，温柔善良也是亘古不变的美德。

而王熙凤的美只是表面的，她有美之貌，却没有美之神，也缺乏善之心。

贾琏有时候也很浑蛋，但他本质上却是善良的。

前面说到鲍二媳妇上吊死了，凤姐毫无怜悯之心，还特别交代"不许给他钱"。这时，"贾琏一径出来，和林之孝来商议，着人去作好作歹，许了二百两发送才罢。"

当然，不管怎么说，鲍二媳妇毕竟和贾琏有过几天的私情，贾琏的善良可能还不足以让人全信。但是下面两件事，可和贾琏没有一点利害关系。

第四十八回，贾赦看上了石呆子祖传的几十把旧扇子，可石呆子就是不卖。于是，贾雨村为了讨好贾赦，罗织了"拖欠官银"的罪名，硬是把石呆子打进监牢，把他的扇子抄来送给贾赦。贾琏知道后说："为这点子小事，弄得人坑家败业，也不算什么能为。"

第七十二回，来旺的儿子看上了彩霞，凤姐亲自去提亲。可是这个旺儿的小子长得又丑，又只知吃酒赌钱，一无是处。贾琏得知后对凤姐说："我原要说的，打听得他小儿子大不成人，故还不曾说。若果然不成人，且管教他两日，再给他老婆不迟。"贾琏怕糟蹋了彩霞，但是凤姐却不以为然。

所以，两人的"三观"也不太一致。渐渐地，贾琏和凤姐越走越远。

开始的时候，贾琏也只是偶尔偷腥，和凤姐吵吵闹闹，过两天又床头和好。

跟鲍二媳妇在一起的时候，贾琏的不满已经很多，说自己怎么"犯了夜叉星"。后来两人几乎打起来，凤姐要寻死，贾琏说："不用寻死，我也急了，一齐杀了，我偿了命，大家干净。"（第四十四回）

这时候，贾琏对凤姐的"情"恐怕已经基本冷却了。

但那时的贾琏虽然"多情"，但一会儿跟这个，一会儿跟那个，并没有定心。

直到他遇到了尤二姐。

尤二姐就是他心中那个既温柔又善良的女人。

"若论起温柔和顺，凡事必商必议，不敢恃才自专，实较凤姐高十倍；若论标致，言谈行事，也胜五分。"（第六十五回）这是书中对二姐的描述，应该也是贾琏心中所想。

贾琏和贾蓉叔侄俩聊天，贾琏就夸赞二姐"如何标致，如何做人好，举止大方，言语温柔，无一处不令人可敬可爱"，还对贾蓉说："人人都说你婶子好，据我看那里及你二姨一零儿呢。"（第六十四回）

二姐虽然曾经"失足"，但贾琏不在乎。

贾琏娶了二姐。虽然二姐不是正妻，也没有隆重的仪式，但贾琏还是尽自己所能，在外面买了一套房子，找了几个下人侍候二姐。

二姐很开心。她要跟过去彻底告别，她真心觉得自己有了归宿，用心地侍奉贾琏。贾琏出门了，她就每日关门闭户，只管操持家务；贾琏一回来，她就"忙上来陪笑接衣奉茶，问长问短"，让贾琏也找到了家的感觉，对二姐充满温情，甚至"将自己积年所有的梯己，一并搬了与二姐收着"。

那贾琏越看越爱，越瞧越喜，不知要怎生奉承这二姐，乃命鲍二等人不许提三说二的，直以奶奶称之，自己也称奶奶，竟将凤姐一笔勾倒。（第六十五回）

没有对比就没有伤害。贾琏在尤二姐身上，终于知道自己真正喜欢的是什么样的人。要强的王熙凤根本不会想到，此时她在丈夫的心里，已经基本没有地位了。

后来，二姐被凤姐折磨至死。贾琏命人专门在墙上开了一个大门便于出灵，还为她"安坛场做佛事"。当最后看到二姐尸体的时候，贾琏搂着二姐大哭，还说"终久对出来，我替你报仇"。

贾琏跟凤姐要钱买棺材，凤姐不给。

恨的贾琏没话可说，只得开了尤氏箱柜，去拿自己的梯己。及开了箱柜，一滴无存，只有些折簪烂花并几件半新不旧的绸绢衣裳，都是尤二姐素习所穿的，不禁又伤心哭了起来。自己用个包袱一齐包了，也不命小厮丫鬟来拿，便自己提着来烧。（第六十九回）

此时的贾琏，想起二姐无限的好，而对凤姐只剩下恨了。

贾琏的确是个浑蛋，他仍然改不掉自己的毛病，没有保护好二姐。但从他的身上，我们既可以看到人性的弱点，也可以得到许多情和爱的宝贵启示。

可亲的平儿

说了那么多凤姐和贾琏的故事,难免会让我们想到一个人,那就是平儿。

平儿似乎很不起眼。她的名字叫"平儿",在贾府那么多浪漫唯美的女孩名字中,实在是太过平淡无奇,可以和什么"四儿""五儿"的相提并论。

但是她又很突出,很不寻常。

读完《红楼梦》,人们会议论最喜欢其中的哪个女孩子。我选择的既不是黛玉,也不是宝钗,而是平儿和香菱,两人不分上下。

薛宝琴也很好,但是她的戏份太少,人物不够丰满。其实,香菱的展开也还不够。

而平儿,却给人留下了深刻印象。

前面说到王熙凤的刻薄狠毒,常言说,有其主必有其仆,可平儿作为她的丫头,却非常善良。

第五十一回，凤姐让袭人到她房里，叫平儿拿件好衣服给她穿着回家。

平儿笑道："你拿这猩猩毡的。把这件顺手拿将出来，叫人给邢大姑娘送去。昨儿那么大雪，人人都是有的，不是猩猩毡，就是羽缎羽纱的，十来件大红衣裳映着大雪，好不齐整。就只他穿着那件旧毡斗篷，越发显的拱肩缩背，好不可怜见的。如今把这件给他罢。"

邢岫烟家境不好，穿得有点寒酸，平儿跟邢岫烟并没有特别的关系，却想到送她件衣服。

第五十二回，平儿的镯子丢了，后来发现是宝玉屋里的小丫头坠儿拿的。这件事的性质很严重，如果换了凤姐，肯定是一阵打骂，然后撵出贾府，但平儿的处理却缓和得多：

"千万别告诉宝玉，只当没有这事，别和一个人提起。第二件，老太太、太太听了也生气。三则袭人和你们也不好看。所以我回二奶奶，只说：'我往大奶奶那里去的，谁知镯子褪了口，丢在草根底下，雪深了没看见。今儿雪化尽了，黄澄澄的映着日头，还在那里呢，我就拣了起来。'二奶奶也就信了，所以我来告诉你们。你们以后防着他些，别使唤他到别处去。等袭人回来，你们商议着，变个法子打发出去就完了。"

平儿说没人偷镯子，是自己掉的，现在找到了；对坠儿还是不能用，但是找个别的理由打发她出去。这既照顾了坠儿的面子，也不至于把事情闹大。

结果，宝玉都被平儿感动了，觉得平儿为人非常体贴。

当然，平儿的善良最突出的体现在她对尤二姐的照顾上。

在第六十九回中，王熙凤把尤二姐哄入大观园，当面一套，背后一套，想着法子折磨尤二姐，尤二姐甚至连像样的饭菜都没有吃，"平儿看不过，自拿了钱出来弄菜与他吃，或是有时只说和他园中去顽，在园中厨内另做了汤水与他吃，也无人敢回凤姐"。本性善良的人，看到苦难之人、苦难之事，会有一种发自内心的悲悯，尽管和她没有什么关系，却会看不下去。而平儿，就是这样的女孩。

其实，平儿照顾尤二姐并不是太方便。她要瞒着王熙凤到大观园里去，有时还要特地在大观园的厨房里现做，然后再端到尤二姐屋里。而这对她自己一点儿好处都没有，仅仅是"看不过"。可想而知，没有一颗善良的心，很难做到这些。

平儿不仅生活上照顾尤二姐，还经常安慰她。王熙凤借刀杀人，让秋桐冲在前面。秋桐在贾母跟前说二姐的坏话，贾母信以为真。于是，"众人见贾母不喜，不免又往下踏践起来，弄得这尤二姐要死不能，要生不得。还是亏了平儿，时常背着凤姐，看他这般，与他排解排解"。

而且，平儿对尤二姐推心置腹，说是自己把贾琏和二姐的事告诉了凤姐，是自己不好——"想来都是我坑了你。我原是一片痴心，从没瞒他的话。既听见你在外头，岂有不告诉他的。谁知生出这些个事来。"

二姐当然也是个良善之人，她一点儿都不怪平儿，反对平儿非常感激："姐姐，我从到了这里，多亏姐姐照应。为我，姐姐也不知受了多少闲气。我若逃的出命来，我必答报姐姐的恩德；只怕我逃不出命来，也只好等来生罢。"

尤二姐终于还是没能逃出来，她吞金自绝。

平儿进来看了，不禁大哭。（第六十九回）

这一哭，我想也会让无数的读者落泪，悲悯于二姐的苦难，也感叹于平儿的善良。

要知道，平儿做的这些事，都是在凤姐的眼皮底下，而且和凤姐的做派形成鲜明对照。平儿尽己所能，保护那些可以保护的人。

第六十一回，贾府里丢了茯苓霜和玫瑰露，不知道是谁偷的。宝玉不想把事态扩大，便说都是自己拿的。这时，凤姐道："虽如此说，但宝玉为人不管青红皂白，爱兜揽事情。别人再求求他去，他又搁不住人两句好话，给他个炭篓子戴上，什么事他不应承。咱们若信了，将来若大事也如此，如何治人。还要细细的追求才是。依我的主意，把太太屋里的丫头都拿来，虽不便擅加拷打，只叫他们垫着磁瓦子跪在太阳地下，茶饭也别给吃。一日不说跪一日，便是铁打的，一日也管招了。"让丫头们垫着"磁瓦子"跪在太阳底下，凤姐可真够狠的。平儿却不赞成，还暗暗把凤姐奚落了一通：

"何苦来操这心！'得放手时须放手。'什么大不了的事，乐得不施恩呢。依我说，纵在这屋里操上一百分的心，终久咱们是那边屋里去的。没的结些小人仇恨，使人含怨。况且自己又三灾八难的，好容易怀了一个哥儿，到了六七个月还掉了，焉知不是素日操劳太过，气恼伤着的。"

平儿其实经常在替凤姐"擦屁股"，好多事情如果没有平儿从中调停，恐怕凤姐的威望要大大受损。因此，平儿也得到了大家一致的赞扬。

兴儿不就曾说吗："提起我们奶奶来，心里歹毒，口里尖快。我们二爷也算是个好的，那里见得他。倒是跟前的平姑娘为人很好，虽然和奶奶一气，他倒背着奶奶常作些个好事。小的们凡有了不是，奶奶是容不过的，只求求他去就完了。"（第六十五回）

平儿不仅善良，而且非常善解人意，她明明是在帮你，却能让你一点不感觉到难堪。刘姥姥二进荣国府，临走的时候，平儿事无巨细地替她安排，哪样东西是谁送的，说得清清楚楚，而且自己还给了几件衣服给刘姥姥。

说着又悄悄笑道："这两件袄儿和两条裙子，还有四块包头，一包绒线，可是我送姥姥的。衣裳虽是旧的，我也没大狠穿，你要弃嫌我就不敢说了。"（第四十二回）

刘姥姥千恩万谢地念佛。平儿却对她说：

"休说外话，咱们都是自己，我才这样。你放心收了罢，我还和你要东西呢。到年下，你只把你们晒的那个灰条菜干子和豇豆、扁豆、茄子、葫芦条儿各样干菜带些来，我们这里上上下下都爱吃。这个就算了，别的一概不要，别罔费了心。"（第四十二回）

平儿说，你不要以为是白给你的，还要管你要东西呢。可是豇豆茄子能值几个钱呢，平儿完全是在给刘姥姥留面子。

总之，平儿做事不仅与人为善，而且通情合理，还很顾全大局。说起来她只是凤姐的丫头,但实际上也是荣国府的"总管助理",在这样一个位置上,能够做到既公平又圆融,以致人人称赞,实属不易。所以,因为凤姐打了平儿,李纨都看不过去了:

"昨儿还打平儿呢,亏你伸的出手来!那黄汤难道灌丧了狗肚子里去了?气的我只要给平儿打报不平儿。忖度了半日,好容易'狗长尾巴尖儿'的好日子,又怕老太太心里不受用,因此没来,究竟气还未平。你今儿又招我来了。给平儿拾鞋也不要,你们两个只该换一个过子才是。"
(第四十五回)

李纨说凤姐"给平儿拾鞋也不要",虽是一句玩笑话,但多少也反映了她的心理。如果不是因为平儿丫头的身份,谁会认为平儿不如凤姐呢?

平儿很会做事,也很会做人,她很理性、很大气。通观整本《红楼梦》,没看到平儿有一处不是的,也没有一处使小性子的,她处处都在为人着想,处处都在与人为善。如果说她具备了传统女子的贤良淑德,恐怕没有人会反对。

在这方面,她很像宝钗。光就这一点来说,就已经相当难得了。

但平儿的好远不止这些。

平儿还很"俏"。

我们在前面说过,宝钗和黛玉两人的个性正好相反,宝钗理性而黛玉感性。其实,所谓感性也分好几种,比如黛玉的感性主要表现在喜欢哭,容易伤感,喜怒形于色;湘云的感性表现在喜欢笑,乐观豪爽;宝玉的感性表现在喜欢玩,讨厌刻板的生活和各种各样的规矩。

平儿在理性的同时，也很感性，而她感性的表现，则是"俏"。

《红楼梦》前八十回，有两个回目写到了"俏平儿"：第二十一回"贤袭人娇嗔箴宝玉　俏平儿软语救贾琏"，第五十二回"俏平儿情掩虾须镯　勇晴雯病补雀金裘"。

贾府的几个大丫头，袭人是"贤"，晴雯是"勇"，紫鹃是"慧"，而平儿是"俏"。可见，"俏"也是平儿的核心特征。

什么是"俏"？一方面是指长得漂亮，所谓"俏丽"，但这种漂亮带有一些活泼可爱；另一方面指性格上的灵动，所谓"娇俏"，不仅活泼，而且有点顽皮。

平儿的俏集中表现在她"软语救贾琏"那一幕。

因为巧姐生病，贾琏在外书房住了几天，便和多姑娘混上了。等到巧姐身体好了，贾琏也要搬回来，平儿替他收拾床铺。

次日早起，凤姐往上屋去后，平儿收拾贾琏在外的衣服铺盖，不承望枕套中抖出一绺青丝来。平儿会意，忙揣在袖内，便走至这边房内来，拿出头发来，向贾琏笑道："这是什么？"贾琏看见着了忙，抢上来要夺。平儿便跑，被贾琏一把揪住，按在炕上，掰手要夺，口内笑道："小蹄子，你不趁早拿出来，我把你膀子撅折了。"平儿笑道："你就是没良心的。我好意瞒着他来问，你倒赌狠！你只赌狠，等他回来我告诉他，看你怎么着。"贾琏听说，忙陪笑央求道："好人，赏我罢，我再不赌狠了。"（第二十一回）

平儿发现枕套中有一绺女人的头发。试想一下，如果平儿是一个完全理性的女人，她要么默默地替贾琏瞒着，要么规规矩矩地告诉凤姐。可她都没有，她故意拿了头发去逗贾琏，还笑着对贾琏说"你就是没良心的"，仿佛小夫妻俩之间的打情骂俏。

后来，凤姐来问，平儿又巧妙地替贾琏遮掩过去，可凤姐一走，平儿又开始俏皮了。

> 平儿指着鼻子，晃着头笑道："这件事怎么回谢我呢？"喜的个贾琏身痒难挠，跑上来搂着，"心肝肠肉"乱叫乱谢。平儿仍拿了头发笑道："这是我一生的把柄了。好就好，不好就抖露出这事来。"（第二十一回）

平儿的娇俏跃然纸上。

可见，平儿固然理性，但不是那种刻板木讷的女孩，她也活泼灵动，很有情趣。

第三十八回，大家在一起吃螃蟹，边吃边闹。

> 琥珀笑道："鸳丫头要去了，平丫头还饶他？你们看看他，没有吃了两个螃蟹，倒喝了一碟子醋，他也算不会搅酸了。"平儿手里正掰了个满黄的螃蟹，听如此奚落他，便拿着螃蟹照着琥珀脸上抹来，口内笑骂"我把你这嚼舌根的小蹄子！"琥珀也笑着往旁边一躲，平儿使空了，往前一撞，正恰恰的抹在凤姐儿腮上。凤姐儿正和鸳鸯嘲笑，不防唬了一跳，嗳哟了一声。众人撑不住都哈哈的大笑起来。

我们从宝钗、袭人等纯粹"理性"的女孩子那里，根本看不到类似的景象，而平儿既能理性，也很感性，既可敬可赞，也可爱可亲。就这一点来说，平儿一点都不"平"。

平儿赢得了贾府的人心。尽管她在凤姐身边工作，难免要替凤姐承担些责任，却没有什么人苛责她，反而对她颇有好感。

连李纨这个"槁木死灰"般的大少奶奶也对平儿特别亲近。

李纨拉着他笑道："偏要你坐。"拉着他身旁坐下，端了一杯酒送到他嘴边。平儿忙喝了一口就要走。李纨道："偏不许你去。显见得只有凤丫头，就不听我的话了。"说着又命："嬷嬷们先送了盒子去，就说我留下平儿了。"（第三十九回）

李纨和平儿肩并肩坐着，还搂着平儿，和她说知心话，并且一点也不吝啬对平儿的赞美。

李纨揽着他笑道："可惜这么个好体面模样儿，命却平常，只落得屋里使唤。不知道的人，谁不拿你当作奶奶太太看。"（第三十九回）

李纨又一次吐露心声，在她心里，平儿应该的确比凤姐要好。

而多情的宝玉，也因为能有接近平儿的机会而高兴。因为和鲍二媳妇偷情，贾琏和凤姐大闹了一场，平儿被凤姐"误伤"，感到很委屈，李纨把平儿拉进大观园，正好来到怡红院，宝玉非常高兴。

宝玉忙走至妆台前，将一个宣窑瓷盒揭开，里面盛着一排十根玉簪花棒，拈了一根递与平儿。……平儿依言妆饰，果见鲜艳异常，且又甜香满颊。宝玉又将盆内的一枝并蒂秋蕙用竹剪刀撷了下来，与他簪在鬓上。（第四十四回）

在宝玉看来，平儿也是那种"极聪明极清俊的上等女孩儿，比不得那起俗蠢拙物"，所以能够在她面前尽点心，觉得非常欣慰。

其实平儿的身世也很悲惨，宝玉给平儿理妆，既开心又伤感。

忽又思及贾琏惟知以淫乐悦己，并不知作养脂粉。又思平儿并无父母兄弟姊妹，独自一人，供应贾琏夫妇二人。贾琏之俗，凤姐之威，他竟能周全妥帖，今儿还遭荼毒，想来此人薄命，比黛玉犹甚。想到此间，便又伤感起来，不觉洒然泪下。（第四十四回）

是啊，虽然说起来也算是贾琏的妾，可平儿很少能得到这份情。她在贾琏和凤姐的夹缝中艰难生存，甚至贾琏和凤姐恩爱的时候，也要在一旁侍候着。

但她很乐观，她没有自怨自艾，而且用她的良善之光温暖着众人。

如果说平儿还有什么不足的话，就是她没什么文化，更不会写诗。但这也不是她的过错，她只是个丫头，她无法选择。

香菱有文化，也会写诗，有着诗意人生的梦想。不过，香菱的持家能力应该不如平儿。

如果说香菱是可爱的，那么平儿就是可亲的。

平儿就像一个邻家女孩，很朴实，很善良，在她身边，会让人觉得温暖和安心。

尤二姐死后，贾琏跟凤姐要钱买棺材，凤姐不给，这时，又是平儿偷偷地帮了贾琏。

平儿又是伤心，又是好笑，忙将二百两一包的碎银子偷了出来，到厢房拉住贾琏，悄递与他，说："你只别作声才好，你要哭，外头多少哭不得，又跑了这里来点眼。"贾琏听说，便说："你说的是。"接了银子，又将一条裙子递与平儿，说："这是他家常穿的，你好生替我收着，作个念心儿。"平儿只得掩了，自己收去。（第六十九回）

贾琏还把尤二姐留下的衣服给平儿，让她好好收着。此时的贾琏，应该更能体会平儿的好。

一从二令三人木。据说，王熙凤后来被休了，平儿扶了正。

如果真是这样，那是贾琏之福。

探春理家与真假宝玉

"探春理家"是《红楼梦》中的重要部分,是对探春才能和个性的集中展示。贾宝玉梦见甄宝玉,这一情节并不起眼,但只要读过原著,应该也都能记得。

不过,有一个奇怪的现象恐怕大多数人都没有注意,那就是:为什么贾宝玉的这个梦恰好发生在探春理家之后?

第五十六回,"敏探春兴利除宿弊　时宝钗小惠全大体"。探春和宝钗商定了大观园的改革制度,决定实行承包责任制。

家人都欢声鼎沸说:"姑娘说的很是。从此姑娘奶奶只管放心,姑娘奶奶这样疼顾我们,我们再要不体上情,天地也不容了。"

紧接着,江南甄府便来人了。

刚说着,只见林之孝家的进来说:"江南甄府里家眷昨日到京,今日进宫朝贺。此刻先遣人来送礼请安。"说着，便将礼单送上去。探春接了，看道是："上用的妆缎蟒缎十二匹，上用杂色缎十二匹，上用各色纱十二匹，上用宫绸十二匹，官用各色缎纱绸绫二十四匹。"李纨也看过，说："用上等封儿赏他。"因又命人回了贾母。

然后，甄家说自己家里也有一个宝玉。接着，贾宝玉便梦见了甄宝玉。

这样的安排仅仅是巧合吗？

其实不然。

要破解这个谜题，我们还要从探春的个性以及大观园改革的影响说起。

探春是贾府的三姑娘，贾政的妾赵姨娘所生，属于庶出。一直以来，对探春的争议都挺多，主要集中在她对亲生母亲的态度上。有人说探春太薄情，甚至是个势利眼；也有人说这是当时社会的客观反映，探春的生母是赵姨娘，而嫡母却是王夫人，因此探春的态度无可厚非，何况赵姨娘还那么不讨喜呢。

公说公有理，婆说婆有理。不过我觉得，要真正理解探春，还是应该从她的判词着手。

才自精明志自高，
生于末世运偏消。
清明涕送江边望，
千里东风一梦遥。

判词中说得很清楚，探春有才，很精明，而且"志高"。

这里有个关键字，就是"高"。

探春是想飞高的。

有人可能会说，谁不想飞高呢，这能说明什么？

那可不一定。比如宝玉就不想飞高，黛玉也不想，迎春、惜春更不用说了；宝钗有点想，憧憬"好风频借力，送我上青云"，但宝钗比较含蓄，她随分从时，有机会飞高可以，没机会也无所谓。

而探春，对飞高的渴望非常强烈。

探春判词的背景是一个风筝，后来制灯谜，探春做的谜语也是风筝。

风筝跟探春很有缘，应该主要有三层含义：第一，飞得高；第二，飘得远；第三，断了线。

赵姨娘就曾经这样说探春："如今没有长羽毛，就忘了根本，只拣高枝儿飞去了。"（第五十五回）赵姨娘的话虽然是责备探春的，探春有没有忘了根本我们且不论，但"拣高枝"应该并没说错。

第七十三回，邢夫人在和迎春聊天，怪迎春怎么还不如探春。这时旁边的媳妇们说："我们的姑娘老实仁德，那里像他们三姑娘伶牙俐齿，会要姊妹们的强。他们明知姐姐这样，他竟不顾恤一点儿。"也就是说，在很多人眼里，探春也是很要强的。

探春为什么很想飞高？恰恰是因为她"低"，也就是她庶出的身份。

而且，她对这"低"异乎寻常的敏感。

第二十七回，宝玉在探春跟前提到她做的鞋，还说赵姨娘知道后怪探春怎么光给宝玉做，不给贾环做。

探春听说，登时沉下脸来，道："这话糊涂到什么田地！怎么我是该作鞋的人么？环儿难道没有分例的？一般的衣裳是衣裳，鞋袜是鞋袜，丫头老婆一屋子，怎么抱怨这些话！给谁听呢！我不过是闲着没事儿，作一双半双，爱给那个哥哥兄弟，随我的心。谁敢管我不成！这也是白气。"宝玉听了，点头笑道："你不知道，他心里自然又有个想头了。"探春听说，益发动了气，将头一扭，说道："连你也糊涂了！他那想头自然是有的，不过是那阴微鄙贱的见识。他只管这么想，我只管认得老爷、太太两个人，别人我一概不管。就是姊妹弟兄跟前，谁和我好，我就和谁好，什么偏的庶的，我也不知道。

探春说，什么偏的庶的，我不知道，我爱给谁做就给谁做。其实她越是这么说，越是显示她非常在乎，她特别怕别人提起这个话题。而且，宝玉说赵姨娘心里有些想头，也就是说，赵姨娘也希望探春能给弟弟贾环做双鞋。照理说，作为亲生母亲，赵姨娘的想法并不过分，但是探春却说她是"阴微鄙贱的见识""我只管认得老爷、太太两个人，别人我一概不管"，可见她虽然嘴上说爱给谁做就给谁做，但实际上是不可能给贾环做的，她打心眼里也没拿贾环当亲兄弟。

更能体现探春这一特点的，当然就是在处理赵国基的事件上。赵国基是赵姨娘的弟弟、探春的亲舅舅。赵国基死了，而当时正好是探春和李纨、宝钗三人代理主持家务。按照惯例，该给赵国基的家属二十两银子的抚恤费。赵姨娘不满意，怪探春只管"拣高枝"，也不拉扯拉扯自己。应该说，赵姨娘的话虽然没道理，但也可以理解。探春表示拒绝，坚持"合法"办事，这本身也无可厚非。但其中有几句话，探春说的的确有些过分。

"谁是我舅舅?我舅舅年下才升了九省检点,那里又跑出一个舅舅来?"

"这大嫂子也糊涂了。我拉扯谁?谁家姑娘们拉扯奴才了?他们的好歹,你们该知道,与我什么相干。"(第五十五回)

就算探春不认赵姨娘情有可原,可现在居然说赵国基根本就不是她舅舅,她的舅舅是才升了九省检点的王子腾,这恐怕让人很难接受。而且,探春认为赵国基不仅不是她舅舅,只是个奴才,"谁家姑娘们拉扯奴才了?"赵国基是贾府的奴才不假,但毕竟是自己的亲舅舅,由探春嘴巴里说出来,让人听了很是别扭,应该也反映了她的真实心理:她不会认赵姨娘,也要跟赵姨娘所有的一切划清界限,赵姨娘、赵国基、贾环都跟她不相干;她是贾府的三姑娘,不是小妾生的,更不是赵国基的外甥女。

正因为探春对卑微的身份非常敏感,渴望高飞,所以她很享受被人尊崇的感觉。曹雪芹的文笔的确了得,就在探春和赵姨娘吵架刚结束,他就给我们呈现了这么一幅画面:

时值宝钗也从上房中来,探春等忙起身让坐。未及开言,又有一个媳妇进来回事。因探春才哭了,便有三四个小丫鬟捧了沐盆、巾帕、靶镜等物来。此时探春因盘膝坐在矮板榻上,那捧盆的丫鬟走至跟前,便双膝跪下,高捧沐盆;那两个小丫鬟,也都在旁屈膝捧着巾帕并靶镜脂粉之饰。平儿见待书不在这里,便忙上来与探春挽袖卸镯,又接过一条大手巾来,将探春面前衣襟掩了。探春方伸手向面盆中盥沐。那媳妇便回道:"回奶奶姑娘，家学里支环爷和兰哥儿的一年公费。"平儿先道："你忙什么！你睁着眼看，见姑娘洗脸，你不出去伺候着，先说话来。二奶奶跟前你也这么没眼色来着？姑娘虽然恩宽，我去回了二奶奶，只说你们眼里都没姑娘，你们都吃了亏，可别怨我。"唬的那个媳妇忙陪笑道："我粗心了。"一面说，一面忙退出去。（第五十五回）

探春坐在榻上洗脸，一个丫鬟举着盆跪在她面前，盆里当然有水，可以想象，这个姿势是相当吃力的；还有两个丫鬟拿着毛巾、镜子、化妆品，也是跪着。虽说丫头侍候小姐很正常，但我们在其他姑娘那里没有看到类似的景象，更别说宝玉了。

平儿看穿了探春的心理，她亲自上前替探春"挽袖卸镯"，还训斥前来回事的媳妇，意思就是说探春正在洗脸，难道你没看见？先出去。——探春的派头着实有点大。

因为蔷薇硝事件，赵姨娘很气愤，跑去找芳官理论，结果蕊官、藕官、葵官、荳官等几个小戏子都来帮芳官，几个人扯着赵姨娘闹。事后，探春对赵姨娘说：

"那些小丫头子们原是些顽意儿，喜欢呢，和他说说笑笑；不喜欢便可以不理他。便他不好了，也如同猫儿狗儿抓咬了一下子，可恕就恕，不恕时也只该叫了管家媳妇们去说给他去责罚，何苦自己不尊重，大吆小喝失了体统。"（第六十回）

探春说芳官等小戏子只是"顽意儿"，跟猫儿狗儿差不多。听起来好像只是随口而出的一句话，但是不是也说明了她内心的想法呢？要知道，宝玉挺喜欢芳官，而且宝玉绝对不会说这样的话。

希望飞高、比较要强，并不是嘴上说说、心里想想就行的，必须要有足够的本事和实际的行动。探春是有才的，她的书法很好，也会写诗，对经营管理亦颇有心得。而且，关键的是，她还很"精明"。

"才自精明志自高"，探春的"才"是和"精明"结合在一起的。精明是什么意思？显然，它可褒可贬。说一个人精明，从好的方面看，即他做事精细、有头脑；而从不好的方面看，即他善于经营，甚至是善于钻营。

具体到探春身上是什么情况呢？恐怕也是两者皆有。探春做事的确有头脑，她善于思考，不像迎春那样呆呆的；她也敏于行动，不像惜春那样什么事都不管。

第四十六回，贾赦看上了鸳鸯，想收她为妾，引起贾母震怒。当时好多人在贾母身边，贾母正在气头上，不分青红皂白，连王夫人都骂了。大家没一个敢吱声。

探春有心的人，想王夫人虽有委曲，如何敢辩；薛姨妈也是亲姊妹，自然也不好辩的；宝钗也不便为姨母辩；李纨、凤姐、宝玉一概不敢辩；这正用着女孩儿之时，迎春老实，惜春小，因此窗外听了一听，便走进来陪笑向贾母道："这事与太太什么相干？老太太想一想，也有大伯子要收屋里的人，小婶子如何知道？便知道，也推不知道。"犹未说完，贾母笑道："可是我老糊涂了！姨太太别笑话我。你这个姐姐他极孝顺我，不像我那大太太一味怕老爷，婆婆跟前不过应景儿。可是委屈了他。"

探春很有心，脑子转得也快，而且敢于行动，结果她几句话就为王夫人解了围。

姐妹们住进了大观园，大家整天弹琴下棋、斗草簪花，快乐是很快乐，可好像总是缺了点什么。这时，探春站了出来，她提议成立诗社，大家欣然叫好。后来虽然李纨做了社长，但实际上探春是"召集人"。如果有机会，探春是可以做领导的。

探春后来果然做了一段时间的领导——代理贾府的家务，而且"精细处不让凤姐"。应该说，这不是偶然的。

不过，既然是"精明"，难免就会导致另一种结果，那就是"趋利避害"。精明的人自然不"傻"，太要强则喜欢走捷径。

我们可以回忆一下，除了探春，贾府中还有谁被认为是要强的？对，那就是王熙凤。

王熙凤太要强，有的时候甚至为此不择手段。探春也要强，她还谈不上不择手段，但是走捷径有没有呢？如果说探春对赵姨娘的态度有这方面的原因，应该不是没有道理。

宝玉曾经无意中流露过对探春的态度。第六十二回，宝玉和黛玉在一起聊天，黛玉说："你家三丫头倒是个乖人。虽然叫他管些事，倒也一步儿不肯多走。差不多的人就早作起威福来了。"宝玉道："你不知道呢。你病着时，他干了好几件事。这园子也分了人管，如今多掐一草也不能了。又蠲了几件事，单拿我和凤姐姐作筏子禁别人。最是心里有算计的人，岂只乖而已。"显然，宝玉对探春是有些不满的，认为她心里最有算计，并不只是乖那么简单。

说了那么多，我们应该可以得出一个结论：探春是一个精明的现实主义者。

什么是现实主义？简单地说，就是更看重现实的成功，而不是虚幻的浪漫。现实主义是和浪漫主义对立的，探春的目标是做事，而不是作诗。

她自己不也曾说吗："我但凡是个男人，可以出得去，我必早走了，立一番事业，那时自有我一番道理。"（第五十五回）探春是个事业型的人，她追求的是世俗的成就。

换句话说，诗意人生并不是探春真正追求和特别看重的。

其他方面也可以证明这一点。

比如探春的房间。

凤姐儿等来至探春房中，只见他娘儿们正说笑。探春素喜阔朗，这三间屋子并不曾隔断。当地放着一张花梨大理石大案，案上磊着各种名人法帖，并数十方宝砚，各色笔筒，笔海内插的笔如树林一般。（第四十回）

探春"素喜阔朗"，她不是那种喜欢小天地的人，不喜欢卿卿我我、伤春悲秋的小儿女情态，她要的是更广大的世界。

对诗的看法也能说明问题。几个人吟白海棠，黛玉写出来以后，大家都认为这首最好，但李纨却说："若论风流别致，自是这首；若论含蓄浑厚，终让蘅稿。"而探春也表示赞同："这评的有理，潇湘妃子当居第二。"（第三十七回）探春并不喜欢黛玉的风格，她更认同宝钗。

宝玉还这样说过探春："谁都像三妹妹好多心。事事我常劝你，总别听那些俗话，想那些俗事，只管安富尊荣才是。比不得我们没这清福，该应浊闹的。"（第七十一回）宝玉的话固然不对，但探春关心"俗务"应该没错,她本质上并不是一个诗意的人。

当然,肯定有人会提出反驳:诗社不是探春提议成立的吗?探春自己也会写诗,怎么能说她追求的不是诗意人生呢?

诗社是探春提议成立的不假,但这并不能代表她最看重的是诗意。而且,古代和现在不一样,古代这些稍有教养的小姐们几乎都会写诗,和现在会唱流行歌曲差不多,会写诗并不能代表什么。曹操也会写诗,甚至还写得不错,我们能说曹操追求的是诗意人生吗?当然不能,曹操本质上是个现实主义者,真正追求诗意人生的,是他的儿子曹植。

据说探春最后远嫁,成了王妃。对于她来说,这个结局其实挺好,如果这位国王或番王比较软弱的话,探春完全可能垂帘听政,正好实现她的理想。

厘清了上述问题,我们对"探春理家"何以与"真假宝玉"连在一起,就比较容易理解了。

探春理家的一个重要举措,就是在大观园里实行承包责任制,即把那些花草树木都承包给媳妇婆子们。媳妇婆子们平时负责维护这些花草树木,而用花草树木换取的银两,除了必须上交给园子里的一部分,其他都归承包人所有。

改革得到了婆子媳妇们的支持,大家的热情也非常高,纷纷争着要承包,都说这项政策好。

这一政策最初是由探春提出来的,又得到了宝钗的支持。这一点都不奇怪,前面说过,她们俩本质上都是现实主义者,她们会考虑到现实的问题,做一些现实的事情。

改革本身也非常好,能够让大观园长远发展。但它客观上却引发了一个问题：大观园本质上是个诗意的王国、浪漫的天地，它是非功利的存在，而现在，在这个诗意的王国里面出现了世俗和功利。诗意和世俗、浪漫和功利，它们之间将如何共处？

诗意很令人向往，可是如果没有世俗，它将很难存在。但是有了世俗，诗意又很可能会变味。

这是一个深刻的矛盾。

宝玉隐隐约约感觉到了这一点。

于是，就在探春理家的同时，他梦见了甄宝玉。

宝玉纳闷道："从来没有人如此茶毒我，他们如何竟这样？真亦有我这样一个人不成？"一面想，一面顺步早到了一所院内。宝玉又诧异道："除了怡红院，也更还有这么一个院落。"忽上了台矶，进入屋内，只见榻上有一个人卧着，那边有几个女孩儿做针线，也有嘻笑顽耍的。只见榻上那个少年叹了一声。一个丫鬟笑问道："宝玉，你不睡又叹什么？想必为你妹妹病了，你又胡愁乱恨呢。"（第五十六回）

这个甄宝玉和他长得一模一样，而且也是住在一个园子里，身边也有类似袭人这样的一众丫鬟。

甄宝玉到底是谁？

显然就是贾宝玉的另一个"我"，不然不可能一模一样。

而且，在贾宝玉梦醒的时候，袭人还跟他说："你揉眼细瞧，是镜子里照的你影儿。"

甄宝玉、贾宝玉，即真宝玉、假宝玉，是宝玉的一体两面。

我们都知道，贾宝玉不喜欢仕途经济，不爱读孔孟圣贤书，却对庄子情有独钟；他不想踏入那个污浊的社会，他要做清清纯纯的自己；他要写诗，他要过诗意的人生。

但是，"社会"总是摆在你面前，不是你不想踏入就可以不踏入的，读圣贤书、走仕途经济道路的压力始终存在。贾宝玉平时假装把这些都忘了，只在大观园里和一群女儿们自由自在地生活，可现在，探春的改革直接导致大观园里出现了世俗和功利，从而提醒他现实世界的存在。于是，贾宝玉开始焦虑不安。

所以，在他做梦的时候，突然听到有人叫他，吓得他慌张不已。谁叫他呢？老爷，也就是贾政。他在梦中意识到了来自世俗和功利的压力。贾宝玉落荒而逃。

甄宝玉是什么样的人？程高本的续书说他原来也和贾宝玉一样，后来"改邪归正"了。

甄宝玉听说，心里晓得"他知我少年的性情，所以疑我为假。我索性把话说明，或者与我作个知心朋友也是好的"。便说道："世兄高论，固是真切。但弟少时也曾深恶那些旧套陈言，只是一年长似一年，家君致仕在家，懒于酬应，委弟接待。后来见过那些大人先生尽都是显亲扬名的人，便是著书立说，无非言忠言孝，自有一番立德立言的事业，方不枉生在圣明之时，也不致负了父亲师长养育教诲之恩，所以把少时那一派迂想痴情渐渐的淘汰了些。如今尚欲访师觅友，教导愚蒙，幸会世兄，定当有以教我。适才所言，并非虚意。"贾宝玉愈听愈不耐烦，又不好冷淡，只得将言语支吾。（第一百一十五回）

甄宝玉"改邪归正"了，贾宝玉却不以为然。贾宝玉依然做他自己，要过诗意的人生，但甄宝玉也会来搅扰他，让他不得安宁。

甄宝玉认为贾宝玉是假的，而贾宝玉希望甄宝玉只是梦中人。甄宝玉，贾宝玉，到底哪个是真，哪个是假？

无独有偶，《西游记》里面也有"真假美猴王"的故事。

孙悟空因为杀了杨老汉的儿子，还提着他的头来见唐僧，唐僧震怒之下，第二次把孙悟空赶走。孙悟空用金箍棒把唐僧打晕，并抢了包袱回花果山。沙和尚奉唐僧之命去花果山找孙悟空讨要包袱，却发现那里不仅有孙悟空，也有一个唐僧，甚至还有八戒、沙僧和白龙马！

沙僧大怒，和此孙悟空大战数个回合，终于不敌，便跑到观音菩萨那里告状，却发现菩萨身边赫然立着另一个孙悟空，这个孙悟空说自己是真的，花果山那个是假的，并立即来到花果山，两人在空中展开大战。

两个孙悟空，长得一模一样，使一样的金箍棒，有着一样的本事，都说自己是真的，唐僧念紧箍咒两个都说疼。不仅唐僧、八戒、沙和尚分不出真假，就是众天神、观音菩萨、玉皇大帝也认不出来。

直到打至如来佛跟前，如来才说出真相：

"汝等俱是一心，且看二心竞斗而来也。"

两个孙悟空，根本就是一个人，只是有了二心而已。

《西游记》这一回的回目就是"二心搅乱大乾坤　一体难修真寂灭"。

孙悟空最终剿灭了二心，一心一意跟着唐僧西天取经。而贾宝玉呢，却一直会面对这个问题。实际上，这也是人类亘古的难题。

探春

拾得残蕉试墨新
桐荫小立月如银
海棠开到秋逾媚
合替群芳作主人
蛾眉远嫁最心伤
太息三春景不长
铁甲声中银烛艳
小乔真个配周郎

甄宝玉

深院花柳锁
幻梦证因果
一笑忽相逢
不辩尔与我

嗔莺咤燕为哪般？

第五十九回，"柳叶渚边嗔莺咤燕　绛云轩里召将飞符"，可能很多人都不喜欢看，甚至觉得没什么意思，乱糟糟的，不知道在讲什么。

的确，如果你看《红楼梦》关注的主要是宝黛钗的爱情故事，那这一回真是味同嚼蜡。

但其实，这一回非常重要，对于理解《红楼梦》的人文意蕴具有不可忽视的价值。

前面说到，探春理家意在改善大观园的经济状况，但也可能引发诗意与世俗、浪漫与功利的矛盾。而这些矛盾，恰恰从这一回开始显现。

一切都在不经意间悄悄改变着。

宝钗让莺儿和蕊官去找黛玉要点蔷薇硝，两人一面说笑一面往潇湘馆而来，不知不觉，走到了柳叶渚。

因见柳叶才吐浅碧，丝若垂金，莺儿便笑道："你会拿着柳条子编东西不会？"蕊官笑道："编什么东西？"莺儿道："什么编不得？顽的使的都可。等我摘些下来，带着这叶子编个花篮儿，采了各色花放在里头，才是好顽呢。"说着，且不去取硝，且伸手挽翠披金，采了许多的嫩条，命蕊官拿着。莺儿一行走一行编花篮，随路见花便采一二枝，编出一个玲珑过梁的篮子。枝上自有本来翠叶满布，将花放上，却也别致有趣。喜的蕊官笑道："姐姐，给了我罢。"莺儿道："这一个咱们送林姑娘，回来咱们再多采些，编几个大家玩。"说着，来至潇湘馆中。（第五十九回）

正值春天，微风拂面、柳丝轻飘，两个女孩子沿着水边走来，看到这美好的景色，她们的心情非常舒畅，便顺手摘了旁边的柳条编了个花篮，又采了一些花，把花放在篮子里。莺儿是编织能手，蕊官看到花篮也非常开心，还说要送给黛玉，回头还要再编几个。

在黛玉处拿了硝，回来的路上，莺儿又采了好些柳条，坐在那里编了起来。

她肯定没有意识到，一场冲突即将来临。

此时，在场的除了蕊官，还有黛玉的丫头藕官，以及后来的春燕。春燕对莺儿说：

"这一带地上的东西都是我姑娘管着，一得了这地方，比得了永远基业还利害，每日早起晚睡，自己辛苦了还不算，每日逼着我们来照看，生恐有人遭踏，又怕误了我的差使。如今进来了，老姑嫂两个照看得谨谨慎慎，一根草也不许人动。你还掐这些花儿，又折他的嫩树，他们即刻就来，仔细他们抱怨。"（第五十九回）

原来，这些花草树木都是已经承包了的。老婆子们领了"责任田"以后，"比得了永远基业还利害"，她们"一根草也不许人动"。在老婆子们眼里，这些花花草草并不是什么美的象征，它们是"钱"。

其实，早在探春、宝钗、李纨几人商量承包责任制的时候，就已经看到了花草的价值。

探春又笑道："可惜，蘅芜苑和怡红院这两处大地方竟没有出利息之物。"李纨忙笑道："蘅芜苑更利害。如今香料铺并大市大庙卖的各处香料香草儿，都不是这些东西？算起来比别的利息更大。怡红院别说别的，单只说春夏天一季玫瑰花，共下多少花？还有一带篱笆上蔷薇、月季、宝相、金银藤，单这没要紧的草花干了，卖到茶叶铺药铺去，也值几个钱。"（第五十六回）

大观园的花花草草都可以用钱来衡量了，老婆子们岂能容忍别人随便采摘？

果然，春燕的姑妈来了。莺儿这时候依然没有意识到事情的严重性，居然跟她开玩笑，说这些柳条都是春燕摘下来的。结果，老婆子大怒。

那婆子本是愚顽之辈，兼之年近昏眊，惟利是命，一概情面不管，正心疼肝断，无计可施，听莺儿如此说，便以老卖老，拿起拄杖来向春燕身上击了几下，骂道："小蹄子，我说着你，你还和我强嘴儿呢。你妈恨的牙根痒痒，要撕你的肉吃呢。你还来和我强梆子似的。"（第五十九回）

看见有人掐柳条，春燕姑妈"心疼肝断"，跟要她的命差不多。

接着，春燕的妈又来了。春燕姑姑把事情的经过跟她一说，春燕妈上来就打了春燕一个耳光，又把柳条抓起来直扔到她脸上，还对春燕破口大骂。

看起来好像并不是什么大事，而且双方还都是亲人，却闹得不可开交。

实际上，大观园里小丫头和老婆子的斗争由来已久。早在第十九回，宝玉的奶妈李嬷嬷来看望宝玉，宝玉正好不在屋里，李嬷嬷问了小丫头几句话，小丫头就很不耐烦地说："好一个讨厌的老货！"接着，李嬷嬷又吃了酥酪，小丫头说你别吃，那是宝玉留给袭人的，谁知这下李嬷嬷更来火了："别说我吃了一碗牛奶，就是再比这个值钱的，也是应该的。难道待袭人比我还重？难道他不想想怎么长大了？我的血变的奶，吃的长这么大，如今我吃他一碗牛奶，他就生气了？我偏吃了，看怎么样！你们看袭人不知怎样，那是我手里调理出来的毛丫头，什么阿物儿！"（第十九回）李嬷嬷不相信自己连袭人都不如，心里很不受用。

类似的情况还发生过多次，小丫头和老婆子谁也不服谁。而探春理家之后，她们的争斗更是不断升级。

矛盾冲突的原因，从表面来看，是两个群体之间的相互不服气，而从更深层次探究，则是他们人生观和价值观的差异。

我们且看实行承包责任制以后大观园里的几幅场景。

因近日将园中分与众婆子料理，各司各业，皆在忙时，也有修竹的，也有刳树的，也有栽花的，也有种豆的，池中又有驾娘们行着船夫泥种藕。香菱、湘云、宝琴与丫鬟等都坐在山石上，瞧他们取乐。（第

五十八回）

小丫头之所以敢和老婆子叫板，是因为背后有姑娘小姐，当然还有宝玉。此时，老婆子们都在忙于修竹栽花，她们在劳作，心里想的是将来的钱；而姑娘丫头们呢，坐在旁边"瞧他们取乐"，她们没有生存和功利的考虑。

正悲叹时，忽有一个雀儿飞来，落于枝上乱啼。宝玉又发了呆性，心下想道："这雀儿必定是杏花正开时他曾来过，今见无花空有子叶，故也乱啼。这声韵必是啼哭之声，可恨公冶长不在眼前，不能问他。但不知明年再发时，这个雀儿可还记得飞到这里来与杏花一会了？"（第五十八回）

宝玉仍然很闲，他在伤春悲秋，老婆子们的忙碌跟他毫无关系。

外面小螺和香菱、芳官、蕊官、藕官、荳官等四五个人，都满园中顽了一回，大家采了些花草来兜着，坐在花草堆中斗草。这一个说："我有观音柳。"那一个说："我有罗汉松。"那一个又说："我有君子竹。"这一个又说："我有美人蕉。"这个又说："我有星星翠。"那个又说："我有月月红。"这个又说："我有《牡丹亭》上的牡丹花。"那个又说："我有《琵琶记》里的枇杷果。"荳官便说："我有姐妹花。"众人没了，香菱便说："我有夫妻蕙。"（第六十二回）

小丫头们仍然满园子里摘草采花，她们把这些花当作美的象征。可老婆子们早已"心疼肝断"。

厨房的柳家媳妇更是透露，有一天她打李子树下过，只是抬手赶了一下蜜蜂，承包的老婆子就以为她要摘李子，把她一顿臭骂。

于是，大观园里原本随意闲适、浪漫纯情的斗草簪花成了一件令人讨厌的事，也渐渐地变得越来越奢侈了。

早在考虑实行承包制时，宝钗就想到了这一点，她说："若果真交与人弄钱去的，那人自然是一枝花也不许掐，一个果子也不许动了，姑娘们分中自然不敢，天天与小姑娘们就吵不清。"（第五十六回）老婆子们固然不敢怪姑娘小姐，但是她们心里自然也是希望姑娘小姐们最好也一点不要采。老婆子和小丫头吵架，虽然没有明着说姑娘小姐，但又何尝不会影响姑娘小姐们斗草簪花的兴致呢？

宝玉甚至都不像以前那么自由了，他有一次就对黛玉表达了自己的不满："这园子也分了人管，如今多掐一草也不能了。"（第六十二回）

宝玉也曾经不解："女孩儿未出嫁，是颗无价之宝珠；出了嫁，不知怎么就变出许多的不好的毛病来，虽是颗珠子，却没有光彩宝色，是颗死珠了；再老了，更变的不是珠子，竟是鱼眼睛了。分明一个人，怎么变出三样来？"（第五十九回）鱼眼睛什么意思？春燕是这么理解的："这话虽是混话，倒也有些不差。别人不知道，只说我妈和姨妈，他老姊妹两个，如今越老了越把钱看的真了。"（第五十九回）就是说她们眼里只有钱，只看到利益，而不像年轻时那样注重浪漫和美了。

老婆子当然要注重功利，她们要生活，要养家糊口；而姑娘丫头们，她们从来不操心这个，她们只管风花雪月，她们不知柴米油盐。

姑娘丫头们依然想斗草簪花，而老婆子们无法容忍，她们开始嗔莺咤燕。

"莺"和"燕"这两个汉字很有意思，曹雪芹用在这里也特别的妙。此处的"莺"和"燕"固然是指莺儿和春燕两个具体的人，但众所周知，我们也常用"莺莺燕燕"来形容可爱的女孩，所以，嗔莺咤燕，不仅是对莺儿和春燕，更是针对所有大观园里的女孩。

因此，发生在柳叶渚边的嗔莺咤燕，犹如星星之火，在大观园里到处燎原。

赵姨娘加入了老婆子的队伍。赵姨娘虽然并不是下人，但在宝玉以及姑娘丫头们眼里，应该也是典型的"鱼眼睛"。

第六十回，贾环在宝玉处偶然看到蔷薇硝，便向宝玉讨要一些，好回去送给彩云。宝玉让芳官去拿，可芳官发现盒子里已经没有了。正在疑惑间，麝月跟她说，现在别找了，马上吃饭了，你随便拿点什么给他吧。于是，芳官便包了一些茉莉粉给贾环。等到贾环兴高采烈地回家，拿出蔷薇硝给彩云时，彩云却认得这并不是蔷薇硝，而是茉莉粉。我们且不说麝月和芳官这样做是不是出于故意，总之赵姨娘非常生气，她认为这一定是那些丫头们故意戏耍贾环，当然背后的根本原因是看不起她这个姨娘，是对她的一种羞辱。

于是，赵姨娘"一面拿了那包子，便飞也似的往园中去了"。路上正好遇到藕官的干娘夏婆子，夏婆子和赵姨娘一拍即合——"如今我想，乘着这几个小粉头儿恰不是正头货，得罪了他们也有限的，快把这两件事抓着理扎个筏子，我在旁作证据，你老把威风抖一抖，以后也好争别的礼。"——于是，赵姨娘愈加胆壮，进去冲着芳官就打了两个耳光。接着，便发生了前面提到的赵姨娘和芳官、藕官、蕊官、葵官、荳官的多人混战。

在赵姨娘挑战小丫头的时候，老婆子们是什么态度呢？

外面跟着赵姨娘来的一干的人听见如此，心中各各称愿，都念佛说："也有今日！"又有那一干怀怨的老婆子见打了芳官，也都称愿。（第六十回）

赵姨娘和小丫头的多人混战发生在怡红院，接下来，战斗继续进行，只不过战场转移到了厨房。

大观园里本来是没有单独的厨房的，里面的一切都由外面统一供应。后来考虑到来来去去不方便，天气又冷，就在园子里另设了一个厨房。对于大观园来说，厨房也是个奇怪的存在，因为厨房是满足人的欲望（食欲）的地方，而大观园恰恰是要否定人的肉体欲望的。小姐丫头们只管吟诗作赋，不食人间烟火，可她们又需要厨房；她们不喜欢老婆子，可她们又离不开老婆子。于是，厨房成为矛盾的重要焦点之一。

第六十一回，迎春房里的大丫头司棋想吃炖鸡蛋，派小丫头莲花到厨房里，要柳家媳妇做。柳家媳妇说没有鸡蛋了，可莲花却在菜厢里找到了十来个。于是，两个人你来我往，谁也不让谁，语言逐渐升级。

司棋知道以后非常恼火。

司棋听了，不免心头起火。此刻伺候迎春饭罢，带了小丫头们走来，见了许多人正吃饭，见他来的势头不好，都忙起身陪笑让坐。司棋便喝命小丫头子动手，"凡箱柜所有的菜蔬，只管丢出来喂狗，大家赚不成。"

小丫头子们巴不得一声，七手八脚抢上去，一顿乱翻乱掷的。

如果仅仅因为一碗鸡蛋，断不至于如此翻脸，可见平时的积怨很深。

柳家媳妇惹不起，连忙赔笑，又炖了鸡蛋给司棋送去。司棋却不领情，把鸡蛋全泼在地上。

几次大战以后，大观园不再宁静。

值得我们注意的是，第五十九回"柳叶渚边嗔莺咤燕　绛云轩里召将飞符"、第六十回"茉莉粉替去蔷薇硝　玫瑰露引来茯苓霜"、第六十一回"投鼠忌器宝玉瞒赃　判冤决狱平儿行权"，都是在写大观园里的矛盾和乱象，而这三回恰好处于一百二十回的中间。

显然，这是大观园的转折点，也是全书的转折点。

诗意遇到了世俗，浪漫面对着功利，大观园开始动荡。

老婆子们开始嗔莺咤燕，小姑娘们也要逐渐面对现实。

此时，老婆子们还处于下风，她们虽然心里不满，却只能忍着，只能低声下气。

在这些事件中，宝玉并没有直接出面，但可想而知，他是站在姑娘丫头一边的。

他总是护着小丫头，他说老婆子是鱼眼睛，他对不能随意采花颇有微词。

宝玉是怡红公子，是绛洞花主，是大观园的灵魂人物，诗意的大观园寄托了他人生的全部梦想，他要维护这片灵魂的净土。

然而，老婆子也并非全无反击的实力。她们在等待机会，她们在积蓄力量；虽然她们无法撼动宝玉，但总有可以撼动宝玉的人。

她们终于等来了一个人。

那就是王夫人。

青春期遇到更年期

大观园是少女的天地，是青春的乐园，她们在这里尽情展示生活的浪漫、诗意和美好。

然而，也有一些人对这样的浪漫、诗意和美好感到隔膜，甚至产生敌意。

老婆子们为什么被宝玉称作鱼眼睛？就是因为在宝玉看来，她们不仅已经没有了青春，也没有了诗意，她们的眼里只有世俗和功利。

或许，她们根本就不曾有过真正的青春，她们虽然也年轻过，但斗草簪花、吟诗作赋的生活，于她们而言只是天方夜谭；她们的身体为生活所累，她们的精神也从未真正舒展。

老婆子是如此，其实，其他的许多人又何尝不是如此？

王夫人当然绝不属于老婆子，更不能说她是鱼眼睛，然而，她最后却成了老婆子们的总后台。

王夫人是宝玉的妈妈，宝玉习惯叫她太太。平常的日子里，她是一个慈祥的母亲，关心宝玉，爱护宝玉；宝玉来看她，她便马上把宝玉揽进怀里；宝玉挨打，她伏到宝玉身上，儿一声肉一声地哭个不停。

不过，她对大观园始终不太放心。

第三十四回，宝玉挨打以后，袭人跟王夫人汇报情况，并且说出了自己对这一事件的看法："论理，我们二爷也须得老爷教训两顿。若老爷再不管，将来不知做出什么事来呢。"袭人认为宝玉该打，整天在大观园里混也不是个办法。宝玉都被打成这样了，袭人却在他妈妈跟前说该打，难道不怕王夫人不高兴吗？

王夫人一闻此言，便合掌念声"阿弥陀佛"，由不得赶着袭人叫了一声"我的儿，亏了你也明白，这话和我的心一样。我何曾不知道管儿子，先时你珠大爷在，我是怎么样管他，难道我如今倒不知管儿子了？只是有个原故：如今我想，我已经快五十岁的人，通共剩了他一个，他又长的单弱，况且老太太宝贝似的，若管紧了他，倘或再有个好歹，或是老太太气坏了，那时上下不安，岂不倒坏了，所以就纵坏了他。我常常掰着口儿劝一阵，说一阵，气的骂一阵，哭一阵，彼时他好，过后儿还是不相干，端的吃了亏才罢了。若打坏了，将来我靠谁呢！"说着，由不得滚下泪来。

（第三十四回）

王夫人不仅没有生气，还觉得袭人特别理解自己，自己原来也是管儿子的，甚至"气的骂一阵，哭一阵"，只是宝玉根本不听，实在没办法。

接着，袭人进一步说出了她的担心："那一日那一时我不劝二爷，只是再劝不醒。偏生那些人又肯亲近他，也怨不得他这样，总是我们劝的倒不好了。"袭人觉得，大观园里都是女孩子，宝玉总是跟女孩子在一起不好。

最后,袭人的建议是:"我也没什么别的说。我只想着讨太太一个示下,怎么变个法儿,以后竟还教二爷搬出园外来住就好了。"(第三十四回)

王夫人听了这话,如雷轰电掣的一般,正触了金钏儿之事,心内越发感爱袭人不尽,忙笑道:"我的儿,你竟有这个心胸,想的这样周全!我何曾又不想到这里,只是这几次有事就忘了。你今儿这一番话提醒了我。"(第三十四回)

王夫人对这个主意无比赞同,宝玉不能总待在大观园里。

就事论事地看,王夫人的考虑也不无道理。但是如果深挖其背后的思想根源,我们会发现,她不仅对宝玉不放心,对贾府尤其是大观园里所有年轻可爱的女孩子们都怀有一种敌意。

第三十回,王夫人正在睡午觉,金钏坐在边上给她捶腿。宝玉轻轻走过去,把金钏的耳坠子捏了一下,然后又从口袋里掏出一粒香雪润津丹送到金钏嘴里。谁知王夫人醒了,抬手就给金钏一巴掌:"下作小娼妇,好好的爷们,都叫你教坏了。"连打带骂,并立即把金钏撵了出去。

金钏是谁?她是王夫人的贴身丫头,用王夫人自己的话说:"金钏儿虽然是个丫头,素日在我跟前比我的女儿也差不多。"(第三十二回)可面对这么一个如同女儿一般的女孩,王夫人怎么就能突然下得了如此狠心狠手呢?

而且,宝玉只是个小男孩,他和这些丫头们经常打打闹闹,王夫人却为什么这么敏感呢？

有人肯定会说，那应该是王夫人对男女大防看得很重，她怕宝玉和这些丫头们闹出什么事来，不仅名声不好，而且失了体统。

的确有这方面的原因。王夫人应该是个礼教思想很重的人，她觉得男女之间不能太随便，一切都要符合规矩。

王夫人很"正"。在这方面，她和丈夫很有共同语言，贾政也非常"正"。

不过，即便如此，她也不至于对日日夜夜服侍自己的大丫头金钏如此痛恨吧？

王夫人固然是个宽仁慈厚的人，从来不曾打过丫头们一个，今忽见金钏儿行此无耻之事，此乃平生最恨者，故气忿不过，打了一下，骂了几句。（第三十回）

我们注意这里的用词。王夫人平常是个"宽仁慈厚"的人，而且"从来不曾打过丫头们一个"。今天之所以打了金钏，是因为金钏所做的是"无耻之事"，是她"平生最恨"的。

恨到仅仅因为这件事，就把金钏撵了出去，以至于后来金钏投井自杀。

我们只能说，王夫人对"青春"本身就有一种厌恶和憎恨。

越是灵动可爱、越是能够表现出青春少女纯情天性的女孩，她越是不喜欢。

她撵了金钏，后来，又撵了芳官等小戏子。照她的说法是："唱戏的女孩子，自然是狐狸精了！"（第七十七回）

当然，也撵了晴雯。一见晴雯，她就冷笑："好个美人！真像个病西施了。你天天作这轻狂样儿给谁看？你干的事，打量我不知道呢！我且放着你，自然明儿揭你的皮！"（第七十四回）

还撵了四儿，也就是蕙香，因为蕙香"虽比不上晴雯一半，却有几分水秀"。

相反，她看上的女孩，是那种粗粗笨笨的，比如袭人等。粗粗笨笨的是什么意思？就是说她们不像女孩，她们没有青春的灵动和活力，她们仿佛只是做事的机器。

这就难免让我们产生联想：王夫人自己没有过青春吗？是什么让她对青春如此反感？

我们先来看王夫人的年龄。

在上面的一段引文中，王夫人曾说过自己的年龄——"如今我想，我已经快五十岁的人……"我们都知道，这个年龄段的女性，基本上处于更年期前后，生理和心理都会发生一些改变，比如情绪不稳定、比较敏感，容易发怒等。

王夫人本来就很"正"，现在对类似金钏这样的事更加不能容忍。

我们还可以设想一下：王夫人自己有没有这样的青春期？

答案应该是没有。如果她也曾有过这样的人生、体验过这样的情感，她应该会带着理解、同情和慈爱看着这些小丫头，即使要制止宝玉和金钏的行为，也会采取比较委婉的方法。

只能说，她从来没有像金钏、晴雯、芳官等人那样生活过。她也曾年轻，但是未曾青春；年轻的时候，她也是如袭人一般粗粗笨笨的。

她更不可能像黛玉，诗意的人生对她来说完全不可理解。

最憎恨女人的往往是女人。因为她从别的女人身上看到了人生的另一种形态，而这种形态是她从来没有经历过的；如果认可对方的活法，那就等于承认自己的缺陷和遗憾，甚至自己多年坚守的一切都变得毫无意义和价值。

为什么你们可以青春飞扬，我却从来没有体验过？为什么你们可以亲昵嬉戏，我却只能独守空房？

所以，王夫人看不得那些窈窕灵动的女孩，对包容这些女孩的大观园也不以为然。终于，貌似宽仁慈厚的她，扮演了辣手摧花的角色，把大观园抄了个底朝天。

其实，王夫人的这种态度早就有所暴露。比如前面提到的对袭人的看重，她认为粗粗笨笨的袭人比宝玉还要"强十倍"。在王夫人那里，对袭人这类女孩的肯定，就是对晴雯这类女孩的否定，晴雯后来的命运，其实早就注定了。

再比如，戏班子要解散，如何处理这些小戏子，王夫人也曾谈到了自己的看法。

又见各官宦家，凡养优伶男女者，一概蠲免遣发，尤氏等便议定，待王夫人回家回明，也欲遣发十二个女孩子，又说："这些人原是买的，如今虽不学唱，尽可留着使唤，令其教习们自去也罢了。"王夫人因说："这学戏的倒比不得使唤的，他们也是好人家的儿女，因无能卖了做这事，装丑弄鬼的几年。如今有这机会，不如给他们几两银子盘费，各自去罢。当日祖宗手里都是有这例的。咱们如今损阴坏德，而且还小器。如今虽有

几个老的还在,那是他们各有原故,不肯回去的,所以才留下使唤,大了配了咱们家的小厮们了。"(第五十八回)

尤氏说要留着这些小戏子,王夫人却认为她们都是"装神弄鬼",打发出去了最好。

她对大观园里的很多女孩子是看不惯的,巴不得把她们都撵出去,只是没有找到合适的机会。

直到出了绣春囊事件。

《红楼梦》的读者应该都知道,绣春囊就是当时女性带在身上的一种香囊,但上面绘着的是春宫画,属于古代社会的"成人用品"。王夫人对此不能容忍,她抓住绣春囊事件大做文章,把司棋、晴雯、芳官等小戏子全部赶走,大观园也大伤元气。

她做这些事的时候理直气壮、义正词严,犹如一个正义的使者。但是我们想一想,绣春囊最初是谁捡到的?是傻大姐。傻大姐后来给了谁?邢夫人。那邢夫人看到绣春囊之后为什么并没有太大的反应?

邢夫人只是把绣春囊给了王夫人,虽然感到有点惊讶,并没觉得是什么大不了的事情。

王夫人却既震惊又愤怒。

一语未了,人报:"太太来了。"凤姐听了诧异,不知为何事亲来,与平儿等忙迎出来。只见王夫人气色更变,只带一个贴己的小丫头走来,一语不发,走至里间坐下。凤姐忙奉茶,因陪笑问道:"太太今日高兴,到这里逛逛。"王夫人喝命:"平儿出去!"平儿见了这般,着慌不知怎么样了,忙应了一声,带着众小丫头一齐出去,在房门外站住,越性将房

门掩了,自己坐在台矶上,所有的人,一个不许进去。(第七十四回)

王夫人少有的"气色更变""一语不发",还"喝命"平儿出去,把门关好,一副如临大敌的阵势。

她首先审问凤姐。

凤姐听说,又急又愧,登时紫涨了面皮,便依炕沿双膝跪下,也含泪诉道:"太太说的固然有理,我也不敢辩我并无这样的东西。但其中还要求太太细详其理:那香袋是外头雇工仿着内工绣的,带这穗子一概是市卖货。我便年轻不尊重些,也不要这劳什子,自然都是好的,此其一。二者这东西也不是常带着的,我纵有,也只好在家里,焉肯带在身上各处去?况且又在园里去,个个姊妹我们都肯拉拉扯扯,倘或露出来,不但在姊妹前,就是奴才看见,我有什么意思?我虽年轻不尊重,亦不能糊涂至此。三则论主子内我是年轻媳妇,算起奴才来,比我更年轻的又不止一个人了。况且他们也常进园,晚间各人家去,焉知不是他们身上的?四则除我常在园里之外,还有那边太太常带过几个小姨娘来,如嫣红翠云等人,皆系年轻侍妾,他们更该有这个了。还有那边珍大嫂子,他也不算甚老,他也常带过佩凤等人来,焉知又不是他们的?五则园内丫头太多,保的住个个都是正经的不成?也有年纪大些的知道了人事,或者一时半刻人查问不到偷着出去,或借着因由同二门上小幺儿们打牙犯嘴,外头得了来的,也未可知。如今不但我没此事,就连平儿,我也可以下保的。太太请细想。"(第七十四回)

凤姐替自己辩白。这段话很长,之所以原文摘录,是希望大家仔细看看，按照凤姐的说法，其实绣春囊这东西很多人都有，嫣红、翠云、佩凤这些年轻的姨太太带着更是正常。既然很多人都有，那发现一个也不是什么奇怪的事，把它收好就是；如果担心来自大观园里的哪个丫头，也可以暗暗查访，用得着兴师动众，甚至把那么多人都赶走吗？

而且，王夫人开始并没有想到绣春囊是大观园里某个丫头的，她以为是凤姐的。但即便是凤姐的，她仍然非常震惊。

只能说，她打心眼里痛恨绣春囊，不管它是谁的。

绣春囊是情爱的象征。而正如上文所言，王夫人可能从来没有过真正的情爱。

贾政也是个"正经"和木讷的男人，讲个笑话都让人尴尬。

王夫人和贾政虽然在一起生活了几十年，但两口子相敬如宾。

可想而知，这两个都非常严肃的人，极少会有肉体的激情。

而今，又到了更年期，却看到绣春囊这样的东西，这仿佛是在向王夫人炫耀和示威：你已经没有这样的快乐了，而我们还在尽情地享受！

在王夫人的眼前，浮现出嫣红、翠云、佩凤、尤氏、凤姐，甚至还有周姨娘、赵姨娘这些年轻的身体，她口干舌燥，她头晕目眩，她觉得这是对她的羞辱！

于是，她到处兴师问罪。她对可能拥有这些东西的女孩，对那些窈窕灵动、易于引发她肉体想象的女孩，都充满反感；她不能容忍她们在自己眼前晃悠，她要把她们统统赶走，而不管她们到底有没有绣春囊。

晴雯首当其冲，只因为她长了一副"轻狂样"。

王夫人听了这话，猛然触动往事，便问凤姐道："上次我们跟了老太太进园逛去，有一个水蛇腰、削肩膀、眉眼又有些像你林妹妹的，正在那里骂小丫头。我的心里很看不上那个轻狂样子，因同老太太走，我不曾说得。后来要问是谁，又偏忘了。今日对了坎儿，这丫头想必就是他了。"（第七十四回）

等到把晴雯叫来一看，王夫人更加确信自己的判断。

素日这些丫鬟皆知王夫人最嫌趫妆艳饰语薄言轻者，故晴雯不敢出头。今因连日不自在，并没十分妆饰，自为无碍。及到了凤姐房中，王夫人一见他钗斜鬓松，衫垂带褪，有春睡捧心之遗风，而且形容面貌恰是上月的那人，不觉勾起方才的火来。（第七十四回）

晴雯并没有跟宝玉发生什么事情，但在王夫人的想象中，晴雯在自己面前展示她年轻的身体的魅力，她心头的怒火几乎无法克制。

在第七十四回里，王夫人问晴雯："宝玉近日可好些？"晴雯答："我不大到宝玉房里去，又不常和宝玉在一处，好歹我不能知道，只问袭人麝月两个。"

王夫人讨厌晴雯，晴雯说自己不太接近宝玉。这不是很好吗？不是正合王夫人的心意吗？

可是王夫人不满意："这就该打嘴！你难道是死人，要你们作什么！"这就只能说是故意找碴儿了。此时，不管晴雯怎么回答，她都是错的。

接着，王夫人喝命："去！站在这里，我看不上这浪样儿！谁许你这样花红柳绿的妆扮！"——关键是看不上晴雯的"浪样儿"，其他都是借口。

王夫人还跟凤姐说："这几年我越发精神短了，照顾不到。这样妖精似的东西竟没看见。只怕这样的还有，明日倒得查查。"

于是，大观园里的"妖精"都要被找出来、被撵出去。

司棋、蕙香、芳官等小戏子，一个个离开了大观园。

而且，王夫人的目标还不止如此。

王夫人又满屋里搜捡宝玉之物。凡略有眼生之物，一并命收的收，卷的卷，着人拿到自己房内去了。因说："这才干净，省得旁人口舌。"因又吩咐袭人麝月等人："你们小心！往后再有一点分外之事，我一概不饶。因叫人查看了，今年不宜迁挪，暂且挨过今年，明年一并给我仍旧搬出去心净。"（第七十七回）

在她看来，大观园根本就不应该存在。

王夫人的行动，得到了老婆子们的一致拥护。

王夫人之所以想起要撵晴雯，本来就是王善保家的告发的。

王善保家的道："别的都还罢了。太太不知道，一个宝玉屋里的晴雯，那丫头仗着他生的模样儿比别人标致些，又生了一张巧嘴，天天打扮的像个西施的样子，在人跟前能说惯道，掐尖要强。一句话不投机，他就立起两个骚眼睛来骂人，妖妖趫趫，大不成个体统。"（第七十四回）

这王善保家的想法，简直和王夫人一模一样。而且，何止是王善保家的，其他老婆子也都盼着晴雯倒霉。晴雯被带出大观园的时候，她们都笑道："阿弥陀佛！今日天睁了眼，把这一个祸害妖精退送了，大家清净

些。"(第七十七回)

其他女孩子被撵走，老婆子们也是一样的开心。王夫人吩咐把芳官等小戏子都交与她们的干娘，自行聘嫁，结果，"一语传出，这些干娘皆感恩趁愿不尽，都约齐来与王夫人磕头领去。"(第七十七回)王夫人简直跟她们的救命恩人一样。

更不用说司棋了。司棋被老婆子们押着，准备带出大观园。司棋说能不能给点时间，让她和姐妹们辞别一下。按理说，这也是人之常情，老婆子们却很不耐烦。

周瑞家的等人皆各有事务，作这些事便是不得已了，况且又深恨他们素日大样，如今那里有工夫听他的话，因冷笑道："我劝你走罢，别拉拉扯扯的了。我们还有正经事呢。谁是你一个衣包里爬出来的，辞他们作什么，他们看你的笑声还看不了呢。你不过是挨一会是一会罢了，难道就算了不成！依我说快走罢。"(第七十七回)

甚至于司棋看见宝玉，跟宝玉说个话，老婆子们也不买账。

周瑞家的发躁向司棋道："你如今不是副小姐了，若不听话，我就打得你。别想着往日姑娘护着，任你们作耗。越说着，还不好好走。如今和小爷们拉拉扯扯，成个什么体统！"那几个媳妇不由分说，拉着司棋便出去了。(第七十七回)

老婆子们终于扬眉吐气了。

宝玉很伤心，也很不解："我究竟不知晴雯犯了何等滔天大罪！"

晴雯死后，宝玉还专门为她写了一篇《芙蓉女儿诔》，并在诔文中表达自己的不满和愤怒："钳诐奴之口，讨岂从宽；剖悍妇之心，忿犹未释！"（第七十八回）

有人说，宝玉写的是针对老婆子的；也有人说，其中也包括王夫人。

不管针对的人具体是谁，但有一点是肯定的：大观园已经不再受到特殊的保护，原来那个青春、诗意的王国，已经渐渐地离宝玉远去了。

晴雯

桃花扇底惯呼来
破竹声中晕屬开
极尽温存如我意
太因娇好被人猜
空留针线悲当日
能得芙蓉笑几回
冷指环和长指爪
只愁浊玉未同灰

贾母的梦想与现实

在贾府中,贾母显然是一个举足轻重的人物。

老太太虽然早就退居二线,不再直接主持家务,但她的权威仍然存在。她吃饭的时候,邢夫人、王夫人、李纨、凤姐等这些儿媳妇、孙媳妇都只能老老实实地站着侍候;她发出的每一句话,即便是儿子贾赦、贾政也不敢公然违拗。

那么,贾母对大观园、对大观园中的少男少女们是什么态度呢?

要弄清楚这个问题,我们还要从老太太的个性说起。

说到贾母的个性,恐怕大家首先想到的是:她爱玩、爱热闹。

的确,贾府中的许多人都曾直接说过贾母爱热闹。

第八回,正值贾敬生日,宁国府摆了家宴,贾母却没有来。贾珍不知道怎么回事,凤姐告诉他说是因为身体不太好。贾珍于是笑道:"我说老祖宗是爱热闹的,今日不来,必定有个原故,若是这么着就是了。"

第二十二回,宝钗生日,大家在一起看戏。贾母问宝钗喜欢看什么戏,"宝钗深知贾母年老人,喜热闹戏文,爱吃甜烂之食,便总依贾母往日素喜者说了出来。贾母更加欢悦。"贾母又让凤姐点,"凤姐亦知贾母喜热闹,更喜谑笑科诨,便点了一出《刘二当衣》"。

贾母的爱玩、爱热闹表现在很多方面,除了看戏外,她还喜欢猜谜语、听(说)故事、喝酒、打牌等。看《红楼梦》前八十回,贾母大部分时间好像都是在玩。

贾母为什么喜欢凤姐?其实,王熙凤的强势作风老太太并不以为然,她也曾说过:"我虽疼他,我又怕他太伶俐也不是好事。"(第五十二回)她还给大家讲了一个故事,说太伶俐的小媳妇是喝了猴尿的。但是凤姐嘴巴勤快,能说会道,总是能哄老太太高兴;没有了凤姐,场面上顿时就会冷落许多。

刘姥姥来了,贾母一见非常高兴,聊了一下午不算,晚饭以后继续聊,还留了刘姥姥在家中过夜,第二天又带刘姥姥去大观园,在大观园里又是喝酒,又是喝茶,又是行令,着实玩了个不亦乐乎。

在爱玩这一点上,宝玉有点像贾母,而不像他的父亲贾政,也不像他的母亲王夫人。在清虚观打醮时,张道士就曾对贾母说起宝玉:"我看见哥儿的这个形容身段,言谈举动,怎么就同当日国公爷一个稿子!"贾母听了,"满脸泪痕"地回道:"正是呢,我养这些儿子孙子,也没一个像他爷爷的,就只这玉儿像他爷爷。"(第二十九回)张道士说得很清楚,宝玉不仅形容身段像他爷爷,言谈举止也像。可见,贾母的丈夫贾代善也很有些宝玉现在的个性。老太太宠爱宝玉,不仅是因为隔代亲,也是在怀念丈夫,怀念自己的青春岁月。

贾母不仅爱玩、爱热闹,而且她还能玩得高雅,玩出品位。元宵节观戏,先是看了《八义》,老太太还没尽兴,又特地吩咐人把文官等十二个小戏子叫来。

一时,梨香院的教习带了文官等十二个人,从游廊角门出来。婆子们抱着几个软包,因不及抬箱,估料着贾母爱听的三五出戏的彩衣包了来。婆子们带了文官等进去见过,只垂手站着。贾母笑道:"大正月里,你师父也不放你们出来逛逛。你等唱什么?刚才八出《八义》闹得我头疼,咱们清淡些好。你瞧瞧,薛姨太太这李亲家太太都是有戏的人家,不知听过多少好戏的。这些姑娘都比咱们家姑娘见过好戏,听过好曲子。如今这小戏子又是那有名玩戏家的班子,虽是小孩子们,却比大班还强。咱们好歹别落了褒贬,少不得弄个新样儿的。叫芳官唱一出《寻梦》,只提琴与管箫合,笙笛一概不用。"(第五十四回)

贾母虽然喜欢热闹,但并不是一味地爱那种很"俗"的热闹,她喜欢有情调的。她只要提琴(这里指胡琴)和管箫配乐,让芳官唱一出清淡的曲子。

凸碧馆品笛就更是经典。中秋之夜,一家人坐在一起赏月,天气已经有些凉意。随着渐渐夜深,不少人已经走了,可老太太仍然兴致勃勃。

贾母因见月至中天,比先越发精彩可爱,因说:"如此好月,不可不闻笛。"因命人将十番上女孩子传来。贾母道:"音乐多了,反失雅致,只用吹笛的远远的吹起来就够了。"(第七十六回)

上次老太太想听提琴和管箫,这次却说笛子最好,可见她很有艺术细胞,她知道什么时候、什么场景适合什么乐器。果然,"正说着闲话,猛不防只听那壁厢桂花树下,呜呜咽咽,悠悠扬扬,吹出笛声来。趁着这明月清风,天空地静,真令人烦心顿解,万虑齐除,都肃然危坐,默默相赏。"(第七十六回)

大家都说好听。可贾母仍然不满意,她说:"这还不大好,须得拣那曲谱越慢的吹来越好。"老太太的艺术素养真是非常高,只是平时不大表现出来罢了。没过一会儿,笛声又传来了。

只听桂花阴里,呜呜咽咽,袅袅悠悠,又发出一缕笛音来,果真比先越发凄凉。大家都寂然而坐。夜静月明,且笛声悲怨,贾母年老带酒之人,听此声音,不免有触于心,禁不住堕下泪来。(第七十六回)

看《红楼梦》,读到这里的时候,相信也会有很多读者禁不住要流泪。贾母,并不是一个只会闹腾的老太太,她有情怀,她有诗意,她也有过浪漫的青春岁月。

那时候,她还是史侯家的小姐;她还不是贾母,她是史姑娘。
那时候,她肯定也有过类似宝玉这样天真烂漫的生活。
她回忆自己的过去:"我先小时,家里也有这么一个亭子,叫做什么'枕霞阁'。我那时也只像他们这么大年纪,同姊妹们天天顽去。那日谁知我失了脚掉下去,几乎没淹死,好容易救了上来,到底被那木钉把头碰破了。如今这鬓角上那指头顶大一块窝儿就是那残破了。众人都怕经了水,又怕冒了风,都说活不得了,谁知竟好了。"(第三十八回)

天天玩,还爬高上低,几乎被水淹死。和现在这帮孙子孙女比起来,可是一点也不差呢。

大家可能发现，有个女孩子特别像贾母。

是的，她就是史湘云。

湘云是贾母的侄孙女，她经常到贾家来玩，贾母很宠爱她。而贾母之所以宠爱湘云，恐怕跟湘云很像自己也有相当大的关系。

湘云很豪爽，有时候像男孩子，但她也很爱作诗，很有诗意。

听说大观园起了诗社，湘云急得不得了：这怎么能不请我呢？她自己先作了两首诗，还主动要做东，请大家客，既热情又大气，尽管她自己其实没什么钱。

史湘云醉眠芍药裀，自然更是《红楼梦》中经典的唯美画面。

湘云卧于山石僻处一个石凳子上，业经香梦沉酣，四面芍药花飞了一身，满头脸衣襟上皆是红香散乱，手中的扇子在地下，也半被落花埋了，一群蜂蝶闹穰穰的围着他，又用鲛帕包了一包芍药花瓣枕着。（第六十二回）

我相信，湘云每次到贾家，贾母都会很开心；看到了湘云，老太太仿佛看到了年轻时的自己。

所以，贾母虽然七八十岁了，还怀念自己的青春岁月，她喜欢跟年轻人在一起玩。

大冬天的，刚刚下过雪，天气非常寒冷，大观园里的少男少女们在芦雪广联诗。不曾想贾母也坐着小竹轿来了。

贾母坐了，因笑道："你们只管顽笑吃喝。我因为天短了，不敢睡中觉，抹了一回牌，想起你们来了，我也来凑个趣儿。"……贾母又道："你

们仍旧坐下说笑我听。"又命李纨："你也坐下,就如同我没来的一样才好,不然我就去了。"(第五十回)

老太太不怕冷,她兴致很高,她喜欢跟年轻人在一起凑趣;她说就当她没来,她就在边上听着;看到宝玉他们弄的梅花,她很开心:"好俊梅花!你们也会乐,我来着了。"

此时,我们会觉得,贾母真是一个老小孩啊。

因此,从内心来讲,贾母也是不喜欢那些陈规陋俗的。宝玉为什么能够这么"无法无天"?很大原因就在于老太太的宠爱,贾母不愿意宝玉小小年纪就接受那么多的约束,她想让宝玉多玩几年,多享受几年快乐的时光。贾政要检查宝玉的作业,黛玉她们帮着宝玉写字,这明明是作弊的作为,贾母听说却"喜之不尽";凤姐经常拿贾母取笑,贾母并不生气,还对王夫人说:"我喜欢他这样,况且他又不是那不知高低的孩子。家常没人,娘儿们原该这样。横竖礼体不错就罢,没的倒叫他从神儿似的作什么。"(第三十八回)只要大体不差,贾母是不在乎那些礼节规矩的。

然而,贾母不仅是性情中人,她还有许多现实的考虑。她毕竟是一家之主,如果只是一味贪玩,不顾规矩,不管将来,这个家恐怕早就垮了。

她宠爱宝玉不假,但她的宠爱是有底线的。

第五十六回,江南甄家来了四位妇人,她们听说贾家也有一个宝玉,非常好奇。待到见了面以后,几位妇人都说贾家的宝玉比她们甄家的懂礼貌,拉贾宝玉的手他都不动。贾母却笑了。

贾母也笑道："我们这会子也打发人去见了你们宝玉，若拉他的手，他也自然勉强忍耐一时。可知你我这样人家的孩子们，凭他们有什么刁钻古怪的毛病儿，见了外人，必是要还出正经礼数来的。若他不还正经礼数，也断不容他刁钻去了。就是大人溺爱的，是他一则生的得人意，二则见人礼数竟比大人行出来的不错，使人见了可爱可怜，背地里所以才纵他一点子。若一味他只管没里没外，不与大人争光，凭他生的怎样，也是该打死的。"

背地里可以纵容纵容，但是如果真的没里没外的什么都不懂，"凭他生的怎样，也是该打死的"。

贾母希不希望宝玉读书成才？当然是希望的，只是又怕管紧了宝玉，享受不到人生的乐趣。

在这一点上，史湘云也很像贾母。湘云一方面很诗意、很浪漫，另一方面却也很现实。

史湘云经常劝宝玉读书上进。最典型的发生在第三十二回，湘云对宝玉说："还是这个情性不改。如今大了，你就不愿读书去考举人进士的，也该常常的会会这些为官做宰的人们，谈谈讲讲些仕途经济的学问，也好将来应酬世务，日后也有个朋友。没见你成年家只在我们队里搅些什么！"此时的史湘云，尚是一个年轻的女孩，可想而知，如果她日后成了贾母这样的老太太，怎么可能只一味地纵容宝玉呢？

贾母虽然不再理家，但她还是关注着贾府的一切。她是贾府的灵魂和核心，她是这个大家族的台柱子，她不能真的只顾着享乐。

所以，其实老太太心里既有快乐轻松的一面，也有忧虑沉重的一面。

她很矛盾。

她喜欢袭人，觉得袭人好，让袭人去侍候宝玉，可她又嫌袭人是"没嘴的葫芦"；她也喜欢晴雯，说"这些丫头的模样爽利言谈针线多不及他"，可当王夫人跟她汇报，说把晴雯撵出去了，她也没说什么。

迎春要出嫁了，丈夫是一名武夫。迎春的父亲贾赦认为这门亲事门当户对，贾母"却不十分称意"，她觉得会委屈了迎春。但是她也没有多加干涉，只说"知道了"。

她是大观园的呵护者，在大观园里，她仿佛找回了自己的青春。但是当王夫人抄检大观园、众多女孩子被赶走、宝玉痛不欲生时，她也并没有出面。也许，她知道这就是大观园的宿命吧。

当然，贾母内心的这种矛盾，更是在一件事情上面集中表现出来，那就是宝玉的婚事。

宝黛的爱情悲剧

初读《红楼梦》,很多人都非常关注宝黛的爱情故事,宝玉和黛玉两人在春天的落花里共读《西厢记》的场景,让无数人心驰神往;而对黛玉最后没能和宝玉成亲反而客死大观园,则寄予无限的怜悯和同情,甚至认为贾母和王夫人都是冷血动物,他们以前对黛玉的好只是虚情假意。

不过,如果真的读懂了《红楼梦》、理解了《红楼梦》,我们会发现,其实宝黛的爱情故事注定是个悲剧。而且,正因为它是悲剧,才具有更加深厚的人文底蕴,也才具有更加震撼人心的伟大力量。

宝玉为什么会喜欢黛玉?他们之间的情感纽带是什么?

我们应该都知道:他们俩是"知己"。

所谓知己,就是灵魂的吸引、精神的相通,而这种吸引和相通是非常难得的,所谓"人生得一知己足矣"。

宝玉不爱读圣贤书,不喜欢仕途经济,且"懒与士大夫诸男人接谈,又最厌峨冠礼服贺吊往还等事"。没有几个人理解他,宝钗、湘云、袭人等经常劝他，宝玉根本不听，还说她们说的是"混帐话"。

而黛玉从来没说过这样的话，所以宝玉"深敬黛玉"。

第三十二回，湘云又劝宝玉，让他考个举人进士什么的，不要老在女孩堆里混。宝玉直接就要赶湘云出去："姑娘请别的姊妹屋里坐坐，我这里仔细污了你知经济学问的。"并且借此表达了对黛玉的好感："林姑娘从来说过这些混帐话不曾？若他也说过这些混帐话，我早和他生分了。"

林黛玉听了这话，不觉又喜又惊，又悲又叹。所喜者，果然自己眼力不错，素日认他是个知己，果然是个知己。

谁知黛玉正好在窗外听见，感慨万分。接着，宝玉又出来见了黛玉，跟黛玉说了"你放心"。

从此以后，两人之间虽然还会经常拌嘴，但内心已经知道，他们难以分开了。

不过，知己关系主要是个体关系。我们在前面提到，人既是个体的人，也是社会的人，所以人既有个体属性，也有社会属性；但是对于不同的人而言，会对这两方面有不同的侧重：有的人更看重个体属性，而有的人更看重社会属性。黛玉是典型的自我型人格，而宝玉也和黛玉有着深深的相通，他们在本质上都更关注自我的感受、追求人生的浪漫和快乐，而对社会属性和社会关系却不那么看重。

所以，他们在大观园里吟诗作赋、自由自在，外面的世界仿佛与他们无关，将来的事情好像也完全不用考虑，照宝玉自己的说法就是："我能够和姐妹们过一日是一日，死了就完了。什么后事不后事。"（第

七十一回）

但是，不用考虑就没有后事了么？不问将来，将来就不会来了么？

当然不是。

孔子说："逝者如斯夫，不舍昼夜。"时间永远在流淌，它嘀嘀嗒嗒，永远向前。

宝玉也在一天天长大，大人们该考虑他的婚事了。

年轻的时候，总以为婚姻和爱情是一样的，婚姻不过是爱情的自然延长；两个相爱的人终于能每天在一起了，想起来就无比的开心和幸福。

但后来发现并不是那么回事。

如果说爱情是琴棋书画诗酒花，那么婚姻就是柴米油盐酱醋茶；如果说爱情是浪漫的，那么婚姻就是现实的；如果说爱情是夜晚，那么婚姻就是白天；如果说爱情是两个人的，那么婚姻就是两个家的。

总之一句话，爱情注重的是个体关系，而婚姻注重的是社会关系。

两者并不完全一致，有时甚至还截然对立。

爱情的列车，满载着梦想和希望，通向婚姻的城堡，可列车上的旅客并不知道，他们将要面对一个怎样未知的世界。

但是"过来人"知道，他们会教你怎么做。

贾母、王夫人、贾政等等，他们都是过来人，而且他们都有权力安排宝玉的婚姻。

作为过来人、作为父亲、母亲、奶奶，恐怕没有人会赞成宝玉和黛玉的结合。

他们俩都不谙世事、不管后事，他们都是没长大的小孩子，他们从来不知道生活的艰难，他们连银子是几两都不认得，如果没有家庭的庇护，他们根本存活不了几天。

而且，黛玉还有个病怏怏的身体，很难让人看出有撑起这个家的能力。

作为家长，不可能选择黛玉。

其实，元春早就暗示了。元春是宝玉的姐姐，却也和妈妈差不多。元春很疼爱宝玉，可她在仅仅回家省亲、见了宝钗和黛玉一面之后，就选定了宝钗。

元春赏赐大家端午节的礼物，只宝玉和宝钗一模一样，而黛玉却没有那么多。

宝玉很惊讶："这是怎么个原故？怎么林姑娘的倒不同我的一样，倒是宝姐姐的同我一样！别是传错了罢？"（第二十八回）他非常不理解。

因为宝玉看到的是个体关系。此时的他肯定认为，爱情是两个人的事，只要两个人好就行，其他的有什么重要呢？

而元春注重的却是社会关系。婚姻不是爱情，它是两个家庭的结合，它也要承担起相应的责任和重担。

贾政暴打宝玉，表面上是因为宝玉交往优伶，实际上是发泄他长期以来对宝玉的不满。宝玉不爱读书、不求上进，贾政早就看他不惯了。

板子重重地打在宝玉的身上，但同时也是对黛玉的否定。贾政不可能选择黛玉做儿媳妇。

或许黛玉隐隐约约感觉到了什么，她去看宝玉，含着眼泪对宝玉说："你从此可都改了罢！"

宝玉不改："你放心，别说这样话。就便为这些人死了，也是情愿的！"（第三十四回）他不改，死了也不改。当然，黛玉也不会真的改。

王夫人并没有明确表示对黛玉的看法，她本来就不大讲话，但其实她的态度也很清楚。正如前面说到的，王夫人喜欢袭人，喜欢那种粗粗笨笨的女孩，她没有什么诗意理想和浪漫情怀，她只希望将来的儿媳妇能够本本分分地把宝玉照顾好。至于那种灵动可爱的女子，统统都是妖精。

王善保家的跟王夫人告状，说晴雯打扮得像个西施，且能说惯道，掐尖要强，不成体统。王夫人便问凤姐道：

"上次我们跟了老太太进园逛去，有一个水蛇腰、削肩膀、眉眼又有些像你林妹妹的，正在那里骂小丫头。我的心里很看不上那个轻狂样子，因同老太太走，我不曾说得。后来要问是谁，又偏忘了。今日对了坎儿，这丫头想必就是他了。"（第七十四回）

水蛇腰、削肩膀、眉眼像林黛玉，是个轻狂样。王夫人对这样的女孩岂止不喜欢，简直是讨厌。可想而知，如果不是因为老太太宠着，她这个舅母绝对不会待见黛玉。

在宝玉婚事问题上，唯一比较犹豫的，是贾母。而且，她的意见举足轻重。

显然，老太太是疼爱黛玉的。黛玉一到贾府，就挨着老太太，在碧纱橱里住下；每次家庭团聚，贾母都让宝玉、黛玉紧挨自己坐着。可以说，没有贾母的撑腰，黛玉在贾府不可能有这么高的地位。有人认为贾母并不是真心对黛玉，甚至还说贾母虚伪，这应该并不是事实，也没有真正理解贾母的个性和为人。

不过，贾母毕竟是贾府的灵魂人物，她要为贾家的未来着想，她还得有许多现实的考虑。黛玉是自我型人格、典型的文艺女青年，还喜欢使小性，这些恐怕都不符合老太太心目中贾家媳妇的标准。

荣国府元宵开夜宴，一大家人在一起听书，贾母就谈了自己的看法。

贾母笑道："这些书都是一个套子，左不过是些佳人才子，最没趣儿。把人家女儿说的那样坏，还说是佳人，编的连影儿也没有了。开口都是书香门第，父亲不是尚书就是宰相，生一个小姐必是爱如珍宝。这小姐必是通文知礼，无所不晓，竟是个绝代佳人。只一见了一个清俊的男人，不管是亲是友，便想起终身大事来，父母也忘了，书礼也忘了，鬼不成鬼，贼不成贼，那一点儿是佳人？便是满腹文章，做出这些事来，也算不得是佳人了。"（第五十四回）

这些才子佳人、私订终身的故事，贾母认为全是编的套子。如果连父母也忘了，书礼也忘了，那还算什么佳人？简直鬼不像鬼，贼不像贼。

《西厢记》《牡丹亭》，宝玉和黛玉爱看的两本书，讲的不就是同样的故事吗？贾母此论不就是在间接贬低黛玉和宝黛的爱情吗？

相反，贾母好几次赞扬过宝钗。

最典型的是在第三十五回，贾母公开表扬宝钗："提起姊妹，不是我当着姨太太的面奉承，千真万真，从我们家四个女孩儿算起，全不如宝丫头。"而王夫人也马上证实了这一说法："老太太时常背地里和我说宝丫头好，这倒不是假话。"

其他时候贾母也经常说宝钗好、维护宝钗。比如她到大观园里赏桂花，来到史湘云处。

一时进入榭中，只见栏杆外另放着两张竹案，一个上面设着杯箸酒具，一个上头设着茶筅茶盂各色茶具。那边有两三个丫头煽风炉煮茶，这一边另外几个丫头也煽风炉烫酒呢。贾母喜的忙问："这茶想的到，且是地方，东西都干净！"湘云笑道："这是宝姐姐帮着我预备的。"贾母道："我说这个孩子细致，凡事想的妥当。"（第三十八回）

显然，宝钗的稳重和平、贤良淑德赢得了贾母的喜欢。

但是很奇怪的是，赞扬归赞扬，宝钗在贾府住了这么长时间，贾母却一直没有向宝钗提亲的意思。

有人可能会说，老太太在清虚观打醮时不是跟张道士说过吗，宝玉现在还小，等大一点再定。可是后来一晃又不知道过了多少日子，贾母对宝玉的婚事依然没有任何表示。

只能说，贾母对宝钗也还不那么满意。

宝钗的确稳重和平，但缺少女孩子的灵动，和贾母心里那个完美孙媳妇的形象还有距离。

在大观园游玩时，贾母一行到了蘅芜苑，看到宝钗房间的样子："雪洞一般，一色玩器全无，案上只有一个土定瓶中供着数枝菊花，并两部书，茶奁茶杯而已。床上只吊着青纱帐幔，衾褥也十分朴素。"（第四十回）她很不以为然。

贾母摇头道："使不得。虽然他省事，倘或来一个亲戚，看着不像；二则年轻的姑娘们，房里这样素净，也忌讳。我们这老婆子，越发该住马圈去了。你们听那些书上戏上说的小姐们的绣房，精致的还了得呢。他们姊妹们虽不敢比那些小姐们，也不要很离了格儿。"（第四十回）

贾母认为宝钗这样正值青春妙龄的女孩，不应该这么冷清朴素，还亲自吩咐鸳鸯去拿些装饰品给宝钗。

因此，我们可以说，贾母既喜欢黛玉，也喜欢宝钗；或者反过来：她既不喜欢黛玉，也不喜欢宝钗。

要是能够把黛玉和宝钗综合一下就好了。

秦可卿曾经被认为是那个"兼美"的人，贾母也特别看重她。可惜她不在了，而且，没有别的人可以代替她。

直到某一天，另一个女孩的出现。

这个女孩就是薛宝琴。

薛宝琴刚到贾府，屁股还没坐热，贾母看她就喜欢得不得了。

> 袭人笑道："他们说薛大姑娘的妹妹更好，三姑娘看着怎么样？"探春道："果然的话。据我看，连他姐姐并这些人总不及他。"袭人听了，又是诧异，又笑道："这也奇了，还从那里再瞧好的去呢？我倒要瞧瞧去。"探春道："老太太一见了，喜欢的无可不可，已经逼着太太认了干女儿了。老太太要养活，才刚已经定了。"（第四十九回）

贾母不仅要养着薛宝琴，还让她跟着自己，到自己屋里睡觉，又特地找了个孔雀毛的斗篷给她披着。

更有甚者，还没过几天，宝玉和姐妹们在芦雪广联诗，贾母也来凑热闹，看到薛姨妈，她竟然直接就要给宝玉提亲！

用"一见钟情"来形容老太太，一点也不为过。

那么，宝琴到底是什么吸引了贾母呢？

显然，宝琴身上应该是既有黛玉的影子，也有宝钗的成分。

宝琴很喜欢黛玉，和黛玉特别谈得来。

一时林黛玉又赶着宝琴叫妹妹，并不提名道姓，直是亲姊妹一般。那宝琴年轻心热，且本性聪敏，自幼读书识字，今在贾府住了两日，大概人物已知。又见诸姊妹都不是那轻薄脂粉，且又和姐姐皆和契，故也不肯怠慢。其中又见林黛玉是个出类拔萃的，便更与黛玉亲敬异常。（第四十九回）

第七十回，众人作柳絮词，宝琴写的是：

汉苑零星有限，隋堤点缀无穷。三春事业付东风，明月梅花一梦。几处落红庭院，谁家香雪帘栊？江南江北一般同，偏是离人恨重！

宝钗说"终不免过于丧败"。其实，宝琴的诗词也颇有黛玉的特点。前面反复说到，贾母是有些浪漫情怀的。这一点宝钗不具备。

宝钗对贾母特宠宝琴有一点小惊讶，她有一次曾开玩笑似的对宝琴说："你也不知是那里来的福气！你倒去罢，仔细我们委曲着你。我就不信我那些儿不如你。"（第四十九回）宝钗心里有些不服气。其实，相对于宝琴来说，宝钗所缺乏的，正是那种青春浪漫的情怀。都说少女情怀总是诗，这种情怀，黛玉有，宝琴有，但宝钗没有。宝钗早早地"成熟"了，她年龄虽然不大，但不再是少女。

而且，宝琴的家境也很好，她从小跟着父亲走南闯北，薛姨妈曾说："他从小儿见的世面倒多，跟他的父母四山五岳都走遍了。他父亲是好乐的，各处因有买卖，带着家眷，这一省逛一年，明年又往那一省逛半年，所以天下十停走了有五六停了。"（第五十回）宝琴见多识广，性格应该也比较大气，这点又是黛玉所不具备的。

可惜，薛姨妈说，宝琴已经许给梅翰林了。

贾母肯定非常遗憾，但也没有办法。

没有了宝琴，如果非要在黛玉和宝钗中间选择一个，贾母会选谁呢？

我们已经无法看到《红楼梦》真正的后四十回，但是，她应该还是会选择宝钗。

或者说，她只能选择宝钗。

前面提到贾母对才子佳人的评论，她说那些故事都是编出来骗人的，自己家的姑娘们不许听。但是很有意思的是，贾母自己却喜欢听：

我们从不许说这些书，丫头们也不懂这些话。这几年我老了，他们姊妹们住的远，我偶然闷了，说几句听听，他们一来，就忙歇了。（第五十四回）

就情感而言，老太太的内心也是喜欢这些故事的；但从理性出发，这些故事不能说给姑娘们听。

作为外祖母，也作为一个曾经年轻过的女人，她喜欢黛玉；但是作为贾府的家长，必须为家族利益考虑，她必须选择宝钗。

应该说，贾母的选择并没有错。

但是宝玉却可能为此而痛不欲生。

宝玉的痛苦不仅是失去黛玉的痛苦，也是面对世界上一个永恒的哲学难题的痛苦。

人既为个体的人，也为社会的人；个体需要社会，社会又束缚个体，如何在这两者之间找到平衡？

《西游记》中的孙悟空也遭遇了同样的痛苦。孙悟空在花果山称王称霸，好不快活，后来却被压五行山，还戴上了紧箍圈，他要跟随唐僧西天取经，他要走过十万八千里。

"我要这天，再遮不住我眼，我要这地，再埋不了我心，要这众生，都明白我意，要那诸佛，都烟消云散！"（今何在，《悟空传》，北京联合出版有限公司，2017年版）但是，天和地永远都会存在，诸佛也不会烟消云散。

所以，小时候看《西游记》，只觉得好玩，长大以后再看，看着看着就哭了。

原来，《西游记》也是一部悲剧。

和喜剧相比，悲剧更具有打动人心的深刻力量。因为它把人生最真实的一面展示出来，它把我们必然要面对的矛盾、困惑与无奈，赤裸裸地呈现在我们面前，让我们无法逃避。

曹雪芹是伟大的，他用优美的文字，却写出了哲学的况味。

但他也是无奈的。他无法解决这一矛盾，他只能怀念。大观园就是他虚构出来的一个青春乐园，在这里，少男少女们天真纯洁、无忧无虑、完全不用去理会那些"俗事"，不用去面对个体与社会的冲突；在这里，姐妹们永远漂亮、永远年轻，时间，仿佛已经停止了。

妙玉和刘姥姥

在《红楼梦》中,妙玉是个非常特别的存在。

她并不是贾府的女孩,却列于金陵十二钗中,而且"名次"还很靠前;她是戴发修行的尼姑,却又住在象征青春王国的大观园。

显然,妙玉是一个充满矛盾的女子。

这种矛盾在她和刘姥姥的关系中,集中展现了出来。

有人肯定会说,妙玉和刘姥姥有什么关系?她们俩根本就不是一类人,而且彼此从来没有说过一句话。

的确,她们俩不是一类人,很多方面还截然相反。

一个极洁,一个极脏;一个极雅,一个极俗。可以说正好处于对立的两极。

但是,也正因为她们处于对立的两极、对比格外鲜明,倒可以吸引我们的思考,给我们深刻的启示。

《红楼梦》第四十一回,"栊翠庵茶品梅花雪 怡红院劫遇母蝗虫",

主角正是妙玉和刘姥姥，而且把两人并列。

梅花雪，极洁极雅；母蝗虫，极脏极俗。

曹雪芹为什么要这样安排？

我们还是先来看看妙玉的"洁"到底是什么样的。

"气质美如兰，才华阜比仙。"这是对妙玉的描绘。

妙玉很美，是那种超凡脱俗的美，如兰，如仙，仿佛不食人间烟火。

同时，她的性格非常怪异，宝玉曾经这样评价："他为人孤癖，不合时宜，万人不入他目。"（第六十三回）

"万人不入他目"。妙玉仿佛站在高高的云端之上，不屑与芸芸众生为伍。

这种清高、这种不屑，集中表现在她的"洁"上。

贾母邀请刘姥姥逛大观园，来到栊翠庵喝茶，"妙玉亲自捧了一个海棠花式雕漆填金云龙献寿的小茶盘，里面放一个成窑五彩小盖钟，捧与贾母。"（第四十一回）这个茶具肯定特别精致，而且泡茶的水还不是一般的水，却是旧年蠲的雨水。贾母喝了一半，递给刘姥姥，刘姥姥一饮而尽。

妙玉并不跟两位老太太共饮。她拉着黛玉、宝钗和宝玉，到里面耳房内喝"梯己茶"。

妙玉刚要去取杯，只见道婆收了上面的茶盏来。妙玉忙命："将那成窑的茶杯别收了，搁在外头去罢。"宝玉会意，知为刘姥姥吃了，他嫌脏不要了。（第四十一回）

宝玉觉得这么贵重的杯子扔了可惜，不如送给刘姥姥。妙玉说：

"这也罢了。幸而那杯子是我没吃过的，若是我吃过的，我就砸碎了也不能给他。你要给他，我也不管你，只交给你，快拿了去罢。"（第四十一回）

妙玉并没有用刘姥姥用过的杯子，她不但不可能用，而且就算是她首先用过的杯子，如果刘姥姥再用了，这个杯子砸碎了也不会给刘姥姥。

很多人可能不理解这个逻辑，妙玉这到底是为什么？

因为假如她用了某个杯子，而刘姥姥后来又用了，那么她和刘姥姥就在这个杯子上产生了交集，虽然这种交集不是实际的行为。

妙玉不能容忍和刘姥姥有任何关系，哪怕只是主观想象中的也不行，所以这个杯子必须砸碎。

当然，她也不会跟刘姥姥讲话。宝玉深知这一点，在第四十一回里，他对妙玉说："自然如此，你那里和他说话授受去，越发连你也脏了。只交与我就是了。"——妙玉为什么不跟刘姥姥讲话？因为嫌刘姥姥脏。她觉得自己是一个仙女，怎么能跟农村老太婆气息往来呢？

刘姥姥走后，宝玉又跟妙玉说："等我们出去了，我叫几个小幺儿来河里打几桶水来洗地如何？"妙玉笑道："这更好了，只是你嘱咐他们，抬了水只搁在山门外头墙根下，别进门来。"——要把地好好洗一下，当然还是因为刘姥姥脏。而且，抬水的小厮不许进门。

刘姥姥是有些脏。她只是一个农村老太太，身上肯定沾着泥土的气息；她也许好多天都没洗过澡，前一天晚上虽然贾母让鸳鸯带她洗了个澡，却也不可能带着少女般的清香；她还在大观园里解大便，接着又在宝玉的床上睡了一觉，弄得怡红院满屋的酒气和臭气。

要妙玉跟刘姥姥待上一分钟，恐怕她都不能忍受。

不过另一方面，妙玉又说她喜欢"畸人"，还"常赞文是庄子的好"。

庄子的确经常赞扬"畸人"。那么，庄子所说的"畸人"都是些什么样的人呢？

实际上，庄子所谓的"畸人"，不仅思想独特，而且恰恰相貌丑陋，甚至身有残疾。

在《庄子·德充符》里，就讲了数个畸人的故事。我们不妨来看其中一个。

闉跂支离无脤说卫灵公，灵公说之，而视全人：其脰肩肩。瓮㼜大瘿说齐桓公，桓公说之，而视全人：其脰肩肩。故德有所长而形有所忘。人不忘其所忘而忘其所不忘，此谓诚忘。

大意是说：有一个跛脚、伛背、缺嘴唇的人去游说卫灵公，灵公很喜欢他，看到形体健全的人，反而觉得他们的脖子太细了。有一个脖子上长了大肿瘤的人去游说齐恒公，桓公很喜欢他，看到形体健全的人，也觉得他们的脖子不好看。所以只要德行上有长处，形体上的残缺很容易被人遗忘。

庄子为什么欣赏这些身体残疾的畸人？因为残疾只是表面，他们内在的德行非常高。作为一个智者、一个悟透人生的人，不应该只看到人的表面。

而妙玉，虽然也在修行，却一直停留于表面和皮相。她嘴上自称畸人，可是当畸人真的来到自己面前时，却又无比的厌恶。

实际上，在《红楼梦》中，真正的智者、悟者，恰恰也是畸人。我们看《红楼梦》，应该都会对那一僧一道很有印象。这一僧一道每到关键时候就会出现，扮演着解救众生的角色。在后四十回的续书里，也同样是一僧一道带着宝玉离去。

那么，这一僧一道都长得什么样呢？

第一回，甄士隐抱着英莲上街看热闹，就遇到了这两个人。

> 只见从那边来了一僧一道：那僧则癞头跣脚，那道则跛足蓬头，疯疯癫癫，挥霍谈笑而至。

第二十五回，宝玉凤姐被马道婆作法，正在生命垂危之机，他们再次出现。

> 众人举目看时，原来是一个癞头和尚与一个跛足道人。见那和尚是怎的模样：
>
> 鼻如悬胆两眉长，目似明星蓄宝光。
> 破衲芒鞋无住迹，腌臜更有满头疮。
>
> 那道人又是怎生模样：
>
> 一足高来一足低，浑身带水又拖泥。
> 相逢若问家何处，却在蓬莱弱水西。

这两人不是一般的"畸"，又丑又脏，一个满头是疮，一个浑身是泥。

妙玉也自称畸人，但她会亲近癞头尚与跛足道人吗？

绝不可能。妙玉太"洁"了。当然，她所谓的"洁"只是表面的。

与妙玉的"洁"相应的，则是她的"雅"。

在妙玉自己看来，她是一个绝对的雅之又雅的人。

妙玉请黛玉、宝钗和宝玉喝"梯己茶"，拿出两个极为罕见的杯子：瓟斝和点犀盉，还对宝玉说，只怕你们家也拿不出来这样的东西。黛玉问她泡茶用的是不是也是旧年的雨水，妙玉却冷笑：

"你这么个人，竟是大俗人，连水也尝不出来。这是五年前我在玄墓蟠香寺住着，收的梅花上的雪，共得了那一鬼脸青的花瓮一瓮，总舍不得吃，埋在地下，今年夏天才开了。我只吃过一回，这是第二回了。你怎么尝不出来？隔年蠲的雨水那有这样轻浮，如何吃得。"（第四十一回）

林黛玉自然是非常清高的，可在妙玉的眼里，却也是大俗人一个。这个水是梅花上的雪化的，收在花瓮里，再把花瓮埋在地下。

梅花雪，简直雅到极致了。

妙玉又拿出一个九曲十环一百二十节蟠虬整雕竹根的一个大盉出来，这个盉想必非常小，宝玉说他可以喝三大盉。妙玉嘲笑他：

"你虽吃的了，也没这些茶糟踏。岂不闻'一杯为品，二杯即是解渴的蠢物，三杯便是饮牛饮骡了'。你吃这一海便成什么？"（第四十一回）

刘姥姥刚才就是拿着杯子一饮而尽的，显然俗得不能再俗了。

只是，妙玉的这种雅，和她的洁一样，也总让人感觉哪儿不对。

洁和雅，本来都是人们对生活的一种正常追求。但是，把它们推向极致，就背离初衷，走向自己的反面了。

在这个世界上，不存在绝对的洁和雅；追求绝对的洁和雅，最后就会成为怪物。

宝玉在太虚幻境看到了对妙玉的描绘："气质美如兰，才华阜比仙。天生成孤癖人皆罕。你道是啖肉食腥膻，视绮罗俗厌；却不知太高人愈妒，过洁世同嫌。"（第五回）

而这一曲的曲牌名，正是"世难容"。

因为洁和雅，是离不开所谓的脏和俗的。脱离脏和俗的洁和雅，只是一种虚幻的东西，很快就会破灭。

刘姥姥是又脏又俗，但是从刘姥姥身上，我们看到了原始的朴素的能量。事实上，也正是刘姥姥，给贾府带来了久违的活力。

刘姥姥比贾母年龄还大，可是一天大观园玩下来，贾母已经身疲神乏，还特地找了医生来看病，刘姥姥却什么事也没有。

贾府的人吃着用鸡油、鸡脯肉、香菌、新笋、蘑菇、五香腐干、各色干果子等几十种材料做成的茄鲞，却几乎尝不到茄子本身的鲜味；而刘姥姥每天吃的是自家田里采摘的新鲜蔬菜，呼吸的是乡村田野自然清新的空气。

大观园里的公子小姐们住在精致的小别墅里，却往往心事重重、长夜难眠；而刘姥姥则可以随便在一个陌生的房间里倒头便着，呼呼大睡。

到底谁更幸福？

面对脏和俗的刘姥姥，妙玉的洁和雅究竟要走向何方？

如果说刘姥姥是大地，那么妙玉则是露珠。大地看起来并不干净，但当太阳出来，它就显出其无限的生机与活力，而露珠却消失得无影无踪。露珠清纯洁净、晶莹剔透，却只能存在于朦胧的时光，它虽然看起来美丽，却无比脆弱，难以持久。

　　所以，妙玉也注定是悲剧性的结局。

妙玉

玉容却与梅花瘦
围棋小劫禅心逗
香火有前因
传赆槛外人
烹茶客小坐
知己谁堪数
弦外有余音
孤听指法深

宝玉、黛玉、妙玉

据说《红楼梦》中有"玉"的人都不寻常。

尤其是宝玉、黛玉、妙玉,三个人好像是一家子。

玉代表什么?纯洁无瑕、晶莹剔透,最好没有一丝杂质。

同样,有"玉"的人,也应该未受到"污染",从肉体到灵魂,没有任何世俗的痕迹。

妙玉极洁、极雅。她是一块"玉"。

那么,宝玉、黛玉又如何呢?

其实,宝玉也是喜欢"洁"和"雅"的。

比如,他亲近美少女;和妙玉一样,他也不喜欢老太婆。众所周知,宝玉有一段"名言":

"这女儿两个字,极尊贵,极清净的,比那阿弥陀佛、元始天尊的这两个宝号还更尊荣无对的呢!你们这浊口臭舌,万不可唐突了这两个字,

要紧。但凡要说时,必须先用清水香茶漱了口才可;设若失错,便要凿牙穿腮等事。"(第二回)

"女儿"两个字都不能随便说,因为女儿是非常纯洁的,仿佛男人们只要说了,都是对她们的一种侮辱。

所以,宝玉自己的打扮也很女性化,"面若中秋之月,色如春晓之花,鬓若刀裁,眉如墨画,面如桃瓣,目若秋波。虽怒时而若笑,即瞋视而有情。"(第三回)活脱脱一个女孩的模样。

在生活中,宝玉喜欢住在大观园,喜欢和少女们一起玩耍;他经常吃少女们嘴上的胭脂,和少女们一起吃,一起喝,一起睡。

第十九回,袭人回家了,宝玉到袭人家去看她。

袭人笑道:"你们不用白忙,我自然知道。果子也不用摆,也不敢乱给东西吃。"一面说,一面将自己的坐褥拿了铺在一个杌上,宝玉坐了;用自己的脚炉垫了脚;向荷包内取出两个梅花香饼儿来,又将自己的手炉掀开焚上,仍盖好,放与宝玉怀内;然后将自己的茶杯斟了茶,送与宝玉。

袭人把自己的茶杯给宝玉喝茶,动作很自然,可见这样的事不算什么,宝玉很习惯。

第三十五回,为了安慰玉钏,宝玉哄她尝汤。

宝玉故意说:"不好吃,不吃了。"玉钏儿道:"阿弥陀佛!这还不好吃,什么好吃。"宝玉道:"一点味儿也没有,你不信,尝一尝就知道了。"

玉钏儿真就赌气尝了一尝。宝玉笑道:"这可好吃了。"玉钏儿听说,方解过意来,原是宝玉哄他吃一口……

宝玉和玉钏在一个碗里吃东西,宝玉很开心。

第五十八回,宝玉又和芳官、晴雯一起吃火腿鲜笋汤。

芳官吹了几口,宝玉笑道:"好了,仔细伤了气。你尝一口,可好了?"芳官只当是顽话,只是笑看着袭人等。袭人道:"你就尝一口何妨。"晴雯笑道:"你瞧我尝。"说着就喝了一口。芳官见如此,自己也便尝了一口,说:"好了。"递与宝玉。宝玉喝了半碗,吃了几片笋,又吃了半碗粥就罢了。

能和美丽的少女们共吃一碗饭,共喝一碗汤,宝玉很享受。

喝酒也一样。第五十四回,荣国府元宵开夜宴,贾母让宝玉给大家斟酒。

贾母又命宝玉道:"连你姐姐妹妹一齐斟上,不许乱斟,都要叫他干了。"宝玉听说,答应着,一一按次斟了。

至黛玉前,偏他不饮,拿起杯来,放在宝玉唇上边,宝玉一气饮干。黛玉笑说:"多谢。"

黛玉的酒杯,放到宝玉唇边,宝玉一气饮干。两人不但不互相嫌弃,还特别亲密。

前面说到,妙玉有洁癖,那么宝玉和她之间又是什么状况呢?

栊翠庵茶品梅花雪，妙玉拿出两个稀世珍品瓟斝和点犀盉给黛玉和宝钗，却把自己的给了宝玉。

妙玉斟了一盉与黛玉。仍将前番自己常日吃茶的那只绿玉斗来斟与宝玉。（第四十一回）

给宝玉的是绿玉斗，而且是妙玉日常自己吃茶的。可想而知，宝玉也非常受用。

相反，如果哪个老婆子沾了宝玉的东西，宝玉却是非常反感的。

第八回，宝玉想喝茶，问茜雪早上沏的一碗枫露茶怎么不在了，茜雪说被李奶奶喝了。

宝玉听了，将手中的茶杯只顺手往地下一掷，豁啷一声，打了个粉碎，泼了茜雪一裙子的茶。又跳起来问着茜雪道："他是你那一门子的奶奶，你们这么孝敬他？不过是仗着我小时候吃过他几日奶罢了。如今逞的他比祖宗还大了。如今我又吃不着奶了，白白的养着祖宗作什么！撵了出去，大家干净！"说着便要去立刻回贾母，撵他乳母。

为了一碗茶，竟要撵自己的乳母，宝玉对老婆子的讨厌可见一斑。

第二十四回，正巧宝玉的几个大丫头都不在身边，宝玉要喝茶。

一连叫了两三声，方见两三个老嬷嬷走进来。宝玉见了他们，连忙摇手儿说："罢，罢，不用你们了。"老婆子们只得退出。

前面说到，芳官替宝玉吹汤，宝玉很开心，还哄她吃了一口。可是芳官的干娘主动要求吹汤，却被晴雯赶了出去。

晴雯忙喊："出去！你让他砸了碗，也轮不到你吹。你什么空儿跑到这里插手来了？还不出去。"（第五十八回）

怡红院宝玉的房间是不让老婆子进来的。所以，刘姥姥误打误撞，在宝玉的床上睡了一会儿觉，把袭人给吓坏了。

刘姥姥在怡红院里直睡得"鼾齁如雷"，酒屁臭气弄了一屋。袭人看到后大吃一惊，"将他没死活的推醒"。袭人还连忙在房间里点了三四把百合香，以驱除刘姥姥的脏气和俗气。

被推醒后，刘姥姥说："姑娘，我失错了！并没弄脏了床帐。"她觉得很欣慰，幸好没吐酒，并没有弄脏东西。可是在宝玉袭人看来，刘姥姥进到怡红院，就已经把怡红院给弄脏了，何况还在床上睡觉。

宝玉是如此，那么黛玉呢？

在这方面，应该说黛玉丝毫"不输"宝玉。

"栊翠庵茶品梅花雪　怡红院劫遇母蝗虫"一回，和梅花雪相比，母蝗虫无疑非常不堪，也特别难听。初读《红楼梦》，总觉得把刘姥姥比作母蝗虫很不雅，甚至是对刘姥姥的侮辱。但是越读到后来，越能够理解它的深意。

我们应该知道，母蝗虫的这个"外号"是黛玉起的。

刘姥姥进大观园，给贾府带来了许多快乐。而林黛玉，却三嘲刘姥姥。

第四十一回，在大观园里逛了一阵，刘姥姥和大家一起喝酒吃饭，贾母又让演奏音乐。

当下刘姥姥听见这般音乐，且又有了酒，越发喜的手舞足蹈起来。宝玉因下席过来向黛玉笑道："你瞧刘姥姥的样子。"黛玉笑道："当日圣乐一奏，百兽率舞，如今才一牛耳。"

贾母让惜春画大观园，惜春便要请一年的假。探春说，都怪刘姥姥，是刘姥姥勾出来的。这时，黛玉笑道：

"可是呢，都是他一句话。他是那一门子的姥姥，直叫他是个'母蝗虫'就是了。"（第四十二回）

接着，大家又和惜春讨论，这园子到底应该怎么画，要把哪些人画在上面。

黛玉道："人物还容易，你草虫上不能。"李纨道："你又说不通的话了，这个上头那里又用的着草虫？或者翎毛倒要点缀一两样。"黛玉笑道："别的草虫不画罢了，昨儿'母蝗虫'不画上，岂不缺了典！"众人听了，又都笑起来。黛玉一面笑的两手捧着胸口，一面说道："你快画罢，我连题跋都有了，起个名字，就叫作《携蝗大嚼图》。"（第四十二回）

把刘姥姥比作牛和母蝗虫，显然，在黛玉的眼里，刘姥姥跟"洁"和"雅"根本不沾边。设想一下，如果刘姥姥撞进的是黛玉的房间，在黛玉的床上睡了一觉，黛玉会是什么感觉？

妙玉嫌弃刘姥姥用过的杯子，连刘姥姥待过的地方都要用水冲洗。其实，宝玉、黛玉和妙玉本质上是一样的，他们都喜欢洁和雅，讨厌脏和俗，只是妙玉更加极端而已。

这正是三个"有玉之人"的共同点。而他们这三个人，也正是大观园的核心。

玉，象征着纯洁，所谓"美玉无瑕"。在生活上，他们追求洁净，厌恶肮脏；进而，在情感上，他们向往纯洁，抗拒世俗。

什么是情感上的"世俗"？有情欲就是世俗。有了"欲"，就不再"洁"，就显得龌龊和肮脏。

前面说到，宝玉和黛玉其实都还是小孩，他们是少男少女，他们是好哥哥好妹妹，他们互相喜欢，却彼此没有"欲"；他们是"非肉体化"的，他们仿佛只是精神的存在；他们留恋这份脱离欲望的情感，他们希望永远生活在这诗意纯情的大观园。

他们认为肉体是鄙俗的、肮脏的，尤其男人的肉体，更是污浊不堪。只要一接触男人，女孩就变成了鱼眼睛，就失去了灵性。所以，宝玉虽然是男身，却也打扮成女孩的模样；同时，他对身边女孩的出嫁痛心不已，好像她们正在走向地狱。

而妙玉，正如她的名字一样，是一个正值妙龄的女孩，却住在冷清的栊翠庵里，自觉地压抑着自己的情欲。

不过，"欲"是人的一种本能，它不可能完全消失，即便"洁"如妙玉，也无法完全抗拒。

"琉璃世界白雪红梅"，这红梅，居然是栊翠庵的，而且，就在妙玉门前。

回头一看,恰是妙玉门前栊翠庵中有十数株红梅如胭脂一般,映着雪色,分外显得精神,好不有趣!(第四十九回)

要知道,宝钗的蘅芜院都没有花,黛玉的潇湘馆周围也主要是竹子。

宝玉跟妙玉讨红梅,还写了一首诗:"酒未开樽句未裁,寻春问腊到蓬莱。不求大士瓶中露,为乞嫦娥槛外梅。入世冷挑红雪去,离尘香割紫云来。槎枒谁惜诗肩瘦,衣上犹沾佛院苔。"(第五十回)——妙玉那里是有"春"的。

妙玉给宝玉写信,还特地用粉色的笺子。粉色代表着什么,正常人谁都知道。

"欲洁何曾洁,云空未必空。"妙玉欲洁、想空,可她没做到。

很多人因此反感妙玉,说她六根不净,身为尼姑却心有凡尘,最后落得个"风尘肮脏违心愿"的下场。但是我们可以换一个思路想一想:妙玉如此一位青春女孩,有一些情欲难道不正常吗?妙玉刚到贾府时,就已经十八岁,居住在大观园的时光,大概在二十岁左右。这个年龄段的女性,正是春心萌动、情欲旺盛的时期,即使妙玉有一些思凡的表现,也应该完全可以理解,我们有什么理由去谴责妙玉呢?

曹公对妙玉应该也是不以为然的,"欲洁何曾洁,云空未必空。"显然带有一些讽刺的味道,而后来他又借薛宝琴之口说出了对妙玉的看法,即所谓"僧不僧,俗不俗,女不女,男不男"。妙玉之不"洁"、不"空",核心的问题在于她有"欲"。

正如前面多次提到的,雪芹先生创造的大观园,是一个无"欲"的地方，宝玉、黛玉都是"非肉体化"的存在。同样，妙玉也应该无欲，也应该是非肉体化的，但她却没有做到，她有"欲"了，所以，她沦落风尘，她"终陷淖泥中"。

显然，这里体现的是对"欲"的否定。《红楼梦》中的女子，只要有欲，都没有好下场，从秦可卿到妙玉、尤二姐、尤三姐、司棋等，莫不如此。

在雪芹先生的幻想中，一直存在一个无欲的、纯情的、纯美的地方，那里没有男人女人，只有男孩女孩；所有的女孩都超凡脱俗、飘飘欲仙，她们没有肉体，她们也不应该有肉体。

绣春囊与迎春之死

大观园应该是无"欲"的地方，里面的女孩们都是"非肉体化"的存在。所以，当大观园出现了"欲"、出现了肉体，它的危机就来临了。

这个"欲"的象征就是绣春囊。

我们不妨来看看原文。

这丫头也得了这个力，若贾母不唤他时，便入园内来顽耍。今日正在园内掏促织，忽在山石背后得了一个五彩绣香囊，其华丽精致，固是可爱，但上面绣的并非花鸟等物，一面却是两个人赤条条的盘踞相抱，一面是几个字。这痴丫头原不认得是春意，便心下盘算："敢是两个妖精打架？不然必是两口子相打。"左右猜解不来，正要拿去与贾母看，是以笑嘻嘻的一壁看，一壁走，忽见了邢夫人如此说，便笑道："太太真个说的巧，真个是狗不识呢。太太请瞧一瞧。"说着，便送过去。（第七十三回）

绣春囊上画着两个赤条条的男女，还盘踞相抱，毫无疑问表现了人的肉欲。但既然被遗失在大观园里，显然，是有人喜欢它的。

我们可以设想一下，如果宝玉把这个绣春囊送给黛玉，黛玉会是什么反应？

恐怕不仅是勃然大怒那么简单，黛玉或许能当着宝玉的面自尽。

宝玉只是跟黛玉说了一句《西厢记》里的唱词，黛玉便气得直哭，还要去告状，倘若宝玉真的这样做，黛玉岂不觉得是对她莫大的侮辱？

记住我们前面反复说过的，黛玉是没有"欲"的，她是"非肉体化"的存在。而绣春囊，则是赤裸裸的肉体化。是可忍孰不可忍？

肉体化，即是把人看作肉体的存在，既然有肉体，就有肉欲。在宝玉和黛玉看来，肉欲是不洁的，甚至是肮脏的，它拉低了人的品位，污染了人的心灵。

所以，宝玉和黛玉都特别喜欢大观园，因为大观园是诗意的乐园，它是精神的存在、灵性的存在，与肉体无关，与欲望无关。

可现在，大观园里居然出现了绣春囊！

绣春囊被傻大姐捡到，她说这上面画的是两个妖精。

的确，对于大观园来说，绣春囊就是个妖精。这个妖精一旦潜入大观园，大观园的青春岁月就要结束了。

那么，绣春囊和迎春有什么关系呢？

绣春囊当然不是迎春的。有人说它是司棋的，也有人说不一定。其实，绣春囊是谁的并不重要，重要的是，绣春囊的出现，意味着大观园已经被"肉体"所侵蚀，它唯美纯情的精神特质将慢慢远去。

姑娘丫头们也都一天天长大了，面临离开大观园、嫁给男人的命运。

而第一个嫁人的，就是迎春！

迎春嫁给了孙绍祖。这个孙绍祖是个什么样的人呢？

这孙家乃是大同府人氏，祖上系军官出身，乃当日宁荣府中之门生，算来亦系世交。如今孙家只有一人在京，现袭指挥之职，此人名唤孙绍祖，生得相貌魁梧，体格健壮，弓马娴熟，应酬权变，年纪未满三十，且又家资饶富，现在兵部候缺题升。（第七十九回）

这一段文字似乎没有什么特别，只是对孙绍祖其人的一般描述。但是如果我们联系到前面对宝玉的定义，就会发现，孙绍祖和贾宝玉截然相反，完全是不同的两类人！

贾宝玉欣赏的是诗意人生，显然，孙绍祖可能根本不知诗意为何物；贾宝玉是"非社会化"的，不爱社会交往，不喜欢仕途经济，而孙绍祖未满三十就担任指挥，还在兵部"候缺题升"，且精于"应酬权变"；贾宝玉是"非肉体化"的，不喜欢男人，而孙绍祖"生得相貌魁梧，体格健壮，弓马娴熟"，一个典型的男人、壮汉，肌肉发达、孔武有力。

试想一下，宝玉和芳官等人在床上打打闹闹，让晴雯钻到自己的被窝里暖身，如果把宝玉换成孙绍祖，会是什么样的画面？

完全不可想象！

孙绍祖是"男人"，而不是"男孩"。"男人"凸显的是他的男性特征，在他这个"男人"面前，姑娘丫头们也不会再是单纯的"女孩"，而是变成"女人"，变成男人欲望的对象。

如果宝玉真的换成了孙绍祖，大观园还会是少男少女们浪漫诗意的青春王国吗？

所以，孙绍祖的出现，实际上是作为宝玉的一个对比，也可以印证我们前面的说法，即宝玉是"非肉体化"和"非社会化"的存在。

孙绍祖不仅是个典型的"男人"，他会把女性作为欲望的对象，而且，他这个男人的欲望还特别强烈。

迎春嫁得并不远，过几天回娘家来了。

那时迎春已来家好半日，孙家的婆娘媳妇等人已待过晚饭，打发回家去了。迎春方哭哭泣泣的在王夫人房中诉委曲，说孙绍祖"一味好色，好赌酗酒，家中所有的媳妇丫头将及淫遍。略劝过两三次，便骂我是'醋汁子老婆拧出来的'。又说老爷曾收着他五千银子，不该使了他的。如今他来要了两三次不得，他便指着我的脸说道：'你别和我充夫人娘子，你老子使了我五千银子，把你准折卖给我的。好不好，打一顿撵在下房里睡去。当日有你爷爷在时，希图上我们的富贵，赶着相与的。论理我和你父亲是一辈，如今强压我的头，卖了一辈。又不该作了这门亲，倒没的叫人看着赶势利似的'"。一行说，一行哭的呜呜咽咽，连王夫人并众姊妹无不落泪。（第八十回）

迎春说得很清楚，孙绍祖"一味好色，好赌酗酒，家中所有的媳妇丫头将及淫遍"。孙绍祖不仅是"皮肤滥淫"的典型，而且在他眼里，女人只是一具具供他发泄欲望的肉体，女性完全被"肉体化"和"工具化"了。

甚至连明媒正娶来的妻子迎春，也没有逃脱这样的命运。

住在大观园的时候，迎春并没有觉得大观园有什么特别。我们说大观园是诗意的所在，但是迎春也并不怎么会写诗，宝玉、黛玉他们每次组织诗会，迎春也是可有可无。

但是一旦走出大观园，迎春便知道外面的世界到底是什么样子。

大观园是诗意的地方，是"非肉体化"和"非世俗化"的存在，而到了孙绍祖那里，迎春则遭遇了极度的肉体化和世俗化。

孙绍祖很俗，这已经无须多言。他不仅皮肤滥淫，而且，毫无怜香惜玉之情。

迎春是怎么死的？我们可以从《红楼梦》十二曲中找到线索。

中山狼，无情兽，全不念当日根由。一味的骄奢淫荡贪还构。觑着那，侯门艳质同蒲柳；作践的，公府千金似下流。叹芳魂艳魄，一载荡悠悠。（第五回）

孙绍祖骄奢淫荡，喜欢作践女人；而且，越是侯门艳质、千金小姐，他越是作践得厉害。

显然，这是一种典型的性虐待心理，或者说，孙绍祖就是一个性虐待狂。

孙绍祖本来就正值壮年，他身体魁梧，欲望强烈，而且没有什么是非道德观念，所以只一味要求女人满足他的肉欲。同时，他本来地位并不高，祖上系"宁荣府中之门生"，而今渐渐发达，贾府却慢慢败落。因此，他就像一个暴发户，对着过去的贵族呵呵冷笑；他要显示自己的力量，他要证明自己的强大；他貌视地看着迎春，想方设法地折磨迎春，迎春稍有不满，他便举起手中的鞭子，而在这一次一次的折磨和发泄中，他得到了身体和精神的双重满足！

迎春从来没有想过，自己在男人面前竟然沦为了肉体的存在和欲望的对象。她想念大观园。

迎春哭道："我不信我的命就这么不好！从小儿没了娘，幸而过婶子这边过了几年心净日子，如今偏又是这么个结果！"王夫人一面解劝，一面问他随意要在那里安歇。迎春道："乍乍的离了姊妹们，只是眠思梦想。二则还记挂着我的屋子，还得在园里旧房子里住得三五天，死也甘心了。不知下次还可能得住不得住了呢！"（第八十回）

迎春很想再回到大观园，回到过去那诗意纯情的岁月。不过，大观园也很难再现以往的景象了。绣春囊是一个暗示，它告诉我们，一旦肉体和欲望入侵大观园，大观园就会渐渐失去它浪漫诗意的精神特质。大观园里"非肉体化"和"非世俗化"的少女，在走出大观园后，迎头遇到的，可能就是"肉体化"和"世俗化"。

而且，极有意味的是，迎春的这一系列遭遇，都发生在第八十回。我们在前面说到，香菱是第八十回的主角之一，她一心学诗，对诗意人生充满了无限的向往，最后却仍然落在薛蟠和夏金桂两个"俗人"之手。这里我们看到，第八十回还有一个主角，那就是迎春。迎春同样遭遇了"肉体化"和"世俗化"，而且比香菱更甚。两种人生的对比，在香菱和迎春身上都显得格外鲜明，让我们产生强烈的震撼。同时，它也让我们迷茫和困惑：诗意人生是不是根本就无法持续？大观园的世界和外面的世界，到底哪一个是真，哪一个是假？

迎春

依怖终日影朦啼
也筹文高最不齐
莫诏竟无儿女态
本生磨折为夫妻

王一贴的微笑

《红楼梦》的主角是贾宝玉,我们知道,还有一个甄宝玉;另外,除了贾府,也还有甄府;太虚幻境贴着一副对联:"假作真时真亦假,无为有处有还无。"显然,真与假的问题,对于《红楼梦》来说尤其重要。

但是在《红楼梦》中,宝玉并没有回答这个问题,黛玉、宝钗也没有。谈到真与假的问题,只有一个人。

那就是王一贴。

王一贴这个人很多读者根本不会注意,如果你只把《红楼梦》当作宝黛钗的爱情故事,那么他的存在肯定毫无意义。

记得在最开始的时候,我说读《红楼梦》有三个疑问。前面已经讲了两个,现在该揭晓第三个了。

这个疑问就是:王一贴到底意味着什么?

而且,王一贴同样出现在第八十回,他的戏份可与香菱、迎春相比。王一贴究竟想告诉我们什么呢?

显然，要解答这个疑问，我们还需要把其中的线索好好理一理。

薛蟠娶夏金桂为正妻，本以为是门当户对的好姻缘。这夏金桂也是大户人家的小姐，"生得亦颇有姿色"。谁知夏金桂娇生惯养，脾气很坏，"外具花柳之姿，内秉风雷之性。在家中时常就和丫鬟们使性弄气，轻骂重打的"，到了薛家以后，更是拿出一副"宋太祖灭南唐之意""卧榻之侧岂容他人酣睡之心"，对薛蟠使性要挟，对香菱百般刁难，动不动就一哭二闹三上吊。香菱本来还特别盼着夏金桂来，说又可以多一个写诗的人了。可夏金桂跟诗完全不搭边，她日常的娱乐就是斗纸牌、掷骰子，且"每日务要杀鸡鸭，将肉赏人吃"，而她自己呢，"只单以油炸焦骨头下酒"。（第八十回）

一句话，夏金桂，就是俗之又俗的一个女人！

宝玉觉得很奇怪。

此时宝玉已过了百日，出门行走。亦曾过来见过金桂，"举止形容也不怪厉，一般是鲜花嫩柳，与众姊妹不差上下的人，焉得这等样情性，可为奇之至极。"因此心下纳闷。（第八十回）

宝玉以为世上的女子都如大观园里的姑娘丫头，她们青春美丽、心地善良、诗意浪漫；她们都是"水作"的，纯净得仿佛没有一点杂质。而夏金桂完全颠覆了他的想象。

某一天，宝玉跟着贾母到天齐庙烧香还愿，见到了庙里的王道士。这王道士何许人呢？

这老王道士专意在江湖上卖药，弄些海上方治人射利。这庙外现挂着招牌，丸散膏丹，色色俱备，亦长在宁荣两宅走动熟惯，都与他起了个浑号，唤他作"王一贴"，言他的膏药灵验，只一贴百病皆除之意。（第八十回）

王一贴很"神"，他在宝玉面前自吹，说他的膏药能治百病。

"哥儿若问我的膏药，说来话长，其中细理，一言难尽。共药一百二十味，君臣相济，宾主得宜，温凉兼用，贵贱殊方。内则调元补气，开胃口，养荣卫，宁神安志，去寒去暑，化食化痰；外则和血脉，舒筋络，出死肌，生新肉，去风散毒。其效如神，贴过的便知。"（第八十回）

于是，宝玉问他："可有贴女人的妒病方子没有？"夏金桂妒心太重，宝玉想知道是否有药可治。

王一贴说，有一种汤药可以试试：

"这叫做'疗妒汤'：用极好的秋梨一个，二钱冰糖，一钱陈皮，水三碗，梨熟为度，每日清早吃这么一个梨，吃来吃去就好了。"（第八十回）

夏金桂的"妒"其实来源于她的"俗"，"疗妒汤"就是"疗俗汤"。宝玉看不得夏金桂的俗，试图找个法子进行医治。王一贴开出的方子中，秋梨、冰糖、陈皮、水，都是清凉纯净之物，意思就是以"清纯"对抗"世俗"。

有没有用呢？

王一贴说："一剂不效吃十剂，今日不效明日再吃，今年不效吃到明年。横竖这三味药都是润肺开胃不伤人的，甜丝丝的，又止咳嗽，又好吃。吃过一百岁，人横竖是要死的，死了还妒什么！那时就见效了。"（第八十回）——根本没用，只是安慰而已。

进而，老王更是跟宝玉透露了一个"秘密"。

王一贴笑道："不过是闲着解午盹罢了，有什么关系。说笑了你们就值钱。实告诉你们说，连膏药也是假的。我有真药，我还吃了作神仙呢。有真的，跑到这里来混？"（第八十回）

他所有的那些"神奇"的膏药都是假的！

不知道此时的宝玉有没有悟到：世俗的东西固然令他讨厌，但并没有可以疗治的特效药。

而且，更进一步：既然治疗世俗的药方是"假"的，世俗是无法根除的，那是不是说明"世俗"本身反而为"真"呢？

宝玉向往诗意，厌恶世俗，在他看来，大观园外的世界充满了污垢，外面的男人也都浊臭不堪，他们根本就不应该存在。

可是，外面尽是贾珍、贾蓉、薛蟠之类的男人。宝玉认为他们是假的，可他们却肯定认为宝玉是假的。

事实上，的确有人这样说过宝玉。

第六十六回，小厮兴儿在尤二姐面前介绍贾府的各色人等，对宝玉是这么评论的：

"姨娘别问他，说起来姨娘也未必信。他长了这么大，独他没有上过正经学堂。我们家从祖宗直到二爷，谁不是寒窗十载，偏他不喜读书。老太太的宝贝，老爷先还管，如今也不敢管了。成天家疯疯癫癫的，说的话人也不懂，干的事人也不知。外头人人看着好清俊模样儿，心里自然是聪明的，谁知是外清而内浊，见了人，一句话也没有。所有的好处，虽没上过学，倒难为他认得几个字。每日也不习文，也不学武，又怕见人，只爱在丫头群里闹。"

兴儿认为宝玉是"外清而内浊"，而且既不学文，也不学武，一点用没有。兴儿的话肯定代表了许多人的看法，试想一下，宝玉听了此话，会不会无比的抓狂？

《红楼梦》充满了诗情画意，大观园的男儿女儿们浪漫而又清纯；可是到了《金瓶梅》里面，西门庆、应伯爵、谢希大这些男人才是生活的常态，就连潘金莲、李瓶儿、庞春梅等漂亮的女人们也都是风流妖娆，浑身散发着情欲的气息，跟宝玉过去所见过的女孩完全不是一回事！

到底哪一个是虚，哪一个是实？

显然，尽管宝玉希望永远是"非肉体化"和"非社会化"的存在，希望永远生活在诗意的、浪漫的、青春的世界，但这个世界终有一天要直面世俗。

因为时间在流逝，再清纯如水的女儿，也终究要长大、要嫁人，她们要面对男人、要显现其肉体化的存在，她们会由"女孩"变成"女人"；同时，随着年龄的增长，无论是宝玉还是姑娘丫头们，都不可避免地要步入社会，接受社会的洗礼。世俗社会难免丑陋、难免肮脏，但它却是一个现实的存在，每一个人也终将要进入这个"现实"。

面对这必然到来的命运，宝玉是什么态度呢？

他选择的是逃避。

宝玉拒绝长大，拒绝"成熟"，希望尽量延长无忧无虑的青春岁月；他不爱读书，不求上进，不管什么后事不后事。

正如《西江月》云：

无故寻愁觅恨，有时似傻如狂。纵然生得好皮囊，腹内原来草莽。潦倒不通世务，愚顽怕读文章。行为偏僻性乖张，那管世人诽谤！（第三回）

宝玉认为，他这样做是拒绝与世俗同流合污，是坚持了自我，体现了他的"赤子之心"。

但是宝钗不这么看。第一百一十八回，宝玉与宝钗罕见地推心置腹。

却说宝玉送了王夫人去后，正拿着《秋水》一篇在那里细玩。宝钗从里间走出，见他看的得意忘言，便走过来一看，见是这个，心里着实烦闷。细想他只顾把这些出世离群的话当作一件正经事，终久不妥。看他这种光景，料劝不过来，便坐在宝玉旁边，怔怔的坐着。宝玉见他这般，便道："你这又是为什么？"宝钗道："我想你我既为夫妇，你便是我终身的倚靠，却不在情欲之私。论起荣华富贵，原不过是过眼烟云，但自古圣贤，以人品根柢为重。"宝玉也没听完，把那书本搁在旁边，微微的笑道："据你说人品根柢，又是什么古圣贤，你可知古圣贤说过'不失其赤子之心'。那赤子有什么好处，不过是无知无识无贪无忌。我们生来已陷溺在贪嗔痴爱中，犹如污泥一般，怎么能跳出这般尘网。如今才晓得'聚散浮生'四字，古人说了，不曾提醒一个。既要讲到人品根柢，谁是到那太初一步地位的！"宝钗道："你既说'赤子之心'，古圣贤原以忠孝为赤子之心，并不是遁世离群无关无系为赤子之心。尧舜禹汤周孔时刻以救民济世为心，所谓赤子之心，原不过是'不忍'二字。若你方才所说的，忍于抛弃天伦，还成什么道理？"

程高本后四十回续书经常为人诟病，但我想说的是，这一段写得真好。宝玉认为"无知无识无贪无忌"乃为赤子之心，宝钗却说"救民济世"才是赤子之心，你这"遁世离群无关无系"只顾自己，哪是什么赤子之心？

他们俩的讨论其实涉及了一个深刻的哲学问题，就是我们前面多次提到的个体与社会的关系。人既是个体的人，也是社会的人；作为个体的人，希望获得自由；作为社会的人，需要承担责任。宝玉看到的是前者，他要做他自己，他不管别人不管后事，不愿意进入肮脏的尘世；宝钗看到的是后者，每个人都在社会中生活，都有属于自己的家庭和群体，为这个群体尽心尽力才是做人的本分。

其实这也是儒家和道家的本质分歧。道家主张退隐山林，修身养性，独与天地精神相往来；而儒家则坚持自强不息，厚德载物，知其不可为而为之。

宝玉无疑是道家的拥趸，他不爱看书，《南华经》却常不离手。

那么，宝玉有没有一些"悔悟"呢？或者说，作为作者的曹雪芹，对宝玉到底是个什么态度呢?

第三回,贾宝玉第一次出场,曹公就送给他一首词:《西江月》。这首词的上阕我们前面已经引用,下面再看下阕:

富贵不知乐业,贫穷难耐凄凉。可怜辜负好韶光,于国于家无望。天下无能第一,古今不肖无双。寄言纨绔与膏粱:莫效此儿形状!

如果说这首词的上阕只是对宝玉个性的一般性描绘,不带有主观评价色彩,那么下阕的每一句则都是对他的痛心与失望。而且,这首词也被认为是"批宝玉极佳"。

第五回,宝玉到了太虚幻境,警幻仙子拉住宝玉。

警幻忙携住宝玉的手,向众姊妹道:"你等不知原委:今日原欲往荣府去接绛珠,适从宁府所过,偶遇宁荣二公之灵,嘱吾云:'吾家自国朝定鼎以来,功名奕世,富贵传流,虽历百年,奈运终数尽,不可挽回者。故遗之子孙虽多,竟无可以继业。其中惟嫡孙宝玉一人,禀性乖张,性情怪谲,虽聪明灵慧,略可望成,无奈吾家运数合终,恐无人规引入正。幸仙姑偶来,万望先以情欲声色等事警其痴顽,或能使彼跳出迷人圈子,然后入于正路,亦吾兄弟之幸矣。'如此嘱吾,故发慈心,引彼至此。先以彼家上中下三等女子之终身册籍,令彼熟玩,尚未觉悟;故引彼再至此处,令其再历饮馔声色之幻,或冀将来一悟,亦未可知也。"

也就是说,警幻的任务就是教育宝玉,让他迷途知返,回归正路,担负起承家继业的责任。

宝玉还没有领悟，警幻又带来了"兼美"，并继续教导宝玉：

"今既遇令祖宁荣二公剖腹深嘱，吾不忍君独为我闺阁增光，见弃于世道，是以特引前来，醉以灵酒，沁以仙茗，警以妙曲，再将吾妹一人，乳名兼美字可卿者，许配于汝。今夕良时，即可成姻。不过令汝领略此仙闺幻境之风光尚如此，何况尘境之情景哉？而今后万万解释，改悟前情，留意于孔孟之间，委身于经济之道。"

说得更清楚了，就是要让宝玉"改悟前情，留意于孔孟之间，委身于经济之道"。

的确，尽管宝玉喜欢个人的小天地，不爱仕途经济，懒与士大夫交接，但是现实总会摆在面前，人总要进入社会，总要面对各种各样的俗事俗务。如果你对这些俗事俗务完全不了解，那就不仅"可怜辜负好韶光"，而且"于国于家无望"。

再者，大观园虽然是诗意的王国，但是大观园的存在却是要以世俗为基础的。宝玉不识银两，也不管那些俗务，可是如果没有银两，大观园何以维持？如果没有人去从事俗务，大观园里的女儿们又如何可能诗意地生存？没有祖辈父辈在社会上的打拼，哪有宝玉现在的风花雪月？宝玉如果现在不去打拼，又怎么可能有将来的风花雪月，又怎么能保得子孙的风花雪月？

用现在流行的一句话来说就是：你以为只是岁月静好，却不知道是有人为你负重前行。

实际上，宝玉多次因为自己的无力而没有保护好喜欢的女孩。金钏被王夫人撵出大观园，宝玉什么也没说；晴雯被赶走，甚至最后被逼死，宝玉依然没有办法；而司棋就在宝玉的眼皮底下被老婆子们押着，司棋哀求宝玉，宝玉却还是只能跟老婆子们瞪瞪眼，老婆子们根本不理他。

宝玉爱大观园里的女孩们，可是爱不仅是单纯的喜欢，也是责任，是担当，是付出。就这一点而言，宝玉对女孩子们做得还远远不够。

据说曹家被抄家后，曹雪芹的生活一落千丈，甚至过着"寒冬噎酸齑，雪夜围破毡"的生活。此时的他，回忆往日的时光，会不会感到悔恨呢？是不是还认为劝他重视仕途经济是"混帐话"呢？

《红楼梦》一开篇，曹公就写道：

当此，则自欲将已往所赖天恩祖德，锦衣纨绔之时，饫甘餍肥之日，背父兄教育之恩，负师友规训之德，以至今日一技无成、半生潦倒之罪，编述一集，以告天下人……（第一回）

"一技无成、半生潦倒""背父兄教育之恩，负师友规训之德"，雪芹先生真的是在忏悔吗？他写《红楼梦》是为了赎罪？

可如此一来，岂不是对宝玉以及大观园的否定？

如果雪芹先生要完全否定宝玉和大观园，那他为什么还浓墨重彩描绘大观园的生活、字里行间充满了留恋和不舍？

如果他完全否定了宝玉和大观园，岂不是对他一向所不屑的世俗社会的缴械和投降？

秦钟临死的时候对宝玉说："以前你我见识自为高过世人，我今日才知自误了。以后还该立志功名，以荣耀显达为是。"（第十六回）难道日后的宝玉也会有如此"悔悟"？

实际上，如果我们研究曹雪芹的生平，就会发现，他对进入仕途、飞黄腾达并不热衷，相反却对魏晋时期的竹林七贤非常推崇，且他别号"梦阮"，以示对阮籍的亲近。曹雪芹的好友敦诚曾作诗赠雪芹，其中有句云："司业青钱留客醉，步兵白眼向人斜。""步兵"即阮籍，敦诚在这里用阮籍比雪芹，赞扬他不愿随波逐流的青风傲骨。试想，如此一个曹雪芹，又怎么可能通过自己的作品，表达对世俗社会的完全归顺呢？

所以，只有一种可能，那就是他很矛盾，也很无奈。回想曾经的诗意人生，面对现实的悲惨现状，他既充满怀恋与不舍，又感到悔恨和痛苦，非常的纠结。他不知何去何从。

宝钗和黛玉，双峰对峙，双水分流，其实也是他内心矛盾的体现：一边是他的梦想，一边是他的现实。

这种纠结很正常，因为它涉及了人生的根本问题。《红楼梦》之所以能够成为一部伟大的作品，绝不仅仅因为它描绘了宝黛的爱情，或者刻画了十八世纪中国贵族的生活，而是因为它具有深刻的哲学意蕴，它揭示了人们在面对人生和社会时必然要遇到的一些矛盾，比如诗意与世俗、个体与社会、理想与现实……

面对这些矛盾，宝玉无法解决，雪芹先生也无法解决，他甚至觉得很荒诞——所谓"宝玉"，原是块石头，这块石头不就来自大荒山无稽崖吗？

或许，宝玉最后真的选择了出家。他为了报答父母，考取了举人，却又在考完之后默默离开。

次日宝玉贾兰换了半新不旧的衣服，欣然过来见了王夫人。王夫人嘱咐道："你们爷儿两个都是初次下场，但是你们活了这么大，并不曾离开我一天。就是不在我眼前,也是丫鬟媳妇们围着,何曾自己孤身睡过一夜。今日各自进去,孤孤凄凄,举目无亲,须要自己保重。早些作完了文章出来,找着家人早些回来,也叫你母亲媳妇们放心。"王夫人说着不免伤心起来。贾兰听一句答应一句。只见宝玉一声不哼,待王夫人说完了,走过来给王夫人跪下,满眼流泪,磕了三个头,说道:"母亲生我一世,我也无可答报,只有这一入场用心作了文章,好好的中个举人出来。那时太太喜欢喜欢,便是儿子一辈的事也完了,一辈子的不好也都遮过去了。"(第一百一十九回)

此时的宝玉也知道要孝顺父母,他给母亲跪下,深深地磕了三个头。

宝玉又给李纨作揖。这个大嫂子其实也不容易,这么多年肯定也给了宝玉许多的照顾。

接着,宝玉来到宝钗跟前。

此时宝钗听得早已呆了,这些话不但宝玉,便是王夫人李纨所说,句句都是不祥之兆,却又不敢认真,只得忍泪无言。那宝玉走到跟前,深深的作了一个揖。众人见他行事古怪,也摸不着是怎么样,又不敢笑他。只见宝钗的眼泪直流下来。众人更是纳罕。又听宝玉说道:"姐姐,我要走了,你好生跟着太太听我的喜信儿罢。"(第一百一十九回)

宝玉和宝钗本来就是表姐弟,可是宝玉对宝钗是敬而不亲。以前宝玉也叫宝钗"姐姐",但现在他们是夫妻了,宝玉又对着宝钗叫了一声"姐姐"。他说"姐姐,我要走了",而没有说出的话可能是:家里的一切都拜托姐姐了,我们来生再见吧。

此刻，我想，他的心里一定充满了极度的无奈与悲凉。

宝玉又跟众人辞别，然而仰面大笑：

"走了，走了！不用胡闹了，完了事了！"

曾经的大观园没有了，曾经美好的回忆都离自己远去，可是，自己又不属于这个世俗的世界，宝玉只能选择离开。

鲁迅说，《红楼梦》"悲凉之雾，遍被华林，然呼吸而领会之者，独宝玉而已"（鲁迅，《中国小说史略》，广西师范大学出版社，2010年版）。

说实话，写到这里的时候，我也禁不住泪流满面。

宝玉走了，他跟着一僧一道而去。然而这个现实的社会仍然横亘在我们面前，它再世俗，我们再不喜欢它，它也不会消失，我们更无从逃避。有没有什么方法可以治疗它的世俗？王一贴嬉皮笑脸地说没有，还说所有的药都是假的。他那诡秘的微笑中含着一丝嘲讽，似乎在告诉人们：假的又怎么样？这个社会不就是这样吗？大家不都是这么活过来的吗？

但是总会有人去思考这些问题、探究这些问题，伟大的文学、艺术、哲学作品，正是对人所面临的各种矛盾的深刻揭示。前面提到，其实《西游记》中的孙悟空和《红楼梦》中的贾宝玉一样，都面临着个体与社会的矛盾。孙悟空要自由自在、要做齐天大圣、要"遂我心"，但他后来到了天庭，便遇到了天庭的"规矩"。孙悟空不服规矩，还是想干什么就干什么，最后被压在五行山、戴上紧箍圈，跟随唐僧西天取经，经过十四年、十万八千里的修行，终于修成正果，成为斗战胜佛。

也可以这么说，面对个体与社会的矛盾，《西游记》选择的是妥协，而《红楼梦》选择的是无奈和挣扎。

谁的选择更正确,并没有标准答案,但这个问题却可以引发我们深深的思考:我们到底该坚持自我,还是该融入社会?一个人的长大,到底是成熟,还是悲哀?或者说,既是一种成熟,也是一种悲哀?

但无论如何,我觉得有一点是肯定的,那就是,即便我们无法抗拒社会的力量、必须要在一定程度上改变自己,但至少在心底的某个角落,应该保存一份初心、拥有一份良善,并在这初心和良善中重拾久违的感动、看到曾经的自己。

大观园，伊甸园，太虚幻境

大观园，这个宝玉心心念念、"喜之不尽"的诗意王国，在经历了高潮与辉煌之后，不知不觉间悄悄地衰落了。

很多读者可能都会认为，大观园的衰落是因为王夫人的抄检。但实际上，它从探春理家以后就开始了。

正如前面所述，探春理家把功利引入了大观园，园子里老婆子和姑娘丫头们的矛盾逐渐激化，三天一小吵，五天一大闹。后来，又出现蔷薇硝事件、绣春囊事件，接着大观园被抄检，司棋、晴雯死，芳官等人被撵出，宝钗搬出，迎春出嫁，大观园慢慢失去了往日的生气。

在这个过程中，也曾经出现过憨湘云醉眠芍药裀、林黛玉重建桃花社等唯美浪漫的时刻，但那只是昙花一现。相反，凄凉哀怨的氛围却一直笼罩在大观园的上空。

从表面来看，大观园的衰落完全是人为导致的。

就主观而言，探春理家的目的并不是要破坏大观园，反而是想让大观园能够长久生存,我们当然不能因此而责怪探春是造成大观园衰落的推手。不过,我们同时也要知道,探春其实并不那么在意大观园。

前面说到,探春其实是个精明的现实主义者,她虽然也在大观园里面生活、写诗,但她的理想并不在此。探春并不是一个儿女情长的人,她想做一番事业。所以她对大观园并没有太多的留恋。

宝钗要搬出大观园,探春怎么说呢?

正说着,果然报:"云姑娘和三姑娘来了。"大家让坐已毕,宝钗便说要出去一事。探春道:"很好。不但姨妈好了还来的,就便好了不来也使得。"尤氏笑道:"这话奇怪,怎么撑起亲戚来了?"探春冷笑道:"正是呢,有叫人撑的,不如我先撑。亲戚们好,也不在必要死住着才好。咱们倒是一家子亲骨肉呢,一个个不像乌眼鸡似的,恨不得你吃了我,我吃了你!"(第七十五回)

宝钗走就走了,探春并不觉得奇怪,还说"很好",以后不来也行。

那么,其他人对大观园是什么态度呢?

大观园是为元妃省亲修建的,宝玉和姑娘们进入大观园居住也是元妃的授意,照理说,元妃应该是支持大观园的。

但是也不尽然。元妃疼爱宝玉不假,可她是不是就一定赞成宝玉的"不求上进""不问后事"?她愿不愿意让宝玉就整天在大观园里和姑娘丫头们玩耍?恐怕未必。要知道,元妃的封号是"贤德妃",可想而知,她在许多方面是和宝钗一样的,她给宝玉选中的媳妇也是宝钗。而宝钗,前面已经说过,是第一个主动搬出大观园的人。

贾母的态度应该和元妃有些类似。老太太宠爱宝玉,她本人也还保留有诗意浪漫的天性，偶尔也喜欢到大观园里游玩，但是真的遇到现实事件，贾母还是非常理性的，她要以家族利益为重，不会赞同宝玉总是在女孩堆里厮混。所以，当王夫人告诉贾母晴雯被撵走时，她并没有多说什么；同样，当迎春要嫁给孙绍祖时，她虽然不赞成，却也没有阻拦。

贾政和王夫人的态度就更不用说了，他们绝对是大观园的反对者。贾政差点把宝玉给打死，而王夫人，则干脆把大观园抄了个底朝天，还声言来年干脆关闭大观园。

李纨作为一个寡妇，住在大观园里，和弟弟妹妹们度过了一段快乐的时光；她对诗社也很热衷，还主动担任社长。应该说，大观园给了李纨某种安慰，让她在这里可以稍微放松一下自己的身心。不过，李纨同样是个以贤良淑德为重的女子，诗意只是她生活的调剂而并非必需。所以，李纨住在大观园里，更多的是照顾弟弟妹妹，她参加诗社，却没有为诗社出过一分钱。而且，李纨本身就是"槁木死灰""竹篱茅舍自甘心"，她并不愿意多事。可想而知，大观园对她来说，有，当然最好，没有，也无所谓。

迎春和惜春两个人，一个是"二木头"，一个是"矢孤介"，一个好道，一个崇佛，贾府发生什么事好像都与她们无关，她们自然也不会关心大观园的去留。尽管迎春说很想再回大观园住几天，但那已经是后话了。

王熙凤对大观园是什么态度呢？凤姐作为荣国府的"总理"，当然也要负责大观园的日常事务，她为大观园的活动出过钱，还偶尔参加姐妹们的诗会，可以说没有她的支持，大观园很难正常运作。

但是不是由此就可以说，凤姐是大观园的坚定支持者呢？并不能。因为前面说到，凤姐是喜欢讨好权力的，她之所以支持大观园，是因为大观园来自元妃的旨意，而且老太太还有些喜欢，她只能支持。前面我们已经说过，凤姐是很俗的，她和雅根本就不沾边。另外还有一个很有意思的现象：贾府的丫头们几乎都有着诗情画意的名字，如鸳鸯、袭人、晴雯、紫娟等等，唯独凤姐的丫头没有，平儿、丰儿，都是极朴实的称呼，凤姐根本没有那么浪漫诗意。不仅没有什么浪漫诗意，凤姐的泼辣狠毒在整个贾府恐怕都无人能及；她连哄带骗把尤二姐赚进大观园，不惜把大观园变成一个牢笼，并让尤二姐最终死在里面。试想，如此一个世俗的凤姐，怎么可能是诗意的大观园的真心维护者？

甚至，凤姐还为抄检大观园推波助澜。抄检大观园的主意是谁出的呢？如果我们仔细阅读原文就会发现，正是凤姐！

王夫人拿到绣春囊之后，起先以为是凤姐的，便气势汹汹地跑来问罪。结果凤姐说不是她的，王夫人一时就没了主意，不知道怎么办才好。这时，凤姐跟她建议：

"如今惟有趁着赌钱的因由革了许多的人这空儿，把周瑞媳妇旺儿媳妇等四五个贴近不能走话的人安插在园里，以查赌为由。再如今他们的丫头也太多了，保不住人大心大，生事作耗，等闹出事来，反悔之不及。如今若无故裁革，不但姑娘们委屈烦恼，就连太太和我也过不去。不如趁此机会，以后凡年纪大些的，或有些咬牙难缠的，拿个错儿撵出去配了人。一则保得住没有别的事，二则也可省些用度。太太想我这话如何？"（第七十四回）

意思就是说，以查赌为由，一方面，寻找绣春囊的主人，另一方面，找点借口把一些看不顺眼的丫头赶出去，管她有没有绣春囊！

王夫人顺水推舟，采纳了凤姐的建议。

至此，我们可以看到，大观园虽然是贾府的一个"独立王国"，享受着特殊的待遇，但其实贾政、王夫人、李纨、王熙凤、宝钗、迎春、探春、惜春、袭人、老婆子等，他们要么是大观园的反对者，要么是大观园的旁观者，有的人身在园内却心在园外。

元妃和贾母也处于摇摆之中，且元妃鞭长莫及，自身难保；贾母则年老体衰，"难得糊涂"，很多事也不便干预。

真正坚守大观园，把大观园当作理想的所在、生命的乐园的，只有三个"玉"——宝玉、黛玉和妙玉。也许，还可以加上半个史湘云。但史湘云只是偶尔过来，并不常住贾府。

大观园怎么可能不衰落？

不过，如果我们要深究，人为因素的背后，大观园的衰落还有其更深刻的原因。

在宝玉的心目中，大观园是诗意的王国，是与世俗对抗的浪漫的所在。宝玉自己是"非社会化"的存在，他希望大观园里的女儿们也是"非社会化"的存在；他希望永远生活在大观园里，过着斗草簪花、吟诗作赋的生活，不问世事，不管后事，社会上的那些俗务统统与他无关。

宝玉还把大观园当作一个纯情的王国，希望大观园里的女儿们都是"非肉体化"的存在，希望女儿们永远不要长大，永远是少女，清纯可爱却没有肉欲。这样就可以永远和她们是好姐妹，可以永远在一起亲亲密密、打打闹闹。

前面说过，宝玉对女孩子的情，从某种意义上说，还不能称作真正的爱情，因为他的情泛及所有可爱的女孩，而并不只是对黛玉一人。他的这种情是少男少女刚刚青春萌动时的感情，它不直接指向肉体的欲望，非常纯洁，非常唯美，也非常让人怀恋。

在宝玉看来，应该也是在作者曹雪芹看来，这种情是如此之"纯"、如此之"洁"，仿佛只要有一点点的欲望，就变成了"淫"，就走向了"纯"和"洁"的反面。

所以，大观园，其实也就是宝玉心中的伊甸园。伊甸园里面遍布珍珠、玛瑙及各种奇花异果，而生活在伊甸园的亚当和夏娃无知无识无欲无求，他们赤身裸体却没有任何肉欲，也感觉不到什么羞耻。

但是问题在于，人不可能没有肉体，肉体的欲望也很难根除；而且，异性相吸是一种生物本能，成熟的男女之间只要有"情"，很自然的就会导致"欲"。所谓"情欲"，"情"和"欲"是相连的。如果认为有了"欲"就是"淫"，那岂不是把人的正常欲望都否定了，甚至"情"本身就是"淫"了吗？

或者换一种说法，在"情—欲—淫"三者的关系中，欲是一种正常的中间状态，假如把欲和淫相等同，那么，情也就是淫了。而既然情就是淫，那么这个情不就走向了反面，成为警惕和批判的对象了吗？

事实上，警幻仙子就是这样教导宝玉的，所谓"好色即淫，知情更淫""宿孽总因情"；而《红楼梦》又名《风月宝鉴》，意在戒"妄动风月之情"。

这样一来，曹雪芹就陷入了一个矛盾，他一方面通过《红楼梦》"大旨谈情"，且《红楼梦》也叫《情僧录》，但另一方面却又告诉人们：情就是淫，不要妄动风月。

这个矛盾的症结就在于，在"情—欲—淫"的链条中，曹雪芹把人的正常的"欲"给否定了，以至于情和淫直接面对面，情就等于淫。

这既是曹雪芹的局限，也是历史的局限。如前所述，在中国古代的传统文化中，人们对女性的欣赏、歌颂，主要集中于她们的气质和精神，而对其肉体的关注却极少。相应的，对男女间的关系也非常在意，男人可以纳妾，可以逛青楼，但和自己的妻子，最好是相敬如宾。

也就是说，男人和女人之间，要么就是"无情"，要么就是"皮肤滥淫"，没有正常的"欲"，没有中间状态。

或许雪芹先生自己也意识到了这一矛盾，他想要补救。而补救的办法就是：尽管他一方面认为"有情即淫""知情更淫"，可另一方面又竭力斩断情和欲的联系，让宝玉的情没有一丝一毫"欲"的色彩——如果情和欲没有关系，那么情不就不是淫了吗？

所以我们看到，宝玉对大观园里的女孩们可以特别亲密，却没有任何肉体的欲望，他们之间只是小男孩小女孩一样的关系。宝玉在肉体上已经成熟，但在精神上，还是一个童男子。

这样的感情，极纯、极洁、极净、极雅。

但是，也正因为太纯、太洁、太净、太雅，注定了它不可持续，大观园亦只能成为过眼云烟。

首先，时间就是它难以克服的"敌人"。宝玉喜欢大观园，在大观园里，他和女孩们一起玩耍；他经常吃女孩们嘴上的胭脂，和女孩们一起吃，一起喝，一起睡。但是女孩总要长大，她们要走入社会，她们要嫁给男人，她们既要面临"肉体化"生存，也要面临"社会化"生存。尽管宝玉对姐姐妹妹们的嫁人感到很痛苦，但又怎么可能改变这一进程呢？

其次，大观园的"纯"和"雅"是建立在外部世界的"脏"和"俗"的基础之上的，完全脱离"脏"和"俗"的"纯"和"雅"是不存在的。大观园本身就是权力的产物，没有元妃的地位，怎么可能有大观园？没有贾府的实力，又怎么能建得起大观园？

另外，大观园是建在什么地方呢？请看原著中的一段话。

次早贾琏起来，见过贾赦贾政，便往宁府中来，合同老管事的人等，并几位世交门下清客相公，审察两府地方，缮画省亲殿宇，一面察度办理人丁。自此后，各行匠役齐集，金银铜锡以及土木砖瓦之物，搬运移送不歇。先令匠人拆宁府会芳园墙垣楼阁，直接入荣府东大院中。荣府东边所有下人一带群房尽已拆去。当日宁荣二宅，虽有一小巷界断不通，然这小巷亦系私地，并非官道，故可以连属。会芳园本是从北拐角墙下引来一股活水，今亦无烦再引。其山石树木虽不敷用，贾赦住的乃是荣府旧园，其中竹树山石以及亭榭栏杆等物，皆可挪就前来。如此两处又甚近，凑来一处，省得许多财力，纵亦不敷，所添亦有限。全亏一个老明公号山子野者，一一筹画起造。（第十六回）

可见，大观园主要是建在会芳园和贾赦房址上的，而会芳园中的天香楼传说就是秦可卿上吊的地方，贾瑞见凤姐起淫心也是在会芳园；贾赦更不用说了，他的房间怎么可能干净？

还有，大观园里少男少女们的吃穿用度，都是由外面供应的。没有外部世界的脏和俗，哪有大观园的纯与雅？

应该说，"纯、雅"与"脏、俗"并非完全不可调和，它们虽然不同，但也有内在关系，它们可以在一定程度上有效互动。

但是，如果把它们两者绝对对立起来，反而会出现人们本不愿看到的局面。

越是极纯、极雅的东西，越容易受到污染，因而也越是缺乏生命力。

宝玉认为外面的世界俗不可耐，外面的男人都是皮肤滥淫之辈，甚至丫头们的家人，无论袭人的父母、晴雯鸳鸯的哥嫂，还是芳官等人的干娘们，都没一个好人。

所以宝玉把大观园当作自己心灵的家园，大观园不存在了，他的家也就没了。他只能"出家"。

妙玉干脆就在大观园出家。大观园衰败了，她的命运也从此改变。

而黛玉更没有家，大观园既是她精神的家，也是她身体的家。黛玉只能死在大观园里，死在她那对诗意的痴情和向往之中。

许多年以后，雪芹先生回忆当年的场景，肯定感慨万千，仿佛就是一场梦。

是的，它是一场梦、一场红楼大梦，或许存在过，但也显得模糊虚幻。

第五回，宝玉做梦。

但见朱栏白石，绿树清溪，真是人迹希逢，飞尘不到。宝玉在梦中欢喜，想道："这个去处有趣，我就在这里过一生，纵然失了家也愿意，强如天天被父母师傅打呢。"……宝玉听说，便忘了秦氏在何处，竟随了仙姑，至一所在，有石牌横建，上书"太虚幻境"四个大字……

宝玉最喜欢这个地方，要在这里过一辈子。此地叫"太虚幻境"。

第十七至十八回，宝玉跟着贾政到大观园题对额。

说着，大家出来。行不多远，则见崇阁巍峨，层楼高起，面面琳宫合抱，迢迢复道萦纡，青松拂檐，玉栏绕砌，金辉兽面，彩焕螭头。贾政道："这是正殿了，只是太富丽了些。"众人都道："要如此方是。虽然贵妃崇节尚俭，天性恶繁悦朴，然今日之尊，礼仪如此，不为过也。"一面说，一面走，只见正面现出一座玉石牌坊来，上面龙蟠螭护，玲珑凿就。贾政道："此处书以何文？"众人道："必是'蓬莱仙境'方妙。"贾政摇头不语。宝玉见了这个所在，心中忽有所动，寻思起来，倒像那里曾见过的一般，却一时想不起那年月日的事了。

大观园被称为"蓬莱仙境"，而这个地方宝玉在哪里见过。在哪里呢？就是在梦里，大观园就是宝玉梦中的太虚幻境！

有人总喜欢猜测，大观园到底在北京，还是在南京。其实，大观园在哪里并不重要，它更是曹雪芹心中的一座乐园。雪芹先生无疑具有理想主义的情怀，他也知道大观园只是幻境，但他还是愿意去描绘它、去怀想它；他幻想现实中还能有这么一个大观园，在那里，没有规矩，没有等级，没有欲望，没有功利，一切都清纯美好，一切都浪漫诗意。有了它，心中就充满温暖，世界也就不再灰暗。

梦尽管未必现实，却仍有它的可贵之处。今天的我们，在阅读《红楼梦》的时候，仿佛还能看到大观园诗意的影子，还能看到雪芹先生悲悯的微笑。我们仿佛看到天真的宝玉、痴情的黛玉、温婉的宝钗、豪爽的湘云；我们仿佛嗅到大观园里百花的芳香，仿佛听到大观园里女孩子们银铃般的笑声。当然，我们不必真的去寻找这么一个乌托邦，更不必让它成为自己与现实隔绝的借口，但我们可以从中知道，任何时候我们都不要放弃心中的美好与感动，任何时候我们都可以一半烟火、一半诗意，即便身在世俗，也能心怀梦想、踏歌而行。